A LISTA DA SORTE

Rachael Lippincott

A LISTA DA SORTE

Rachael Lippincott

Tradução
Isadora Sinay

Copyright © 2021 by Rachael Lippincott
Copyright da tradução © 2021 by Editora Globo S.A.

Published by arrangement with Simon & Schuster Books For Young Readers,
An imprint of Simon & Schuster Children's Publishing Division

Todos os direitos reservados. Nenhuma parte desta edição pode ser utilizada ou reproduzida
— em qualquer meio ou forma, seja mecânico ou eletrônico, fotocópia, gravação etc. — nem
apropriada ou estocada em sistema de banco de dados sem a expressa autorização da editora.

Título original: *The Lucky List*

Editora responsável **Paula Drummond**
Assistente editorial **Agatha Machado**
Preparação de texto **Fernanda Marão**
Diagramação e adaptação de capa **Gisele Baptista de Oliveira**
Projeto gráfico original **Laboratório Secreto**
Revisão **Helena Mayrink**

**Texto fixado conforme as regras do Acordo Ortográfico
da Língua Portuguesa (Decreto Legislativo nº 54, de 1995).**

CIP-BRASIL. CATALOGAÇÃO NA FONTE
SINDICATO NACIONAL DOS EDITORES DE LIVROS, RJ

L743L
Lippincott, Rachael
A lista da sorte / Rachael Lippincott ; tradução Isadora Sinay. - 1. ed. - Rio de
Janeiro : Globo Alt, 2021.
320 p.

Tradução de: The lucky list
ISBN 978-65-88131-35-0

1. Ficção americana. I. Sinay, Isadora. II. Título.

21-72238		CDD: 813
		CDU: 82-3(73)

Camila Donis Hartmann - Bibliotecária - CRB-7/6472

1ª edição, 2021 — 1ª reimpressão, 2022

Direitos de edição em língua portuguesa para o Brasil
adquiridos por Editora Globo S.A.
R. Marquês de Pombal, 25
20.230-240 – Rio de Janeiro – RJ – Brasil
www.globolivros.com.br

Este é para você, mãe. Te amo.

1.

Eu peguei a moeda da sorte.

Não sei por que fiz isso. Tenho passado por ela centenas de vezes todos os dias sem nem olhar direito, e até uma fina camada de poeira se formou nas bordas. Mas hoje havia *alguma coisa* no jeito como ela estava ali, na mesma prateleira da estante, intocada, há três anos.

Juro que, hoje, ela parecia...

Sortuda.

Faço uma careta quando *essa palavra* surge na minha cabeça, e uma imagem com olhos azuis e cabelo comprido e castanho aparece logo em seguida; tem sido sempre assim. Sorte era uma coisa da minha mãe. Não minha. Mas, ainda assim, enfio a mão no bolso para sentir o metal suave, meu dedão encontrando aquela ranhura familiar na borda, logo acima da cabeça de George Washington.

— Isso vai ser divertido — meu pai murmura para mim, se virando na fila para comprar cartelas e me dando um sorriso largo e cegamente otimista. Um sorriso que faz parecer que não passamos os últimos três anos evitando todas as lembranças possíveis dela.

Eu desdenho.

— Divertido definitivamente não é a primeira palavra que me vem à cabeça — respondo, também em voz baixa, enquanto examino a sala, observando o zoológico completo que é o bingo beneficente do Distrito Escolar de Huckabee. Mesmo depois de todo esse tempo longe, quase nada mudou. Meus olhos passam pelas duas senhoras em uma acirrada queda de braço pelo melhor lugar, perto do microfone, e chegam em Tyler Poland, com sua coleção de pedras, todas cuidadosamente organizadas em ordem de tamanho acima de suas cinco preciosas cartelas de bingo.

Caótico, talvez. Caótico seria uma boa palavra.

Mas nem mesmo o caos de idosos brigando e preciosas coleções de pedras conseguem me distrair do desconforto de estar nesse lugar de novo. E não só pelo que ele significava para mim e minha mãe.

Para alguém que acabou de conseguir explodir toda sua vida social três semanas atrás no baile da escola, literalmente não existe um lugar pior para se estar. Infelizmente, a já mencionada vida social em farrapos *também* significa não ter absolutamente nada que eu pudesse usar de desculpa para não vir.

E não posso falar com o meu pai sobre o que aconteceu; aliás, não posso falar com ele sobre nada, então aqui estou. É como se eu levasse uma letra escarlate no peito enquanto meu pai descaradamente usa esse evento de caridade como uma minirreunião entre amigos. Porque esta é "convenientemente" a noite em que o melhor amigo dele, Johnny Carter, se mudou de volta para a cidade depois de vinte anos longe.

Digo "convenientemente" porque se você quer mergulhar de cabeça na sociedade de Huckabee, essa é certamente a forma mais chamativa de fazer isso. Quero dizer, metade da turma de escola dele provavelmente está sentada nessa sala.

Uma vez por mês, o auditório da escola de ensino fundamental se transforma na seletiva para uma versão do interior da Pensilvânia de *Minha estranha obsessão* com toques de luta livre. Não acredita em mim? Quando eu estava na quinta série, a sra. Long, o doce anjinho que ensina no jardim de infância, deu na cara de Sue Patterson porque achou que Sue não estava falando os números da coluna B de propósito.

O mais inacreditável é que ela estava certa.

— Vou comprar as cartelas pro Johnny e a Blake — meu pai diz, escolhendo ignorar meu ceticismo enquanto puxa a carteira. — Você sabe como é difícil estacionar por aqui.

Ele está agindo como se eu tivesse vindo pela última vez na semana passada, em vez de três anos atrás.

Dou de ombros com a maior indiferença que consigo expressar e o observo comprar três cartelas com Nelson, o diretor bigodudo do fundamental e a única pessoa confiável o bastante para passar os últimos dez anos vendendo as cartelas de bingo sem suspeitas. Houve toda uma série de reuniões do conselho municipal e seis meses de debate sério antes de ele ser aprovado para essa posição.

— Emily! Que bom te ver aqui! — O diretor Nelson me cumprimenta com aquele brilho simpático e extremamente familiar nos olhos. Faço uma careta interna já que "que bom te ver aqui" pode ser automaticamente traduzido como alguma variação de "não te vemos desde que sua mãe morreu!". Ele começa a folhear o imenso bloco de cartelas de bingo e puxa uma pequena e usada, estendendo-a para mim. — Você quer a cartela que você e sua mãe usavam? Número 505! Eu ainda lembro!

Me encolho de leve quando meus olhos traçam a dobra familiar bem no meio da cartela e finalmente chegam à mancha vermelha na ponta superior direita, de ponche que derrubei quando tinha seis anos. Esses momentos são os que eu mais odeio. Os momentos em que você acha que se recuperou o suficiente e então algo pequeno como uma cartela de bingo faz cada fibra do seu corpo doer.

Número 505.

Quando nasci, no quinto dia do quinto mês, a mente supersticiosa da minha mãe se acendeu como uma árvore de Natal e ela *jurou* que cinco era nosso número da sorte. Então esse número se entrelaçou a todas as coisas da nossa vida, desde o número de vezes em que eu precisava esfregar atrás das minhas orelhas, até as minhas camisetas nos times de beisebol, esporte que tentei por uma primavera, e futebol, que durou um outono, e as moedas de vinte e cinco centavos que ela colocava na minha mão, sussurrando que eram "muito especiais", já que eram cinco ao quadrado.

Moedas da sorte muito especiais que um dia juntariam pó em uma estante. Até esta noite.

Mas eu nego, balançando a cabeça.

— Não, obrigada.

Há uma pausa longa e desconfortável, e meu pai olha para mim antes de puxar outra nota de cinco amassada de sua carteira e entregá-la ao diretor Nelson.

— Eu fico com ela. Obrigada, Bill.

— Você não devia ter feito isso — murmuro enquanto nos afastamos, o diretor Nelson me lançando um olhar *ainda mais* simpático agora.

— É só bingo, Em — ele diz enquanto ziguezagueamos até uma mesa livre e nos sentamos de frente um para o outro.

— Blake fica com ela se você não quiser. — Mas ele baixa o olhar para as cartelas quando diz isso, se recusando a fazer contato com o meu.

Como se tudo isso não fosse desconfortável o suficiente, a filha de Johnny, Blake, está vindo também. E ainda não sei como me sinto sobre isso. Nós nos dávamos muito bem quando éramos crianças, mas não a vejo desde o Natal de uma década atrás, quando quase colocamos fogo na minha casa tentando armar uma armadilha para o Papai Noel. O que não é exatamente um bom jeito de puxar conversa a essa altura, especialmente porque estamos prestes a começar o último ano do ensino médio e não somos mais as meninas de olhos arregalados do segundo ano. Ainda assim, ela não conhece mais ninguém por aqui.

O que, depois de hoje, ela provavelmente vai achar ótimo. Especialmente se as coisas tomarem um rumo dramático.

Ou, conhecendo as pessoas nessa sala como eu conheço, *quando* as coisas tomarem um rumo dramático.

Ouço uma risada e meus olhos automaticamente passam pelo meu pai na direção da mesa do canto, onde dedos longos e familiares ajeitam um cabelo castanho bagunçado e familiar.

Matt.

Meu estômago afunda até o chão quando um mar de olhos me nota encarando. Jake, Ryan e Olivia, que já foram meus amigos, estão do outro lado da sala me fuzilando com o olhar, suas expressões com tanta raiva que pareço culpada de homicídio doloso.

Mas imagino que depois do baile todas as evidências sugerem que... esse é um veredito justo.

Matt, no entanto, não olha para mim. Seu olhar permanece fixo na mesa diante dele, as sobrancelhas escuras franzidas em uma expressão concentrada enquanto ele vira seu corpo de forma a ficar obviamente de costas para mim. O que é um milhão de vezes pior do que os olhares feios.

Estou surpresa de vê-los no bingo. No verão, normalmente íamos para a piscina de Huckabee depois que ela fechava ou jogávamos ping-pong no enorme porão de Olivia.

Pensando bem, talvez eu os impedisse de ir ao bingo. Acho que é assim que são as noites de verão sem mim.

Desvio o olhar para ver meu pai deslizando a cartela 505 para a minha frente.

— Não vou jogar. — A coisa toda já está ficando fora de controle. Essa é uma das poucas decisões que me restam.

— E que tal se você jogar por mim? — ele pergunta, sacudindo um copo de plástico para liberar um punhado de fichas vermelhas. Eu as vejo cair na minha frente, formando uma pequena pilha. — Se essa cartela ganhar, eu fico com o prêmio.

Eu o encaro, sem achar graça. Por que raios ele quer jogar não faço ideia.

Se bem que, parece, essa tem sido uma atitude dele nos últimos tempos. Ficar fingindo que as coisas não significam nada quando, na verdade, significam.

Falar sobre a minha mãe? Nem em um milhão de anos.

Se livrar das coisas dela? É pra já.

Ir ao bingo mensal que ela frequentava religiosamente como se ela não fizesse isso? Com certeza.

— E, de preferência, quero o prêmio "Fiesta do Fã de Futebol Americano" — ele acrescenta, me dando uma piscadela enquanto a mãe de Olivia, Donna Taylor, a presidente da organização de pais e mestres e antiga rainha do baile (dizem que ela *literalmente* comprou os votos para essas duas coisas), finalmente sobe no palco.

Quer saber de uma coisa? Tudo bem. Quanto mais cedo começarmos a jogar, mais cedo consigo sair daqui.

— Muito bem! Todo mundo pronto? — ela diz ao microfone, antes de dar um treinado sorriso de miss para a plateia.

— Pra cacete! — Jim Donovan grita a duas mesas de distância, criando uma onda de risadas pela sala.

— Se o velho Jim mandar mais uma dessa, Donna vai apertar os lábios até o preenchimento vazar — meu pai sussurra para mim, seus olhos castanho-escuros formando rugas nos cantos quando ele dá um de seus sorrisos sarcásticos.

Sacudo a cabeça, abafando uma risada verdadeira pela primeira vez na noite.

Huckabee tem um paradoxo estranho, e Donna Taylor e Jim Donovan são os exemplos perfeitos disso. Temos as Donnas e suas mansões pré-fabricadas — ou "casas de campo recém-renovadas", como elas gostam de chamar — e os maridos que trabalham das nove às cinco na cidade enquanto elas cuidam das crianças e se reúnem com a gangue das mães no pilates cinco dias por semana. E temos os Jim Donovan, vivendo apenas alguns quilômetros ao sul em fazendas herdadas desde que Betsy Ross começou a pensar em desenhos para a bandeira americana.

Meu pai é um Jim Donovan levemente menos caipira. Nascido e criado em Huckabee, com quatro gerações antes dele compartilhando o nome "Joseph Clark". Essa cidade já faz tão parte de seu DNA que ele provavelmente viraria pó se saísse de seus limites. Então, acho que é bom Johnny estar de volta, ou meu pai nunca o veria.

— Você cuida da cartela da Blake pra mim? — meu pai pergunta, deslizando outra cartela pela mesa na minha direção.

— Sério? — Para alguém que não queria jogar bingo, estou prestes a jogar um bocado.

A LISTA DA SORTE   **13**

— Eles vão chegar em alguns minutos — ele diz, distraído, assentindo para seu celular velho, a tela rachada mostrando uma mensagem de Johnny. — Acharam uma vaga.

Estou prestes a dizer que prefiro ver o velho Jim ganhar a corrida de tratores pelo quinto ano seguido na feira regional, mas o som familiar das bolinhas amarelas rodando na gaiola me impede. Olho para o palco e, por um momento, o mar de números esperando para serem chamados me transporta para o passado.

Aprendi a contar nesta sala, sentada no colo da minha mãe, cobrindo os números que saíam com fichas vermelhas e contando quantos faltavam para fechar a cartela e ganharmos. Minha mãe e eu vínhamos todo mês desde que me lembro e ganhávamos quase sempre. Tínhamos um trono feito de cestas de prêmios e papel celofane. Todas as nossas vitórias, mamãe sempre dizia, eram graças à cartela número 505 e à minha moeda da sorte.

A fofoca era *infinita*. Metade da sala estava convencida de que roubávamos, enquanto a outra estava convencida de que éramos as duas pessoas mais sortudas em toda a cidade de Huckabee, o charme da minha mãe tornando difícil que qualquer um pensasse mal dela. Mesmo quando era isso que as estatísticas sugeriam.

Eu não podia pisar na loja de conveniência sem perguntarem palpites para a loteria. Aparentemente, até ajudei Paul Wilson a ganhar dez mil em uma raspadinha do Quatro de Julho, dinheiro que ele gastou em um show pirotécnico patriótico que lhe custou um dedo uma semana mais tarde.

Então, quando eu tinha catorze anos, minha mãe morreu e qualquer sorte que eu tinha explodiu igual ao dedo de Paul Wilson.

Desde então, fujo desse lugar como se fosse a peste. Não estou mais interessada em tentar a sorte, mesmo se for só em um jogo de bingo.

Mas ao ver Donna Taylor pegar uma pequena bola amarela entre seus dedos que terminam em unhas postiças rosa-claro, sinto a mesma pontada de quando o diretor Nelson ergueu a cartela manchada de ponche e amassada no meio. Uma sensação de que a gaiola de bingo dentro de mim está prestes a deixar cair todas as bolas.

— O primeiro número da noite — Donna diz ao microfone, fazendo uma pausa quando um grupo de crianças do fundamental começa um rufar de tambores. Noto Sue Patterson sentada em um canto bem ao lado delas, rezando um terço e espirrando água-benta em suas quatro cartelas. — B doze! — exclama, arrancando uma comemoração de alguns e grunhidos de decepção de outros.

Pego uma ficha, pois sei, antes mesmo de olhar, que o número está na cartela 505. Ainda sei de cor todos os números de todas as fileiras, a cartela está gravada na minha memória como o endereço de casa ou uma música favorita.

Hesito com a mão acima da pilha de fichas, dou uma olhada rápida e vejo que o doze está na cartela de Blake também. Coloco as fichas nos números e vejo Jim Donovan me vigiando como se essa fosse a largada para a corrida de cem metros rasos nas Olimpíadas e eu estivesse ali para vencer. Eu o encaro de volta, me divertindo por ainda ser considerada uma adversária depois de três anos, e uma onda da minha esquecida competitividade coloca um sorriso de desdém nos meus lábios.

Donna anuncia mais alguns números: *I-29, G-48, B-9, O-75, I-23,* e *N-40.* Lentamente, as cartelas começam a se preencher, as pessoas olham ansiosas umas para as outras querendo compará-las, o celofane cobrindo as cestas de prêmios empilhadas na frente da sala brilhando sob a luz fluorescente do auditório.

Bem no meio de todas elas, noto uma cesta com pipoca e um vale de 100 dólares para o cinema antigo do centro da cidade, onde Matt e eu costumávamos ir nos nossos encontros. Pensar em Matt faz minhas bochechas queimarem e preciso resistir ao impulso de olhar para ele, logo atrás do meu pai, uma onda de culpa mantendo meus olhos grudados na mesa à minha frente enquanto deslizo as fichas vermelhas para o lugar com cuidado, uma após a outra.

— Ainda bem que comprei essas cartelas extras! — meu pai diz para mim, expirando longamente enquanto sacode a cabeça. — Estou penando aqui.

Olho e noto que ele, de alguma forma, só conseguiu preencher um único número.

— Ah, meu Deus — digo, rindo. — Como isso é possível?

— Nossa... Olhe para você, Clark — diz uma voz acima do meu ombro direito. — Ainda não sabe contar de jeito nenhum.

O rosto do meu pai se ilumina quando o braço magro e bronzeado de Johnny Carter se estende por cima da mesa para lhe dar um firme aperto de mão. Eu não o vejo tão animado desde que Zach Ertz pegou aquele passe e fez um touchdown no Super Bowl do inverno antes da minha mãe morrer, o que garantiu a vitória dos Eagles.

Ergo o olhar e vejo que Johnny não mudou quase nada desde que eles estiveram aqui pela última vez, no Natal de dez anos atrás; só está com algumas rugas a mais. Uma camisa branca folgada cai solta por sua forma alta e esguia, a cabeça tomada pelo cabelo loiro-escuro bagunçado. Ele está usando um colar de conchas que de algum jeito até fica bem nele.

Mas acho que não é tão difícil quando se é alguém que fugiu para o Havaí seis meses antes da formatura para se tornar uma lenda do surfe.

— Ei, Em — ouço uma voz, e a pessoa a quem ela pertence desliza para o banco ao meu lado.

Giro a cabeça e vejo Blake.

Estou totalmente esperando uma versão um pouco mais alta da criança magrela de sete anos que usava camisetas largas e aparentemente nunca tinha ouvido falar em escova de cabelo, mas essa definitivamente não é a pessoa que acabou de se sentar ao meu lado.

Podemos dizer que Blake ganhou a loteria da puberdade aproximadamente um milhão de vezes.

A pele dela tem um bronzeado profundo e brilhante, uma cor que mais ninguém em Huckabee tem no final de agosto, muito menos no início de julho. O cabelo dela é comprido e ondulado, mais escuro que o do pai, mas com as mesmas mechas loiras, brilhantes como o sol que as colocou lá.

Mas são os olhos que mais me impressionam. Cílios longos que emolduram um castanho-mel quente e quase líquido. Dez anos atrás, eles estavam escondidos atrás de óculos maiores que o estado do Texas. Agora estão plenamente expostos.

E não sou a única que notou. Literalmente todo mundo está olhando para nossa mesa neste momento. Lá se vai a ideia de passar despercebida.

— Estou com a sua cartela — digo, quando noto que ainda não falei nada. O olhar dela baixa para as duas cartelas na minha frente e deslizo a dela, tomando cuidado para não espalhar fichas por todos os lados.

Tem *como* ficar mais óbvio que fui uma pária social pelas últimas três semanas?

— Obrigada — Blake diz, sorrindo para mim, e o espaço entre seus dentes é a única coisa em comum entre a garota na minha frente e a que me convenceu que acender bombinhas do lado de dentro de casa assustaria o Papai Noel *só o suficiente* para que ele desse um pônei para cada uma de nós.

— Só te falta uma para um bingo — acrescento, como se não fosse completamente óbvio.

Ouço Donna anunciar um número, mas não é mais que um zumbido no meu ouvido esquerdo, meus dedos agarrando instintivamente a moeda no meu bolso.

— Ei! Sortuda! — Os olhos de Blake se arregalam, animados, e ela ergue uma ficha vermelha, estendendo a mão e a colocando com cuidado na minha cartela. — Você acabou de me vencer.

Bingo.

2.

Todo mundo em Huckabee sabe que você não pode ir ao bingo no verão sem tomar sorvete depois. É como ir ao cinema e não comprar pipoca. Ou à piscina e esquecer a roupa de banho.

Não haveria por que ir.

A Sorvetes do Sam fica a uma quadra da escola de ensino fundamental de Huckabee, e a multidão de pessoas saindo do bingo e indo para lá cobre toda a distância entre os dois lugares.

Por sorte, somos um dos primeiros grupos a sair.

Eu ando rápido pelo cascalho do estacionamento, meu pai e Johnny alguns passos à frente e Blake fazendo barulho logo atrás deles. Preciso correr a cada poucos segundos só para acompanhar esse grupo de altura acima da média.

— Você vai levar o prêmio para a sorveteria? — Blake me pergunta, interrompendo minha brincadeira de encarar sem piscar um boneco *bobble head* do jogador Carson Wentz enfiado entre uma camiseta enrolada e um boné dos Eagles. Ela desacelera só um pouco, até que nossos passos sincronizem sobre o cascalho. — Você está fazendo uma volta olímpica ou coisa assim?

A LISTA DA SORTE **19**

Tento não rir da ideia de desfilar orgulhosa com a cesta "Fiesta do Fã de Futebol" do meu pai como se eu tivesse acabado de ganhar um Globo de Ouro. Porém, para ser justa, isso não seria estranho para algumas pessoas nessa cidade. Fiquei sabendo que uma delas deixou a cobiçadíssima cesta "Queijos e Vinhos" ainda embrulhada em cima da lareira durante dez anos, só pra irritar os sogros. O queijo com certeza mofou, mas essa nunca foi a questão, de qualquer forma.

Seguro a cesta com mais força, o plástico em volta dela estalando alto.

— Se eu for guardar no carro, vamos passar duas horas esperando o sorvete.

É verdade. O exército de jogadores de bingo se reunindo na sorveteria nesse momento deve ser suficiente para dar uma tendinite a Sam e aos três atendentes. Parar no carro do meu pai nos colocaria no fim da fila, bem quando os braços deles estiverem prontos para se partir em pedacinhos. Minha mãe e eu notamos que as bolas de sorvete ficam vinte e cinco por cento menores e mais derretidas se você ficar no fim da fila.

E depois de hoje tenho certeza de que mereço um sorvete de bom tamanho.

— Então você vem bastante aqui — ela diz quando nos aproximamos da fila. Conseguimos andar rápido o suficiente para só ter umas dez pessoas entre nós e a delícia gelada, caseira e doce.

— Não como antigamente — respondo.

Ainda bem que ela não me pergunta por quê. Em vez disso, suas sobrancelhas se erguem.

— Espere. Por favor, diga que esse lugar *realmente* se chama *Sovetes do Sam*?

O R do sinal luminoso vermelho logo acima do toldo branco e azul está queimado, e eu rio porque a maior parte da cidade já está tão acostumada com isso que nem notamos mais.

— Meio que sim? O letreiro está quebrado há cinco anos, então é o apelido não oficial desse lugar.

— Qual seu sabor preferido? — ela pergunta enquanto espicha o pescoço e aperta os olhos para ver o cardápio além da longa fila de gente. Isso me faz pensar se ela ainda usa aqueles óculos do tamanho do Texas à noite, quando tira as lentes de contato.

— Misto de chocolate e baunilha na casquinha com granulado colorido — respondo de forma automática, voltando minha atenção para a vitrine. — Mas não tomo um há anos.

— Sinto minha boca salivar, apesar da pontada de dor que vem quando percebo que a última vez que estive no Sam foi com a minha mãe.

— Cara. Se *você* acha que não toma um sorvete do Sam há muito tempo — Johnny diz, contando nos dedos. — Clark, deve fazer duas décadas desde a última vez que viemos aqui juntos. O verão antes do último ano da escola. Lembra?

Meu pai faz que sim, sorrindo.

— Você comprou menta com chocolate na casquinha, e eu enfiei ele na sua cara uns quinze segundos depois que você pagou. Precisava me vingar por você ter baixado minhas calças na frente das líderes de torcida.

Os dois começam a rir e sacudir a cabeça ao mesmo tempo.

Troco um olhar rápido com Blake, as duas revirando os olhos para a longa noite de nostalgia que nos aguarda.

— Sua mãe ficou muito brava com ele — Johnny diz, se virando para me olhar, a luz forte do poste caindo direto no meu rosto. Ele para de rir e me dá um olhar longo e desconfortável. Eu sei exatamente o que vai vir antes mesmo de ele começar a dizer. — Nossa. Eu não consigo acreditar no quanto você se parece com a Jules.

É uma variação da frase que já ouvi mais vezes do que conseguiria contar.

"Você é igualzinha à sua mãe."

"Você é praticamente um clone da Julie!"

"Vocês poderiam ser gêmeas!"

Eu costumava amar quando as pessoas diziam coisas assim. Agora não consigo escapar, o rosto dela me assombra toda vez que olho no espelho. Cabelo castanho comprido e escorrido, sobrancelhas marcadas, lábios cheios.

Mas não os olhos dela. Os olhos dos quais sinto tanta falta nunca estão lá me olhando de volta, não importa o quanto eu deseje isso.

Em vez do azul de mirtilo dos olhos dela, tenho o castanho muito escuro do meu pai. Se não fosse por esse único traço, ninguém nunca diria que sou parente dele. O gene da altura passou correndo por mim.

— Não parece? — meu pai diz, me dando um de seus sorrisos tristes.

E em um segundo ele pigarreia e se fecha, como sempre faz quando minha mãe é mencionada. Eu o vejo desviar o olhar de mim.

— Eu te contei do trabalho que peguei na propriedade de Luke Wilken? Com o teto de vidro? — pergunta para Johnny e, de repente, voltamos para o papo chato sobre construção, que já tenho o suficiente em casa.

— Então — olho para Blake enquanto avançamos. — O que você está achando de Huckabee até agora?

— Bem, eu só estou aqui há dois dias e passei a maior parte do primeiro dormindo, já que pegamos um voo noturno — diz, hesitando um pouco. — Mas, hum, honestamente? Parece quase um universo alternativo.

Dou uma risada sarcástica para essa avaliação generosa.

— Um universo alternativo com muitas vacas.

Ela faz que sim, seus olhos assumindo uma expressão distante.

— *Muitas* vacas.

Meus ombros ficam tensos quando meu antigo grupo de amigos passa por nós segurando sorvetes enormes, a recompensa por terem corrido até a sorveteria. Vejo Jake e Ryan notarem Blake, os dois diminuindo o passo, as bocas levemente abertas, o sorvete pingando lentamente pela mão enquanto a encaram como se ela fosse um dinossauro que surgiu espontaneamente no século XXI. Olivia bate no ombro de Ryan, com ciúmes, mas está igualmente ocupada examinando Blake.

Não é todo dia que chega uma menina nova na cidade. E, definitivamente, não uma tão bonita quanto Blake. Eu só fico aliviada por ela ser uma distração do fato de que eles deveriam estar me julgando.

O único que não está olhando para ela é Matt.

Ele olha na minha direção por uma fração de segundo, seus olhos espiando por baixo do cabelo comprido e castanho-chocolate que minha mãe sempre dizia que era adorável.

Tudo que consigo ver agora é dor e decepção no rosto dele.

Eu o encaro, me sentindo péssima. E é como devo me sentir, já que acabei de partir o coração do cara mais legal de Huckabee.

— O que você fez pra *ele*? — Blake pergunta quando se afastam. Tive esperança de que ela não notasse, mas aquele olhar foi um soco.

— Ah, você sabe — digo, soltando um longo suspiro e tentando manter meu tom leve. — O de sempre. Nós namoramos. Terminamos. Namoramos. Terminamos de novo. — Não é mentira. Mas também não é toda a verdade.

Ela assovia, erguendo as sobrancelhas, surpresa.

— Você acha que vocês vão voltar mais uma vez?

— Não. Acho que não vai mais acontecer. — Três anos brigando e fazendo as pazes passam pela minha mente, Matt sempre encontrando um jeito de consertar as coisas. Mas agora esse ciclo inclui a noite do baile, e isso deu um basta em tudo. Ele nem fala mais comigo. — Quer dizer, você viu como ele me olhou. É bem óbvio que ele vai me odiar por toda a eternidade.

— Mesmo? Odiar? Não entendi isso. — Blake morde o lábio, pensativa. — Me pareceu que ele ainda não te esqueceu. Talvez ele só esteja esperando você falar com ele.

Por sorte, a filha mais velha de Sam, Amber, grita "Próximo!" no guichê do meio e assim não preciso notar a migalha de esperança flutuando no meu estômago com as palavras de Blake.

Esperança de que possa existir um jeito de consertar tudo isso.

A casquinha com a bola-tamanho-início-da-fila surge num piscar de olhos, e preciso fazer malabarismos com a cesta para pegá-la, dando uma grande lambida antes que comece a derreter.

Em um instante, sou transportada de volta para noites de verão com a minha mãe depois do bingo e para algumas visitas à sorveteria depois de dias difíceis no ensino fundamental.

Preciso lembrar aos meus pés para continuarem se movendo.

As três mesas de piquenique já estão cheias, então começamos a andar de volta para a escola, a fila de pessoas à espera lançando olhares invejosos para nossos sorvetes.

Blake olha para mim e faz uma careta, esfregando a têmpora.

— Congelei meu cérebro.

— Coloque a língua no céu da boca. — Ouço a voz da minha mãe na minha cabeça, me dizendo essas mesmas palavras centenas de vezes. Eu sempre engolia minha casquinha em menos de um minuto e me contorcia de dor depois. Dou uma lambida lenta e focada; não mergulho mais de cabeça no sorvete coberto de confeitos. Ou em nada, aliás. — Funciona sempre.

Em alguns segundos ela assente, seu rosto impressionado e o cérebro descongelado, e ela volta para a casquinha como se nada tivesse acontecido.

Presto atenção à fila de pessoas atrás dela, notando todos os olhares sendo atraídos por Blake quando passamos. Ela é uma novidade linda e brilhante em uma cidade onde pouca coisa muda. Se Blake acha que Huckabee é de outro universo, fica claro que todo mundo aqui acha o mesmo dela.

Observo para ver se ela notou os olhares que está recebendo, mas só está lambendo alegremente seu sorvete. Sem preocupação alguma exceto congelar o cérebro. Não consigo evitar uma onda de inveja.

Meu pai me cutuca e viro a cabeça para olhá-lo.

— Ainda está de pé encaixotarmos as coisas amanhã? Eu trouxe algumas caixas do trabalho.

Faço uma careta quando a placa de "vende-se" em frente à nossa casa surge na minha mente, a casa da minha infância prestes a ser arrancada de mim. Mais um motivo para esse verão ser uma droga.

— *Encaixotar?* — Johnny para.

— Eu não te disse que vamos nos mudar? — meu pai pergunta. Acho que ele se esqueceu de mencionar isso nas conversas que eles têm por telefone todo mês.

— Você está brincando! — Johnny exclama, seus olhos arregalados, parecendo quase tão chocado quanto eu quando meu pai me contou. Um pouco de sorvete pinga da casquinha dele e cai com tudo na calçada, conseguindo, de alguma forma, evitar a camisa dele. Ah, como é bom não ter seios. — No segundo que eu chego na cidade você está fazendo as malas?

— Não vou sair de Huckabee — meu pai diz, apontando sua colher para Johnny quando responde. — Só vou para algo menor. — "Menor" sendo código para "mais barato", mas Johnny provavelmente não sabe disso.

— Como se ele um dia fosse sair de Huckabee — sussurro para Johnny enquanto meu pai acena para a longa fila do sorvete. Nosso prefeito não oficial.

— Não sei o que eu estava pensando — Johnny diz com uma risada, se virando para cumprimentar um antigo colega.

Se Huckabee fosse o *Titanic*, meu pai certamente seria o capitão, acenando orgulhoso enquanto o navio mergulha para o fundo do oceano.

— Podemos passar na casa de vocês amanhã para ajudar a encaixotar algumas coisas — Johnny oferece quando chegamos ao cascalho do estacionamento e não há mais ninguém para cumprimentar além dos carros.

— Vocês não precisam *des*encaixotar? — meu pai pergunta.

— Nossas caixas ainda vão levar de três a cinco dias úteis para chegar — Johnny diz com um sorriso largo. — Que tal fazermos uma troca? Nós ajudamos vocês amanhã e em troca vocês nos ajudam no fim da semana.

— Feito — meu pai diz, amassando o copinho vazio com uma das mãos e estendendo a outra livre. Eles dão um aperto firme, como se isso fosse algum tipo de juramento solene e não planos casuais.

— Três horas está bom? Ou três e meia? — Johnny pergunta, indicando Blake com a cabeça enquanto nos aproximamos da ponta mais distante do estacionamento, onde eles conseguiram estacionar. — Essa aqui ainda está meio perdida no fuso horário.

Percebo agora as leves olheiras sob seus olhos, o arranhar em algumas das palavras que ela diz.

— Três está ótimo — meu pai responde, assentindo. — A Em trabalha sábado de manhã, na Confeitaria da Nina, na cidade.

— Nina? — Johnny pergunta. — De Nina Levin?

— Nina *Biset* é como ela se chama agora — meu pai corrige com um sorriso. — Mas, sim, *essa* Nina. A filha dela, Kiera, é a melhor amiga de Emily.

— Isso foi uma escolha ou pré-determinado? — Johnny me pergunta com uma piscadela.

— Um pouco dos dois — digo, rindo. Kiera e eu sempre brincamos que nascemos melhores amigas, como nossas mães.

Termino meu sorvete, o gosto doce se demorando na minha boca à medida que caminhamos lentamente pelo estacionamento. Chegamos à última fileira de carros apertados na frente da ala do quinto ano e pouco antes do campo de futebol, o bosque atrás do gol parecendo escuro e ameaçador sob o luar.

Quando eu estava no fundamental, logo depois que o bingo acabava, algumas de nós, crianças, costumávamos desafiar umas às outras a passar correndo pelo gol e tocar uma das grandes árvores na borda do bosque. Ficávamos uns vinte minutos falando bobagem e nos arrastando de olhos arregalados pela grama até alguém ter coragem suficiente para realmente fazer isso.

Nove entre dez vezes, era eu quem saía voando pela escuridão para tocar no tronco irregular, ainda munida da minha sorte vencedora de bingos.

É uma loucura quanta coisa mudou desde então. O quanto *eu* mudei desde então.

— Bem, esse é o nosso — Johnny diz.

Estou olhando para um jipe velho, enferrujado e verde-floresta, mas fico surpresa quando os faróis do Porsche de vidro escuro ao lado dele piscam duas vezes e as portas destrancam.

Troco um olhar rápido com meu pai, tentando esconder meu choque. Sei que ele está tão abalado quanto eu.

Johnny, porém, não nota nossa surpresa e me envolve com um braço, o celofane em volta da cesta estalando quando do ele se inclina.

— Te vejo amanhã, garota! — diz, e então aperta a mão do meu pai, abre a porta do Porsche e entra.

Eles devem abraçar muito nessa família, porque Blake faz o mesmo em seguida, seu braço me envolvendo rapidamente, trazendo com ele uma onda de linho fresco, areia quente e água salgada do oceano, tudo misturado.

Ela tem o cheiro de um dia na praia.

— Até mais — diz, se soltando. Aparentemente, eu estava tão ocupada farejando o oceano que a abracei por um segundo a mais que o necessário. Qual é o meu problema?

Ela acena para o meu pai.

— Tchau, sr. C!

Nós os observamos ir embora, o motor roncando de leve enquanto eles deslizam pelas fileiras de carros e para fora do estacionamento.

— O que é que o Johnny faz mesmo? — pergunto quando o farol some lentamente ao longe.

— Coisa de tecnologia — meu pai responde, dando de ombros.

— Coisa de tecnologia? — repito enquanto vamos na direção do nosso carro, voltando pelo estacionamento. — Tipo o quê? Tipo... Google? Nem o pai de Matt dirige um carro *assim*.

Ele me olha, nós dois surpresos por eu ter mencionado Matt. Ele não sabe dos detalhes e não vai perguntar a menos que eu diga, mas *tem que* saber que algo está muito errado para Matt não ter aparecido mais e durante semanas eu só ter saído de casa para ver Kiera.

— É — meu pai diz, pegando a cesta de mim e me cutucando de leve. — E pensar que nenhum deles ganhou um prêmio do bingo!

Eu sorrio para ele, cutucando-o de volta.

— Obrigado, aliás — ele diz quando chegamos ao Chevrolet vermelho e levemente enferrujado. Ele ergue a cesta e sorri para mim por cima da caçamba da caminhonete.

— Não! — Abro com força a porta da caminhonete, as dobradiças rangendo alto. — Sua cartela, seu dinheiro, sua cesta.

— Não sei bem. Aquela cartela não ganha assim para mais ninguém além de você e sua... — Ele para antes de dizer, me acertando no peito com mais do que a cesta.

Nós ficamos em silêncio, mas sinto a palavra que faltou ecoando no meu ouvido.

Ele conseguiu *ir ao bingo,* ficar naquela sala e fingir que não significava nada, mas não consegue dizer o nome dela.

— Ponha o cinto — ordeno, notando a ausência de seu cinto de segurança enquanto ele engata a marcha. Não sei quantas vezes preciso dizer a ele que praticamente metade de todas as fatalidades em acidentes de carro poderia ser prevenida se a pessoa estivesse usando o cinto de segurança.

Meu pai concorda, freando rapidamente o carro e o colocando no lugar. Então me lança um olhar verdadeiramente culpado.

— Desculpe, Em.

Balanço a cabeça, fingindo que não tem importância, mas já perdi minha mãe, não quero perder meu pai também.

Nós vamos embora, a escola sumindo ao longe, como aconteceu centenas de vezes comigo no Toyota Camry prateado da minha mãe. Vejo as pessoas do lado de fora da Sorvetes do Sam, crianças correndo pelas ruas, os pais tentando controlá-las e lentamente aceitando a derrota, um grupo de meninas do final do fundamental fofocando em um canto. Tento me imaginar no meio disso tudo, se as coisas fossem diferentes.

Minha mãe e eu já estaríamos indo embora? Ou estaríamos presas no meio das pessoas, conversando sobre as histórias de Jim Donovan, a última fofoca da escola ou que loucura é meninas esquisitas de sete anos crescerem e ficarem bonitas feito modelos de Instagram. Tenho certeza de que nesse universo as coisas estariam bem entre Matt, meus amigos e eu, que a pessoa de cujo conselho eu preciso agora mais do que nunca saberia como consertar isso.

Mas a imagem some como a escola no retrovisor. Fica sempre esse buraco vazio, um buraco no espaço e tempo onde minha mãe deveria estar, mas não está.

Me remexendo no banco, encosto a cabeça no vidro da janela e fecho os olhos, enfiando a mão no bolso para segurar a moeda da sorte.

Normalmente afasto esses pensamentos porque nunca consigo visualizá-los, mas, pela primeira vez em muito tempo, um braço aninhando a forma familiar de um prêmio de bingo, o gosto do nosso sorvete favorito ainda na minha língua, eu consigo senti-la.

Eu consigo realmente *senti-la*.

Meu dedão encontra a ranhura familiar logo acima da cabeça de George Washington e não consigo não pensar que talvez essa noite no bingo não tenha mesmo sido tão ruim.

3.

No dia seguinte, quando saio para trabalhar, o sol que desponta já está ridiculamente quente, e fico aliviada quando minha bicicleta ganha velocidade e sinto o vento batendo no meu cabelo, a placa de "vende-se" no quintal da frente ficando menor com a distância.

Eu poderia fazer esse trajeto de olhos fechados, essa rota está entalhada na minha memória. É uma loucura pensar que logo não estarei pedalando por ela. Cada curva, colina e marco familiar serão coisa do passado, já que provavelmente nos mudaremos para um apartamento na cidade e a Confeitaria da Nina ficará bem pertinho.

Não que meu pai tenha falado *alguma coisa* a respeito disso.

Eu viro na rua principal que me leva direto ao coração de Huckabee e observo o horizonte enquanto um único carro vermelho passa por mim. Atrás do carro, vejo a extensão de fazendas e os milharais que ficam mais altos a cada pedalada.

E, claro, as vacas.

Toda vez que há um pedaço de fazenda entre as mansões em construção, você as vê, vagando pelo gramado, sem nada com que se preocupar.

Cada trecho de fazenda marca uma família de Huckabee que se recusou a vender suas terras e ser obrigada a morar a alguns quilômetros para o sul, nas casas baratas e malfeitas nas quais ninguém realmente quer viver.

Eu pedalo por Devonshire Estates, um condomínio de casas iguais que foram construídas em cima da fazenda dos meus avós no meio dos anos 2000. Meu avô morreu logo depois que nasci, e, quando os empreiteiros chegaram, minha avó não teve escolha. A fazenda na qual ela havia crescido, na qual havia criado minha mãe, foi arrancada dela. Ela morou em uma casa geminada até falecer.

Observo um golden retriever tomando sol em um amplo quintal e me pergunto que parte da fazenda seria aquela. Me pergunto se minha avó ficou tão devastada ao perder a casa na qual tinha crescido quanto eu estou por perder a minha.

A igreja de São Miguel entra no meu campo de visão, com seus tijolos estoicos, vitrais, a antiga porta de madeira e o parquinho ao lado, onde eu costumava saltar de balanços, brincar de pega-pega e me pendurar no trepa-trepa com Kiera.

Preciso admitir que provavelmente não vou sentir tanta saudade desse pedaço do caminho, já que, quando freio diante de uma grande placa vermelha de pare, eu me pego, como sempre, tentando ignorar o letreiro preto que surge ao longe, mas bem diante de mim, que diz "CEMITÉRIO DE HUCKABEE" em letras grandes e douradas.

Abaixo a cabeça e pedalo rapidamente por ele, o letreiro preto e os portões de ferro fundido passam voando por mim enquanto o centro de Huckabee me puxa em segurança para dentro. Mas mesmo quando consigo respirar de novo, ainda há uma cratera dentro de mim que me faz sentir que a deixei para trás. De novo.

O bairro comercial, ou, na verdade, o coração de Huckabee, não mudou nada durante minha vida inteira. Claro, alguns prédios foram reformados e modernizados, provavelmente porque foram pintados com a tinta à base de chumbo dos anos cinquenta, mas a atmosfera ainda é a mesma, lembranças boas e ruins em cada esquina. Lembranças nas quais eu não quero pensar.

Vejo Judy pela janela do Hank's, a lanchonete onde meu pai e eu comemos todos os dias durante uns três meses, quando não tínhamos forças para preparar o jantar. Ela me sopra um beijo e já consigo sentir o abraço de esmagar os ossos que vai me dar quando ficar sabendo que vamos vender a casa. Judy é a espinha dorsal do Hank's, trabalha na lanchonete desde que era caloura no ensino médio. E vai fazer setenta e cinco anos no outono.

O Coffee Bean fica algumas portas mais à frente e é seguido por outras lojas, como a O'Reilly Livros Usados e uma loja de ferramentas que meu pai frequenta. Aceno para o sr. O'Reilly enquanto ele destranca a porta de sua loja e ele sorri com seu bigode cuidadosamente arrumado de pontas viradas para cima, embora eu não pise na loja dele há anos. O rangido do chão de madeira e o cheiro de livros antigos ainda é demais, mesmo três anos depois.

Conforme pedalo pela rua principal, observo o enorme relógio no centro da cidade caminhar lentamente na direção de sete e quarenta e cinco, o sol da manhã já forte no céu atrás dele. Deslizo para a calçada, salto da bicicleta e a empurro até o bicicletário ao lado dos degraus da biblioteca. Enquanto tiro o cadeado da mochila, olho para o prédio enorme e antigo, com suas janelas largas e tijolos vermelhos centenários. E, do outro lado da rua, em um forte contraste com ele, está…

A Confeitaria da Nina. Uma onda de alívio me atinge quando a vejo.

Tijolos caiados abrem caminho para um letreiro grande e redondo, com o nome da confeitaria escrito em letra cursiva arredondada e com tinta preta.

Sinto um toque do cheiro divino de doces que forma uma nuvem pelos arredores, atraindo os passantes para comer um donut, um cupcake ou uma torta feita com maçãs frescas do Pomar do Snyder, a uns poucos quilômetros ao norte.

Passei muitos dias e noites neste lugar desde que minha mãe morreu e a mãe de Kiera decidiu sair do emprego de enfermeira para ir atrás de seu antigo sonho de ter uma confeitaria.

— Vivam a vida como vocês querem vivê-la, mocinhas — ela disse para mim e para Kiera depois de assinar o contrato de aluguel do prédio, nós duas enfiadas embaixo de seus braços. — O amanhã nunca é garantido.

Normalmente eu odeio quando as pessoas dizem coisas assim, mas com Nina é diferente.

Prendo a bicicleta, atravesso a rua correndo e então abro a porta. A sineta soa alto quando entro.

A Confeitaria da Nina é um dos meus lugares favoritos no mundo. Além das centenas de doces, cada canto desse lugar é especial. Desde as paredes brancas que nós todas passamos horas pintando até as prateleiras de madeira em estilo industrial que meu pai pendurou com uma precisão treinada e a cozinha no fundo que nós montamos lentamente, um forno e fritadeira por vez.

Mas, mais do que isso, ela também parece *nova*. Às vezes eu sinto que não existe um centímetro dessa cidade que não esteja saturado de velhas lembranças. Mas a confeitaria é diferente. Ela começou a existir depois. É uma folha em branco. É segura.

As pessoas lá dentro também ajudam com essa sensação.

— Oi, Emily!

Ergo o olhar e vejo o irmão mais velho de Kiera, Paul, sentado atrás do caixa, girando uma caneta despretensiosamente com a mão direita. Seu cabelo preto e cacheado está preso em um pequeno rabo de cavalo; o piercing no nariz, um pequeno brilhante, reflete com força contra sua pele escura.

— Oi, Paul — cumprimento, soltando meu capacete, a porta fazendo barulho atrás de mim ao se fechar. — Notícias de Kiera? Ela recebeu a caixa?

Todo verão Kiera vai para o Misty Oasis, um acampamento do tipo sem-celular-exceto-domingo-à-noite, vamos-escrever-cartas-longas-e-reviver-os-Estados-Unidos-pioneiro. Nina costumava ir para lá, então Kiera passou a ir religiosamente desde que tinha oito anos e meio. Nesse verão, ela foi promovida a monitora, um trabalho que aparentemente está levando muito a sério.

— Nah, não soube dela. — Ele solta a caneta em cima do guardanapo em que estava rabiscando. — Ela está ocupada demais fazendo fogueiras e, tipo, tentando garantir que as crianças não morram.

— Parece horrível — comento, deslizando para trás do balcão.

Paul e eu definitivamente não somos do tipo que acampa. Nós tentamos o Misty Oasis por uma semana e ainda estamos traumatizados.

— O que você mandou esse ano? — ele pergunta.

Todo verão faço uma caixa da saudade para Kiera e a encho com pequenas coisas para tornar o mês longe de casa um pouco mais fácil. Conto os itens nos dedos enquanto os listo para ele.

— Três caixas do chiclete favorito dela, uma vela de baunilha que tem o cheiro *exato* dos cupcakes Muita Baunilha da mãe de vocês, quatro tons diferentes de esmalte vermelho, a última edição da revista *Seventeen* e vinte e cinco bilhetes, um para cada dia que ela vai ficar longe.

Para ser sincera, acho que Kiera não fica mais com saudade de casa, mas é uma tradição.

E neste ano estou com ainda mais saudade dela. Eu não só queria que ela estivesse aqui para ajudar com a mudança, mas ela também foi a única que ficou do meu lado quando tudo foi para os ares com Matt.

Olho para o guardanapo na frente de Paul. Ele desenhou uma máquina intricada, um bolo dentro do que parece ser um redemoinho sofisticado. Ele vai ser engenheiro mecânico, estuda na Carnegie Mellon, do outro lado do estado.

— O que essa aqui faz? — pergunto, me inclinando por cima do ombro dele para ver melhor.

— Agiliza a decoração dos bolos.

— Você está tentando roubar meu trabalho? — digo, cutucando-o de brincadeira.

Decorar bolos é minha especialidade. Nina sempre me chama para fazer os bolos de aniversário, formatura e casamento. Sim, leva horas, mas vale a pena. Não há nada mais recompensador do que ver os desenhos da minha cabeça ganharem vida.

— É o plano! — ele diz, me dando um largo sorriso. — Te libertar para ter o verão louco que você sempre sonhou.

Reviro os olhos.

— Muito engraçado.

Vou para o escritório nos fundos deixar minhas coisas, passando por Nina no caminho.

— Oi, querida! — ela diz, levantando o olhar da massa que está mexendo. — Como você está hoje?

— Bem! Só mais dezesseis dias — respondo enquanto abro a porta do escritório.

Dezesseis dias até que Kiera volte do Misty Oasis e eu não precise mais ficar sozinha, bem no meio do pior verão da história, alternando entre encaixotar tudo para a mudança e esperar que o choque do baile passe. O que não vai acontecer. Nunca.

Penduro o capacete no armário que tem meu nome, decorado por mim, e troco a mochila por um avental preto e o chapéu com os dizeres "Confeitaria da Nina". Saio do escritório ainda amarrando o avental, volto para a cozinha e espio a tigela de massa que Nina está mexendo.

— E isso é… — começo a perguntar.

— Pode apostar! — ela diz, colocando mais umas gotas de chocolate na mistura. — Cookies de Chocolate com Ingrediente Secreto!

Roubo um pouco de massa, provando a delícia de chocolate que é doce, mas nunca doce demais.

— É noz-moscada?

Ela me dá uma piscadela calorosa.

— Em, eu já te disse que é…

— Amor. É, é o que você diz. Nina, eu *sei* que tem mais alguma coisa aí!

Eu rio e dou um abraço rápido nela.

— Noz-moscada? — sussurro para Paul quando passo por ele e verifico se o porta-guardanapos está cheio.

Ele desdenha.

— A mulher me colocou no mundo e eu precisei viver dezoito anos e ainda fazer um pacto de sangue para descobrir esse negócio — ele diz alto, lançando uma olhadela para Nina antes de baixar a voz até um sussurro. — Pense em algo mais doce.

Nós começamos a arrumar tudo para o movimento da manhã enquanto conto a ele do bingo na noite passada, desde a chegada de Johnny e Blake até a presença inesperada do meu grupo de amigos. Ainda não me acostumei a não ter Kiera por perto e me pego estendendo bandejas de donuts ou uma pilha de sacolas no ar, na direção onde ela deveria estar. Nós precisamos trabalhar duas vezes mais rápido para arrumar tudo sem ela, todo o fluxo da manhã fica desarranjado.

A parte mais importante da arrumação pré-abertura é garantir que os donuts estejam expostos, as embalagens cor-de-rosa da Confeitaria da Nina arrumadas ao lado deles. Nina é *famosa* pelos seus donuts. Eles sempre esgotam antes do meio-dia, e aos sábados temos sorte se durarem até as dez. Ela precisa fazer quatro dúzias a mais todo domingo para que as pessoas saindo da igreja não esqueçam seus ensinamentos e se engalfinhem na vitrine.

— Tudo pronto? — Nina pergunta, secando as mãos com uma toalha enquanto vai da cozinha até a frente da vitrine, seus olhos examinando os doces para garantir que tudo está no lugar.

— Pronto! — Paul responde com uma saudação confiante, mas nós dois estamos com suor na testa.

Ela revira os olhos na direção dele e, com o canto da boca se erguendo em um sorriso, abre as janelas. Lentamente, o cheiro dos Cookies de Chocolate com Ingrediente Secreto flutua pela confeitaria e sai para a rua. É como um canto da sereia, atraindo os amantes de donuts e os comedores de doces de todos os cantos de Huckabee.

Quase no segundo em que ela vira a placa para aberto, a porta da biblioteca se abre e a sra. McDonell, a bibliotecária-chefe, começa a trotar animada pelos degraus para buscar seus dois donuts com glacê. Ela ultrapassou a cota de cliente regular e agora é uma viciada certificada, combinando seu donut com uma xícara de café e um livro todas as manhãs. E, ainda assim, de alguma forma, mal pesa quarenta e cinco quilos, sua forma minúscula e idosa toda feita de ângulos duros e joelhos ossudos.

A sineta da porta da frente soa quando ela entra e não para de soar pelas próximas duas horas. O barulho é quase constante, e vai entrando um cliente atrás do outro, todos olhando ansiosos para a vitrine. Eu cuido do caixa enquanto Paul pega os donuts e os coloca dentro das embalagens cor-de-rosa, entregando-os com um sorriso largo. Nina fica na cozinha, preparando as delícias.

É uma confusão de pessoas vindas da cidade toda até que o relógio bate dez horas e eu não poderia estar mais feliz. Fico tão ocupada me mexendo na velocidade da luz que não tenho tempo para pensar em Matt, em meus amigos ou na mudança. Em vez disso, fico focada nas pessoas bem na minha frente. Annie, do Hank's, o sr. Schmidt, diretor do ensino médio de Huckabee. Faço o melhor que posso para dar um nome a cada rosto, o que sempre me rende um sorriso caloroso e o barulho das moedas no pote de gorjetas.

Por sorte, isso é fácil de fazer quando você viveu na mesma cidadezinha sua vida inteira.

Quando os clientes dão uma trégua, Paul arrasta um banco para o meu lado e se senta com um longo suspiro, curvando-do os ombros.

— Pare de fingir. Você sentiu saudade — provoco, cutucando-o.

— De trabalhar com você? De jeito nenhum — Paul diz, sorrindo de volta para mim.

Nós três, Paul, Kiera e eu, trabalhávamos juntos todos os fins de semana antes de ele ir para a faculdade. Aos domingos, nós costumávamos inventar algum tipo novo de doce ou alguma combinação esquisita de cookie para fazer. Se Nina testasse e aprovasse, ela servia o que quer que tivéssemos inventado e nos deixava ficar com o lucro. Ficou mais difícil encontrar tempo para isso depois que ele foi embora, especialmente porque o agito da confeitaria fica mais frenético a cada ano que passa.

A sineta da porta da frente toca e nós dois olhamos, colocando o sorriso artificial de atendentes no rosto. Mas sou surpreendida por Blake parada na porta, usando uma camiseta branca da Ron Jon que faz seus braços parecerem ainda mais bronzeados que na noite passada.

— *Blake?* O que você está fazendo aqui? — falo sem pensar, meu cérebro e minha boca funcionando em frequências diferentes. Por sorte, ela dá um sorriso. Seu cabelo de mechas douradas está preso em um rabo de cavalo cheio e ondulado que balança lentamente quando ela se move.

— Bom te ver também — diz, fechando a porta com cuidado. — Eu procurei no Yelp o melhor lugar para comprar um donut em Huckabee e esse era o único em um raio de, tipo, cinquenta quilômetros.

— Isso é *quase* verdade. — Aponto para a janela com a cabeça. — Tem um posto de gasolina a uns dez minutos descendo a estrada com uma vitrine cheia deles. Acho que eles renovam os donuts uma vez por mês, sabe, para manter frescos.

— Uma vez por mês? O que estou fazendo aqui então? — ela pergunta, jogando as mãos para o alto com uma falsa exasperação.

Eu rio e arrumo rapidamente meu cabelo e minha camiseta da Confeitaria da Nina enquanto os olhos dela miram os cupcakes do outro lado do vidro. Olho para o lado e pego Paul me observando, um leve sorriso de superioridade no rosto.

Reviro os olhos. Sem Kiera aqui, ele sabe que Blake é minha única chance de ter uma amiga esse verão. Não precisa esfregar na minha cara.

— Acho que quero só um donut com glacê — Blake diz, finalmente, nossas cabeças se voltando para ela. — Isso é sem graça?

— Nem um pouco — respondo, conforme Paul puxa dramaticamente uma única folha de papel-manteiga da caixa. — São nossos clássicos.

— Você está com sorte! — Paul diz atrás de mim. — Este é o último.

Ele o coloca com cuidado na embalagem e a estende para ela.

— Eu sou o Paul, aliás — ele diz quando ela pega a embalagem da mão dele. — Irmão da melhor amiga da Emily, o irmão mais bonito e gay ex-residente de Huckabee.

Blake ri, seu rosto inteiro se acendendo como o sol da manhã que entra pelas janelas da loja.

— Prazer em conhecer, eu sou a Blake.

Ela nem se abala com o comentário sobre ser gay. É bom saber que não é homofóbica. Em Huckabee, isso pode ser bastante imprevisível, mas acho que onde Blake cresceu as coisas provavelmente são um pouco diferentes.

— Você está visitando a cidade? — Paul pergunta a ela.

Ela balança a cabeça, a embalagem nas suas mãos estalando.

— Não, acabei de me mudar pra cá com meu pai.

— Ah, meu Deus. Sinto muito — Paul diz, sacudindo a cabeça com pesar.

Paul não é fã de Huckabee. O que é completamente justo, porque Huckabee foi muito dura com ele. Ele sempre foi um pouco menor, um pouco mais quieto, teve a pele um pouco mais escura e foi um pouco mais gay do que todas as outras pessoas na escola, e não tinham vergonha de deixar isso claro para ele. Quando ele voltou para casa nas últimas férias de Natal com um namorado, foi como conhecer uma pessoa totalmente diferente. Como se ele tivesse se encontrado no segundo em que colocou sua mala no carro e saiu da cidade. Não me espanta que ele visite o namorado sempre que pode.

Às vezes eu me pergunto como seria isso. Ir para um lugar em que ninguém vê outra pessoa quando olha para mim.

— Não parece tão ruim — ela diz, puxando a carteira do bolso traseiro, seus olhos brilhando na minha direção. — Quer dizer, de fato tem *muitas* vacas.

Eu rio enquanto ela puxa algumas notas de um, novas e sem amassados.

— Quanto é um donut? — ela pergunta.

— Não se preocupe — digo, dispensando o dinheiro com a mão. Nós podemos pegar um doce de graça por dia e hoje estou me sentindo generosa.

— Mesmo? — Blake pergunta, surpresa.

— Sim — aceno com a cabeça para Paul. — Pense nisso como um donut de desculpas por toda a Huckabee.

— Obrigada — ela diz, sorrindo e olhando para a embalagem com o donut.

— Imagina — respondo, dando de ombros.

Ela estica a mão e coloca o dinheiro no pote de gorjetas.

— Te vejo daqui a umas horas — acrescenta ao se encaminhar para a porta, dando um grande sorriso na direção de Paul ao abri-la. — Tchau, Paul!

— Tchau! Volte logo! — ele diz, acenando até o segundo em que a porta se fecha.

Paul solta um assovio baixo enquanto a acompanha descer a rua, seu contorno desaparecendo na esquina e saindo de nosso campo de visão.

— O que *essa garota* está fazendo presa em um lugar como Huckabee? Quer dizer, por que raios Johnny Carter se mudou de volta para cá? — Ele tira as luvas azuis com um estalo e as joga na lata de lixo.

Dou de ombros e arrumo os guardanapos que estão escapando.

— Não sei. Algo a ver com a família dela.

Pelo menos foi isso que meu pai comentou. Ele foi previsivelmente vago com os detalhes.

Ao colocar uma mecha de cabelo solto atrás da orelha, percebo que Paul está erguendo suas sobrancelhas perfeitamente simétricas enquanto olha para mim.

— Bom, ela com certeza quer ser sua amiga — ele diz, pegando a bandeja de donuts vazia.

— O quê? Não. — Sacudo a cabeça. — Ela provavelmente só queria um donut.

— Emily, por favor. Você sabe que a Confeitaria da Nina com certeza não está no Yelp. Nada nesse peido de cidade está no Yelp — ele fala por cima do ombro enquanto

A LISTA DA SORTE   **45**

segue para a pia da cozinha. — Ela definitivamente só veio te ver.

Hum, ele está... certo. Olho pela janela, para a esquina na qual Blake desapareceu, e me pergunto se isso é verdade. Se talvez este não precise ser o verão mais solitário de todos, no fim das contas.

4.

Algumas horas depois, entro no quarto do meu pai puxando uma enorme caixa de papelão vazia atrás de mim.

Me arrasto pelo espaço com cuidado, um reflexo das minhas excursões normalmente secretas para cá. Então venço a distância até a porta do closet da minha mãe e estendo a mão para a maçaneta prateada.

Tenho evitado esse quarto desde que a casa foi colocada à venda, três semanas atrás. Sabia que seria o mais difícil de todos.

Teria adiado ainda mais se meu pai não tivesse acabado de me dar uma caixa quando estávamos na sala, apontado para as escadas e, antes de sair para dar uma olhada nas coisas no porão, balbuciado:

— Closet hoje.

Respiro fundo e giro a maçaneta. O cheiro do perfume doce de lavanda da minha mãe irradia imediatamente dos vestidos, camisas e saias, quente, seguro e desaparecendo dessa casa, desse quarto e desse armário e da minha vida a cada segundo.

Mas, por enquanto, ainda aqui.

Por um momento, fico parada no escuro e é como se...
Eu conseguisse *senti-la* ao meu lado. Deixo que ela me
abrace mais uma vez, deixo que a tristeza horrível e completa saia da caixa na qual normalmente a guardo. A que
só abro quando estou aqui. Ela agarra meu peito com mais
força, me lembrando de por que eu sempre tento evitar essa
sensação, mas a mudança está tornando cada vez mais difícil evitá-la.

A *noite do bingo* também está tornando tudo cada vez
mais difícil. Talvez eu devesse parar de tentar afastar essa
sensação o tempo todo.

Porque em breve estaremos em uma nova casa, sem um
closet cheio do perfume dela, e não vou ter para onde fugir
quando quiser tentar me sentir perto da minha mãe porque
estou triste, ou com raiva, ou de coração partido e só quero
conversar com ela como fazia.

Acendo a luz e passo suavemente meus dedos pela fileira
de cabides, tentando me convencer de que são *apenas roupas*. Pedaços de tecido. Nada mais, nada menos.

Mas é impossível. Impossível que cada coisa não seja
uma memória.

Começo com um cardigã preto. É só um casaco preto
normal, nada muito estiloso. Mas ela sempre o usava quando
decorávamos bolos juntas na cozinha, os bolsos grandes o
suficiente para guardar sacos de confeitar, espátulas e vidros
cheios de granulado.

Eu o puxo do cabide e o encaro, tentando juntar forças
para jogá-lo na caixa.

Para desapegar.

Quer dizer, eu sei. Em algum nível, eu *sei* que isso precisa acontecer. Sei há muito tempo.

48 Rachael Lippincott

Quando as contas de hospital começaram a chegar depois daquele verão, as dívidas atrasadas se tornaram MUITO atrasadas em um piscar de olhos. Meu pai fez tudo o que pôde para manter o controle da situação. Tudo, exceto abrir mão da casa.

Ele nunca disse isso, mas acho que por muito tempo sentiu que, se abandonasse a casa, estaria abandonando minha mãe. Acho que é por isso que lutou tanto para mantê-la. Talvez mais do que deveria.

Um mês atrás, porém, tudo caiu em cima da gente. Eu o encontrei sentado na mesa da cozinha um pouco antes da meia-noite, ainda com as roupas sujas de ter feito o terceiro turno extra da semana, comendo o macarrão requentado de outro jantar que ele havia perdido.

— A segunda hipoteca foi negada — ele disse, o envelope aberto ainda na sua frente, seus olhos grudados na carta de rejeição. — Eu vou à cidade amanhã de manhã conversar com um corretor de imóveis.

— O verão está quase chegando — falei, desesperada. — Vou poder trabalhar mais! Posso pegar uns turnos extras e pagar a conta de luz, e...

— Emily — ele me cortou com a voz firme. — Já foi. Acabou. — Ele afastou a cadeira, as pernas no móvel rangendo contra o chão. — É hora de desapegar.

Ele se levantou da mesa e foi como se apertasse um interruptor. Uma hora ele não conseguia se desfazer de nada, e agora parece que não vai sobrar coisa alguma. Todo dia aparece uma nova pilha de caixas, cheias até a boca com coisas para doação. É como se, porque ele foi forçado a abrir mão da casa, também pudesse jogar fora todas as lembranças dela.

E ele ainda quer que eu fique bem com isso.

Mas, parada aqui, segurando esse pedaço minúsculo e insignificante da minha mãe do qual não consigo abrir mão, de repente parece impossível. Tem uma parte de mim que não permite que roupas sejam apenas roupas e que uma casa seja apenas uma casa. Uma desconexão entre saber o que é bom, certo e precisa acontecer e a sensação de que a estou perdendo de novo.

Mas, dessa vez, de uma forma diferente.

Solto o cardigã lentamente, meus dedos afrouxando um por um até ele cair da minha mão para dentro da caixa, aterrissando no fundo com um ruído suave.

— Como está indo aí?

Eu me assusto, espio para fora do closet e vejo Blake vestindo a mesma camiseta branca da Ron Jon de mais cedo, uma caixa de papelão vazia enfiada embaixo do braço.

— Hum, bem! — respondo. Eu me recomponho e rapidamente examino as roupas à minha frente antes de pegar uma camisa que ainda está com a etiqueta e jogá-la na caixa aos meus pés para que ela não esteja *completamente* vazia. — Prestes a... começar com os sapatos.

Meus olhos passeiam pela sapateira que vai do chão ao teto, e eu suspiro longamente. Por algum motivo, sapatos parecem ser um pouco menos sentimentais.

Cardigãs pretos: definitivamente causam choro, forte potencial para crise existencial.

Um par de mocassins marrons: prontos para ir para o lixo imediatamente, eu os queimaria se pudesse.

Blake aparece na porta do closet e se apoia nela enquanto solta a caixa com um leve baque.

— Bom, estou aqui para ajudar! — diz, sua voz desconfortavelmente animada, alta o suficiente para me dizer que ela sabe o quanto isso é esquisito. Com o canto do olho, eu a vejo fazer uma expressão envergonhada e não consigo impedir um sorrisinho.

— Que bom — digo enquanto pego um par de sapatos de salto alto e os jogo por cima do cardigã e da camisa nunca usada.

— Alguma coisa é proibida? — ela olha para a sapateira com as mãos na cintura.

— Não — respondo, mas minha voz quebra de forma inesperada. Pigarreio e tento de novo, com mais firmeza. — *Não.* — A nova casa não vai ter lugar para um monte de roupas que ninguém usa. E, se eu começar a escolher, vou querer tudo.

Nós começamos puxando os sapatos de dois em dois e a sapateira lentamente se esvazia. Não sei se é porque tentamos explodir o Papai Noel juntas, ou porque nossos pais têm um *bromance* tão forte, mas um silêncio confortável cai sobre nós e o ruído do ar-condicionado no quarto dos meus pais é tudo que se pode ouvir. De vez em quando, nossas mãos roçam de leve uma na outra, mas é só por um segundo, e então ela se afasta, desviando para outro par de sapatos, seus movimentos suaves e focados.

Noto em seu pulso bronzeado uma pulseira de couro com desenhos de gaivotas voando e abrindo as asas ao lado de pequenos círculos azul-esverdeados. Observo a pulseira se mexer quando Blake estende o braço para pegar um chinelo e tenta jogá-lo para trás na caixa, mas ele bate na borda e cai no chão entre nós.

— Boa tentativa, LeBron — digo conforme me abaixo para pegar o chinelo. Eu imito o lance. Dessa vez, ele cai exatamente dentro.

Ela ri, revirando os olhos, e eu noto que as olheiras se suavizaram um pouco de ontem para hoje.

— Como vai o fuso horário? — pergunto.

— Melhor! Aquele donut *definitivamente* ajudou.

— Eu nem sabia que a Nina estava no Yelp — digo, olhando para ela e lembrando as palavras de Paul de hoje cedo.

Quase espero que fique envergonhada, mas ela ri e sacode a cabeça.

— Não está. Só me lembrei que seu pai disse que você estaria trabalhando de manhã, então pensei em dar uma passada lá. Não é como se eu tivesse algo melhor para fazer. — Ela joga outro par de sapatos na caixa. — Quer dizer, o que *você* faz de divertido por aqui?

— Este ano... quase nada. Só trabalho na confeitaria e... espero as aulas começarem.

Essas semanas sem amigos foram mais do que entediantes. Normalmente, passaria meus dias de folga na piscina de Huckabee, comendo as batatas fritas com queijo do quiosque. Mas como Matt e grande parte dos alunos do ensino médio de Huckabee trabalham lá, de forma alguma eu pisaria naquele lugar sem me afogar em uma onda de julgamento passivo-agressivo.

— Você está me dizendo que não faz *nada*? Tipo... com seus amigos? — Blake pergunta, surpresa.

Percebendo que terminamos os sapatos bem rápido, desvio o olhar e subo num banquinho para começar com a prateleira mais alta. Cobertores, alguns chapéus e lenços, algumas quinquilharias. Coisas de que consigo me desfazer. Blake pega outra caixa e guarda os itens que jogo para ela.

— Bom, minha melhor amiga vai pra um acampamento no meio do mais completo nada por metade do verão

— respondo, atirando um par de luvas antes de pegar um boné dos Eagles que meu pai comprou para minha mãe durante o tratamento. Faço uma careta e o jogo para Blake, ansiosa para me livrar das lembranças doloridas que ele traz. Não comento que, exceto por Kiera, nenhum dos meus amigos quer sair comigo. Se Blake descobrir a história toda, duvido que vá continuar fazendo visitas surpresa à confeitaria.

— Então, além de uma ligação no domingo e uma ou outra carta por correio, não tenho nada planejado até ela voltar.

Pego um cobertor enrolado e congelo quando encaro uma caixa de papelão enfiada bem no canto do armário. Em um dos lados da caixa está escrito em tinta preta "Memórias do colegial", com um coraçãozinho desenhado ao lado.

Nunca tinha visto essa caixa antes.

Não sei como. Eu costumava passar quase todas as manhãs no closet com ela, ajudando-a a escolher a roupa perfeita para o dia. Mas, na verdade, mais do que escolher roupas, era um momento só nosso, em que conversávamos sobre as últimas fofocas da escola, ou eu pedia conselhos a respeito do drama que estivesse rolando no meu grupo de amigos.

Já estive nesse closet centenas de vezes desde então, meus olhos examinaram cada centímetro dele em busca de pedaços da minha mãe.

Mas nunca tinha encontrado esse.

Sinto meu coração acelerar quando estico o braço o máximo que posso e as pontas dos meus dedos tentam se agarrar às bordas da caixa de papelão. Mas não importa o quanto eu me estique, não estou nem perto de conseguir puxá-la. Mesmo com o banquinho, que começa a sacudir de um jeito perigoso embaixo de mim.

A LISTA DA SORTE

— Eu pego — Blake diz, baixando a caixa de doação.

Desço do banquinho e ela passa por mim, uma onda daquele cheiro de sol quente e mar azul se misturando à lavanda da minha mãe.

Esfrego o braço, observando-a se esticar e puxar a caixa sem dificuldade, como se eu não tivesse acabado de deslocar o cotovelo tentando pegá-la.

Mas ela não me provoca por isso, só se vira e a estende cuidadosamente para mim, como se conseguisse sentir sua importância.

Saio do closet atordoada e vejo os cantos gastos da caixa levemente rasgados por conta do tempo quando a coloco no chão. Eu me ajoelho e começo a tirar o conteúdo escondido lá dentro. Blake se senta do outro lado da caixa, as mãos cruzadas no colo, os olhos castanho-mel arregalados enquanto os anos de ensino médio da minha mãe se acumulam no chão à nossa frente.

As primeiras coisas são o que espero que sejam. Uniformes azul-royal de futebol e de líder de torcida. Medalhas de campeonatos estaduais, conquistadas no primeiro e segundo anos. Uma camisa de futebol com "ESCOLA DE ENSINO MÉDIO DE HUCKABEE" estampado na frente. Uma foto dela com o grupo de amigas do futebol, todas com seus moletons coloridos do fim dos anos noventa combinando.

Encaro a foto por um longo momento, reconhecendo Nina e a irmã de Donna Taylor, Samantha.

Eu a coloco junto das outras coisas e sigo para o restante da caixa, minhas mãos abrindo ansiosas um envelope de papel pardo.

— Posso? — Blake pergunta, pegando a foto do time de futebol que eu soltei.

— Claro. — Ela observa a foto e seus olhos se arregalam quando nota. — *Uau*. Você realmente é igualzinha à sua mãe.

— É — concordo, levemente irritada.

— Você odeia essa comparação?

Ela é a primeira pessoa a me perguntar isso. Ergo a cabeça para olhar para Blake e nossos olhos se encontram enquanto ela me examina por cima da foto.

— Não — respondo, mas então hesito. — É só que... eu me sinto um memorial ambulante. — Solto os grampos de metal do envelope, tentando manter as mãos ocupadas.

Uma pequena linha se forma entre as sobrancelhas de Blake enquanto ela processa meu comentário.

— Mas é meio legal, não é? Que as pessoas vejam ela em você. Que você mantenha a lembrança dela viva sem nem tentar.

Nunca tinha pensado dessa forma.

— É — concordo, desviando o olhar para a foto nas mãos dela, o rosto da minha mãe me encarando de volta. — Acho que sim.

Abro o envelope e vejo que ele está cheio de certificados, nenhum deles surpreendente. Aluna Exemplar, Presença Perfeita, Futura Presidente.

É uma loucura pensar que ela mal viveu o suficiente para ser *elegível* para presidente.

Blake assovia conforme passo por todos eles.

— Gente. O que sua mãe *não* fez? Fico surpresa que uma pessoa assim andava com meu pai, o cara que largou a escola.

Eu rio, meu pulso efetivamente doendo com o peso de todos esses prêmios.

— Bem, foram nossos pais que colocaram fim nisso tudo. Olha... — Abro os papéis na minha mão em um leque. — Nada depois do segundo ano.

— O que ela fez em vez disso? — Blake pergunta, estendendo a mão para pegar um certificado de Monitora de Corredor do monte.

— Começou a viver a vida que ela realmente *queria*, acho. Começou a fazer as coisas que sempre quis fazer, em vez de tentar ser presidente de todos os clubes e ter ataques de pânico por causa de apresentações da aula de inglês — respondo, lembrando do que minha mãe tinha me contado. — Ela disse que, depois que começou a andar com nossos pais, percebeu que o que ela achava que era viver na verdade não era.

"Aquele verão mudou tudo, Em. Tudo simplesmente... encaixou", ela costumava me dizer, com uma expressão nostálgica em seus olhos azul-escuros.

Mas ela nunca me disse por quê, e, ao olhar para todas as coisas nessa caixa, sinto que entendo ainda menos. Me parece que ela já tinha tudo no lugar.

Sempre achei que talvez ela fosse me contar mais quando eu tivesse a mesma idade que ela naquele verão. Que o verão antes do meu último ano escolar seria igual. Enorme. Transformador. As coisas se encaixando para mim como encaixaram para ela.

Eu me pergunto o que ela diria para mim agora. Em vez de tudo se encaixar, meu último ano explodiu em pedacinhos antes mesmo de começar.

Quando vou colocar tudo de volta no envelope, noto um pedaço de papel rasgado, com durex juntando suas partes.

São as notas do exame final da minha mãe, na primavera do penúltimo ano. Eu examino a página e fico surpresa de ver que ela foi *péssima* na parte de leitura. Tipo... 230 de 1.000.

Tenho quase certeza de que dá pra tirar 200 só de assinar o nome.

Isso é estranho, ainda mais com essa pilha de prêmios. É... *super* não a cara dela.

— Henry Huckabee Lodge? — Blake pergunta. Ergo o olhar e vejo que ela está segurando uma placa de metal, tipo de quarto de hotel, com o número cinco gravado nela. — O que é isso?

Coloco o papel rasgado no topo da pilha, fechando o envelope.

— É o chalé enorme que fica a umas três horas daqui que ainda é da família dos fundadores de Huckabee — respondo, puxando um alce de pelúcia da caixa. — Minha escola faz uma excursão pra lá todo ano em agosto, para a turma que está começando o último ano, é tipo um "parabéns, você *quase* sobreviveu ao ensino médio". É uma tradição. Eles fazem isso há, tipo, cento e dezesseis anos. Meus pais começaram a namorar nessa viagem para o lago. — Jogo o alce para ela, sorrindo. — *Nossa* escola, na verdade.

Ela também sorri, pegando o alce e o erguendo, analisando-o com seus olhos castanhos.

— Ele meio que parece seu pai — ela diz, colocando-o de frente para mim.

Finjo estar ofendida por ele, mas... eu até consigo enxergar. Os olhos, o pelo castanho bagunçado, o porte troncudo.

— Então, você vai? — ela pergunta, enquanto coloca cuidadosamente o alce Joseph Clark em cima do envelope. — Para o lago?

— De jeito nenhum. — Faço uma careta. Decidi basicamente no meu primeiro dia de ensino médio que não iria, porque 1) a viagem de ônibus até lá leva três horas; 2) a viagem de ônibus de volta leva três horas e 3) eu definitivamente não sou uma pessoa que vai a lagos.

Ah, e o recém-adicionado item 4: prefiro não ficar presa num lago por três dias com meu ex e um bando de pessoas que ou quer fofocar sobre mim ou me odeia.

— Por que não? — ela pergunta, claramente surpresa pela minha decisão resoluta.

Blake *obviamente* é o tipo de pessoa que vai a lagos.

— Você tem alguma ideia de quantas bactérias tem um lago? — pergunto. — Quando eu estava no fundamental, o Lago de Huckabee foi fechado por todo o verão por causa de um enorme surto de herpes nas carpas. A margem ficou literalmente coberta de peixes mortos.

Herpes de carpa não é brincadeira.

Ela ri, sacudindo a cabeça enquanto baixa a placa.

— Eu nem sabia que carpas *podiam* pegar herpes.

Volto para a caixa, pego duas fitas cassetes, um boné azul gasto, um vidrinho de areia, um livro surrado do Albert Camus e, espera...

Meus olhos se arregalam quando vejo o que está bem no fundo.

Acabei de ganhar na loteria.

Um anuário. "Turma de 2000 da Escola de Ensino Médio de Huckabee", dizem as letras de forma grandes da capa acompanhadas de uma foto dos formandos, todos usando becas azul-royal combinando. Eu o puxo da caixa e folheio as páginas coloridas.

— Ah, meu Deus — digo —, olha isso.

Viro o anuário de frente para Blake para que ela possa ver a foto que me chocou. Dois meninos com os rostos pintados, um em cima dos ombros do outro, girando uma camiseta acima da cabeça. Joseph Clark e Johnny Carter, nossos pais, em toda sua glória colegial.

Meu pai está quase igual, exceto pela ausência de barba e o boné azul virado para trás que está usando na foto. Ele até está vestindo uma jaqueta de couro que tenho 99,9% de certeza de que ele ainda tem.

Johnny, por outro lado, está *completamente* diferente. Pendurado nos ombros do meu pai, ele não se parece nada com o arrasa-corações do bingo. É praticamente um clone da Blake criança. Pequeno, magrelo e usando óculos que ocupam a maior parte do seu rosto pintado.

— Não consigo acreditar que seu pai era tão pequeno! — falo, chocada.

Blake ri e pega o anuário.

— Ele cresceu doze centímetros nesse ano, depois que foi pro Havaí. — Com a mão livre, ela enfia a mão no bolso de trás e puxa seu celular. — Eu tenho uma foto.

Blake desliza pela sua galeria e finalmente para no que é claramente uma foto de uma fotografia impressa, a cor levemente desbotada, a imagem só um pouco granulada. Quando vira o celular, vejo Johnny Carter todo bronzeado e em forma, um braço em volta dos ombros de uma mulher japonesa linda, os dois em uma praia havaiana de tirar o fôlego. Eles estão corados pelo sol e apaixonados, vestem trajes de banho listrados de azul e branco combinando e olham nos olhos um do outro daquela forma mágica que todos esperamos compartilhar com alguém um dia.

Eu me pergunto como deve ser isso.

Se estivéssemos no Tumblr, eu ia reblogar essa foto agora mesmo. Parece coisa de revista.

— É sua mãe? — pergunto, vendo Blake nos olhos, no nariz e na curva do sorriso dela.

— Sim! — Blake diz, alegre, assentindo com a cabeça enquanto espicha o pescoço para olhar a foto, um sorriso idêntico nos lábios. Ela definitivamente não é uma cópia idêntica como eu, mas ainda dá pra ver os traços que as duas compartilham.

Eu nunca tinha visto a mãe de Blake antes, mas sei a história. Ela morreu seis horas depois de dar à luz Blake. Algum tipo de hemorragia.

Olho nos olhos de Blake e me pergunto como deve ser. Nunca ter conhecido a mãe. Só ter essa foto no celular ou histórias que contam no jantar a respeito de uma pessoa que você conhece, mas nunca *conheceu* de verdade.

Quando minha mãe morreu, parecia que todo mundo que eu conhecia tinha uma história sobre ela. Todas as histórias tinham um gostinho de luto diferente, uma lembrança que só jorrava das pessoas para aplacar uma ferida profunda. Para dar sentido a uma coisa que não tinha como fazer sentido. Conforme as pessoas falavam, eu me perguntava se elas faziam isso por mim ou por elas, as histórias lentamente se tornando palavras vazias. Palavras vazias que saíam de suas bocas em uma tentativa de reconciliar uma perda que não poderia ser reconciliada.

Às vezes as coisas que as pessoas me contavam nem *soavam* como ela. Como se as partes da minha mãe que elas estavam me dando fossem todas erradas. Como se não se encaixassem na pessoa que eu conhecia.

Como seria ter *apenas* essas histórias? Talvez nem saber o que era real. Ou... o que era falso.

— Bem — digo a ela, não querendo cutucar nenhuma das nossas feridas, meus olhos voltando para a foto do anuário, o pai dela magrelo e adolescente. — É bom saber que essa coisa de vencer a puberdade faz parte da genética dos Carter. Tudo que eu ganhei foram peitos e 1,60 de altura.

Ela guarda o celular e me lança um longo olhar.

— Tá... Um e cinquenta e oito.

Ela balança a cabeça e devolve o anuário para mim, mas, quando faz isso, um pedaço de papel dobrado cai das últimas páginas. Eu o vejo flutuar até o chão de madeira gasta do quarto dos meus pais, a página desbotada aterrissando suavemente no piso entre nós, com um sussurro baixo demais para ser ouvido.

Mas eu consigo sentir no ar, os pelos da minha nuca arrepiando quando noto a letra da minha mãe transparecendo do outro lado.

Eu o pego, desdobro cuidadosamente e leio, em letras grossas e grandes: "VERÃO DO ÚLTIMO ANO DE JULIE MILLER". E, logo abaixo, com uma letra um pouco menor: "DOZE AVENTURAS ANTES DO TERCEIRO ANO".

O papel está ondulado, mas fino, guardando todos os anos entre a última vez que minha mãe o tocou e esse momento.

A caligrafia é a mesma letra cursiva de que me lembro. Mais legível, talvez, com o capricho forçado que todos nós tentamos quando algo é importante. Cada linha está escrita com uma cor diferente de caneta, ainda vibrantes depois de todo esse tempo.

1. Fazer uma tatuagem.

2. Superar o medo de altura.

3. Fazer um piquenique.

4. Experimentar uma comida nova.

5. Sair de Huckabee.

6. Dormir sob as estrelas.

7. Ir na viagem ao Lago de Huckabee.

8. Nadar pelada na piscina de Huckabee depois de fechar.

9. Comprar um livro em outra língua.

10. Roubar uma maçã da primeira árvore plantada no Pomar do Snyder.

11. Achar um trevo-de-quatro-folhas.

12. Beijar J.C.

— O que é isso? — Blake pergunta.

— É tipo... uma lista de metas — respondo, erguendo o papel para que ela leia. — Do verão antes do último ano deles.

Observo o olhar dela descer pelo papel, absorvendo tudo em silêncio.

— Como estão as coisas aí em cima? — meu pai pergunta, o degrau de baixo rangendo com o peso dele enquanto Blake e eu damos um salto.

— Tudo bem! — grito, dobrando rapidamente o papel e o enfiando no meu bolso. Começo a guardar as coisas de volta na caixa, o anuário, o alce de pelúcia, os uniformes. — Acabamos de empacotar os sapatos!

Não olho para Blake, mas em meio ao meu encaixotamento frenético, ela começa a me ajudar, rapidamente enfiando as últimas coisas na caixa e se levantando.

— Estou indo levar mais umas coisas para doação — meu pai diz, o que tem sido seu bordão pela última semana e meia. — Vocês podem descer suas caixas?

— Sim, claro! — grito ao deslizar a placa com o número do quarto do Lago de Huckabee para dentro da caixa e fechar as abas de papelão. — Já vamos descer!

Blake se levanta, pega a primeira caixa de sapatos do closet e vai na direção da porta do quarto.

Mas então vejo o cardigã preto aparecendo por um pequeno furo na lateral.

— Espera! — exclamo, me levantando de um salto. Antes que eu possa processar o que estou fazendo, minhas emoções tomam conta de mim.

Ela congela e olha para mim. Nossos olhos se encontram enquanto vou até ela, afastando a pilha de sapatos para puxar da caixa o cardigã preto. No segundo que meus dedos tocam o tecido macio, um sentimento de alívio me domina.

— Tudo bem? — ela pergunta.

Eu faço que sim.

— Sim, eu só... não consigo abrir mão disso ainda.

Blake assente, como se entendesse.

Quando ela sai do quarto, eu me arrasto pelo corredor e escondo a caixa de memórias do ensino médio e o cardigã debaixo da minha cama antes de voltar para o quarto do meu pai. Pego a segunda caixa com sapatos e itens variados da prateleira mais alta e quase caio com o peso conforme desço pelos degraus encerados da escada de madeira fazendo meu melhor para não tropeçar nos meus próprios pés e cair de cara no chão.

Fico aliviada ao chegar ao final da escada e paro para ajustar a caixa, os braços queimando. A porta da frente preta está escancarada, e consigo sentir o calor da tarde irradiando lentamente para dentro da casa.

Arrasto a caixa pelo resto do trajeto até a caminhonete surrada do meu pai, até que Johnny surge e a pega de mim.

A LISTA DA SORTE **63**

Uma expressão de dor aparece no rosto dele enquanto ele finge que a caixa pesa um milhão de quilos e cambaleia na direção do carro.

— Ufa, Em. Você é forte! — ele diz, e meu pai solta uma gargalhada, do tipo que eu não ouço desde... nunca.

Eu o vejo colocar a caixa de sapatos na caçamba da caminhonete e ela se torna só mais uma em um mar de caixas. Tento não olhar muito para os itens que saltam dos cantos e bordas porque sei que provavelmente vou ver alguma outra coisa que vai me deixar triste.

— Voltamos logo — meu pai diz, fechando a caçamba.

Ele me dá um abraço, seus braços fortes me envolvendo, sua camiseta cheirando a poeira e suor. Normalmente, eu reclamaria e mandaria ele tomar um banho com uma voz que eu sei que é tão igual à da minha mãe quanto meu rosto, mas dessa vez eu não reclamo.

Eles sobem na caminhonete, ligam o rádio e abrem as janelas, como se estivessem de volta ao ensino médio. É uma loucura como as coisas podem mudar tanto e ainda permanecer exatamente iguais.

Aceno para eles quando saem, e então descem pela rua Green até sumirem de vista.

— É uma casa bonita — Blake diz de algum lugar atrás de mim.

Eu me assusto com o som da voz dela, notando que ficaremos completamente sozinhas agora. Não vamos continuar encaixotando as coisas hoje, agora que meu pai se acalmou com uma leva de doações e nós ficamos sem caixas. O que resta sou eu... tentando não ser esquisita.

Eu me viro para olhar a casa, observando a familiar fachada branca, as janelas de correr e a varanda com um balanço.

O sol da tarde flui lentamente pelas grandes árvores em volta da casa, e não consigo não sorrir para o verde profundo da grama e o amarelo vibrante dos girassóis no jardim que meu pai e eu podamos cuidadosamente na primavera.

Então me dou conta. Foi a última primavera com girassóis, e agora acabou.

Nós definitivamente não temos o mesmo dedo verde que minha mãe tinha, mas trabalhamos de forma incansável durante os últimos três anos para manter o jardim tão bonito quanto ela o deixou, testando o pH do solo e até nos esforçando no controle de pragas. Vi meu pai entrar numa briga com um esquilo semana passada mesmo, depois que ele tentou roubar umas sementes de girassol.

— Ela foi perfeita. — Olho a placa vermelha e branca de "vende-se", bem no meio do gramado, a única falha. — Alguém com certeza vai amar viver nela.

Sigo para a entrada e subo os degraus da varanda, Blake atrás de mim.

— Quer água? — pergunto quando viramos no corredor para a sala de estar.

— Quero, sim.

Entramos na cozinha e abro a porta da geladeira, pegando a jarra de água da prateleira mais alta, o ar gelado gostoso depois do calor do lado de fora.

— Então — ela diz, deslizando para cima do balcão de mármore enquanto eu pego dois copos do armário e começo a servir. — Por que você não quer se mudar?

Fico tão surpresa que quase derrubo toda a água no balcão.

— Quem disse que eu não quero me mudar? — contesto, me recompondo rapidamente e entregando um dos copos para ela.

— Ah, eu não sei. Talvez a cara de nojo que você fez para a placa de "vende-se" cinco minutos atrás — ela responde, fazendo uma pausa com o copo a meio caminho da boca.

— Ou talvez a expressão que fez para a pilha de caixas na caçamba da caminhonete.

Ela ergue as sobrancelhas escuras enquanto olha para mim e dá um gole longo, lento, reflexivo.

— Jesus, Blake — digo com uma risada. — Você não precisava me expor assim.

Fico surpresa, porém, ao notar que gosto da honestidade. É um alívio. Já faz três anos e as pessoas ainda estão pisando em ovos comigo, mentindo.

Faz com que eu queira ser honesta também. Parar de evitar as coisas que meu pai não quer ouvir.

— Porque — digo, respirando fundo — tudo isso me faz sentir como se eu estivesse ficando cada vez mais distante da minha mãe. A mudança. Limpar o armário dela. Tudo isso.

Blake fica quieta um momento. Pensativa. Ela prende o cabelo lentamente em um coque e eu tento focar no copo de água que estou bebendo em vez de como fica o rosto dela com o cabelo puxado para trás. Não é justo que alguém seja tão bonita assim.

Finalmente, depois de prender o cabelo, ela começa a falar.

— No Havaí, eu costumava escalar no lugar favorito da minha mãe. Quando meu pai me levou para conhecer, disse que era o lugar que ela mais gostava porque, quando você chega bem no topo, todo o resto parece pequeno. As pessoas na praia. Os carros. Até as árvores. — Ela apoia o copo no balcão. — Ela costumava dizer que, quando você está tão alto, até seus problemas podem parecer menores.

Assinto. Gosto dessa ideia. Embora eu provavelmente precisasse estar na Lua para fazer todos os meus problemas parecerem pequenos.

— Você sabe que não conheci a minha mãe, mas sempre que eu queria me sentir próxima dela, ia escalar naquele lugar porque me fazia sentir que ela não estava tão longe — Blake diz, parando um momento para colocar um fio de cabelo solto atrás da orelha. — Enfim... — ela muda de posição, seus olhos encontrando os meus, como se conseguisse perceber que estou me perguntando para onde ela está indo com isso, além de lamentar nós duas sermos membros do Clube das Mães Mortas. — O que estou *tentando* dizer aqui é que você deveria fazer algo para se sentir próxima dela. De alguma maneira nova. Novas lembranças para substituir o vazio em forma de casa que você está sentindo.

Ela sorri e aponta para o meu bolso, o contorno da lista dobrada aparecendo sob o tecido.

— Na verdade, você poderia até fazer essa lista. Quer dizer, o que você tem a perder?

Dou risada, mas fico presa às palavras dela. Enquanto conversamos sobre amar *Schitt's Creek;* quando nossos pais voltam para casa; quando os Carter vão embora para passear com seu golden retriever chamado Winston; durante o jantar silencioso comendo espaguete e almôndegas com meu pai.

Não apenas uma coisa para fazer eu me sentir perto dela. *Doze* coisas que eu nunca soube que ela havia feito.

Será que eu também conseguiria fazê-las?

5.

Na manhã seguinte, eu me arrasto escada abaixo com o celular em uma das mãos e a lista da minha mãe na outra. Sigo para o sofá da sala e despenco nele enquanto desbloqueio a tela.

Nenhuma notificação nova.

Isso não deveria me surpreender. Por que Matt iria acordar e me mandar uma mensagem nesse domingo aleatório depois de semanas de silêncio?

Todos os dias, passo *horas* tentando encontrar as palavras certas para dizer, encarando o teclado do celular, mas nunca as encontro. Eu quero explicar a ele por que fiz o que fiz, mas só... não consigo. Como posso dar uma explicação para ele quando nem consigo explicar para mim mesma?

Essa é uma briga que não sei como resolver. Especialmente porque era sempre *ele* que encontrava uma maneira de consertar as coisas, fosse aparecendo na minha porta com flores ou me puxando para conversar em um canto no intervalo das aulas.

Não sei como consertar isso sozinha. E, talvez, exista uma pequena parte de mim que não quer.

Eu me afundo no sofá enquanto sou tomada pela culpa, afastando essa ideia, a mudança tornando essa outra traição das vontades da minha mãe ainda pior.

— Ei! — a voz do meu pai surge inesperadamente da cozinha, quase me fazendo morrer do coração.

Ele normalmente está fazendo hora extra quando acordo no domingo. Não esperava vê-lo até nosso encontro semanal no Hank's, quando nos entupimos com o especial de domingo. E... definitivamente não esperava vê-lo vestindo *isso*.

Demoro um pouco para processar a visão.

— Onde você comprou essa roupa nova? — pergunto. Ele espicha o pescoço para olhar para si mesmo, um sorriso brincando nos lábios.

Meu pai, esse cara de um metro e noventa, que dirige uma caminhonete, tem a barba cerrada e um braço fechado de tatuagens, está parado na cozinha vestindo um velho avental cor-de-rosa florido. Um velho avental que eu me lembro de ver minha avó usando. Mas nunca... assim.

Tento balançar a cabeça pra ele em negativa, mas estou rindo tanto que mal consigo respirar. Antes que ele possa protestar, ergo o celular e tiro uma foto, secando as lágrimas de riso com o dorso da mão.

— Consigo até ver a legenda: "Quem usou melhor?".

— Eu passei a manhã dando duro para fazer panquecas e você vai ficar fazendo graça no celular em vez de comer comigo? — Ele aponta uma faca de manteiga para a pilha que já está em cima da mesa, com um olhar altivo.

É um bom argumento.

Eu me levanto do sofá e guardo o celular, o cheiro de panquecas me atraindo da sala para a cozinha.

— Achei que você já tinha ido trabalhar!

— Sentada aí, mandando mensagens... nem elogiou meu avental novo... — ele resmunga enquanto deslizo para uma das cadeiras da cozinha, um prato branco vazio na minha frente. Quando ele vira de costas, puxo a lista do meu bolso e a desdobro, colocando-a com cuidado ao meu lado na mesa, esperando que ele a veja e diga algo ou que eu tenha coragem de *perguntar* sobre ela.

Sinto meu coração martelando. Eu sei que é difícil para ele falar dela. Eu sei que é difícil para *nós* falar dela.

Mas se ele consegue se mudar dessa casa, jogar fora as coisas dela e fingir que ir ao bingo não é nada de mais, então pelo menos deveria conseguir fazer isso.

Forço um enorme sorriso no momento que ele se vira para a mesa, xarope de bordo e manteiga nas mãos. Uso meu garfo para pegar uma panqueca do topo da pilha quando ele se senta, puxando a cadeira para mais perto da mesa.

— Você está arrasando, pai. O avental realmente realça seus olhos.

— Eu pensei a mesma coisa! — ele diz, rindo.

— Você vai trabalhar até tarde hoje? — pergunto enquanto cubro minha panqueca com uma camada de xarope de bordo antes de passar o frasco para ele.

— Vou — ele confirma enquanto o pega, fazendo espirais lentas com o xarope de bordo em seu prato. — Você sabe como é nos fins de semana... menos gente... pagamento em dobro.

— Então, sem Hank's? — pergunto, embora já saiba a resposta.

Ele faz que sim, parecendo lamentar.

— Sem Hank.

— Mas temos panquecas! — complemento. Eu odeio que ele se sinta culpado.

A LISTA DA SORTE **71**

Ele sorri e ergue um garfo cheio.

— *De fato*, temos panquecas.

Então... os olhos dele seguem os meus pela mesa até o pedaço de papel amassado. Vou desmaiar? Talvez.

Ele ergue suas sobrancelhas grossas e aponta para a folha.

— O que você tem aí?

Engulo um pedaço de panqueca e ergo o papel com cuidado.

— Encontrei isso ontem. Quando estava limpando o closet.

Eu o estendo para ele, que pega, assentindo enquanto seus olhos descem pelo pedaço de papel, sua expressão inescrutável. Fico em silêncio, esperando que ele fale.

— É. Eu me lembro disso.

— Lembra? — pergunto, tentando não parecer animada demais. A essa altura, eu sei que estou definitivamente pisando em ovos. Ele faria qualquer coisa para evitar uma conversa sobre a minha mãe e normalmente eu também. Mas não posso fazer isso agora. Não dessa vez.

— E você, hum...? — Minha voz se perde e eu preciso forçar as palavras a saírem. — Você a ajudou?

Ele dá um sorriso leve.

— Sim. Johnny e eu ajudamos. Nina ajudou com uma ou duas coisas, mas ela ficou naquele acampamento a maior parte do verão. Eu até pensei em alguns dos itens. Nós fizemos um passeio para a praia e andamos de montanha-russa até que ela não tivesse mais medo da queda. Um monte de coisas.

Meus olhos caem no número doze, "Beijar J.C.", e dou um grande sorriso para o meu pai.

—Além disso, o número doze com certeza deu certo para você. Você também pensou nessa?

Ele desdenha, revirando os olhos.

— É claro.

Vejo o rosto dele mudar conforme ele olha para a lista, suas sobrancelhas franzindo e seu maxilar tensionando. Consigo ver que ele está se fechando, como uma porta prestes a bater. Luto para passar pelo pequeno espaço, segurando a fresta da porta com os dedos antes que ela se feche completamente.

— Por que ela fez isso? Você sabe?

Ele pega uma garfada de panquecas e mastiga devagar, engolindo deliberadamente.

— Sua mãe passou a maior parte da vida fazendo o que esperavam dela. Ela era presidente de todos os clubes na escola. Sempre estava entre os melhores alunos. Sempre fazia o que os pais queriam que ela fizesse. — Ele dá um gole no café. — Mas então ela foi muito mal no exame final.

Minha cabeça se ergue de repente quando me lembro do pedaço de papel remendado que encontrei ontem.

— Ela não pregou o olho na noite anterior e acabou desmaiando na parte de leitura. Ela se exauriu completamente. Depois disso, Johnny e eu a encontramos chorando no estacionamento. Mas não era difícil ver que não era realmente o teste o que estava pesando. — Ele encara seu prato com uma expressão pensativa.

— Foi por isso que vocês decidiram ajudá-la? Como ela pensou na lista? Foi tipo…

— Eu preciso ir trabalhar — meu pai diz, me cortando no meio da frase. Ele enfia o resto do seu café da manhã na boca e se levanta, a cadeira de madeira rangendo alto contra o chão da cozinha.

Olho para o relógio. Dez e cinquenta e cinco. Ele vai chegar dez minutos adiantado se sair agora. Eu devia ter deixado quieto quando ainda estava com alguma vantagem.

— Eu limpo — digo quando ele coloca o prato no balcão.

Ele assente e tira o avental. É difícil acreditar que estávamos rindo dele dez minutos atrás.

Eu o observo dar mais um gole no café.

— Obrigado, Em — meu pai diz, me dando um beijo rápido no topo da cabeça antes de ir até o armário do corredor, onde ficam suas botas de trabalho. — Te vejo à noite, tudo bem?

— Tudo bem! — respondo, e ouço a porta da frente se abrir. — Te amo, pai.

— Também te amo — ele responde, e a porta se fecha atrás dele.

Como o restante das panquecas devagar, o silêncio da casa desconfortável nos meus ouvidos. Coloco música e lavo a louça, guardo o xarope de bordo na despensa e os ovos de volta na geladeira enquanto as palavras que Blake disse ontem ainda rondam minha cabeça, minha conversa com meu pai por cima delas.

Minha mãe, completamente exausta, indo mal no exame final, querendo... o quê? Fazer as coisas que sempre quis fazer? Enfrentar seus medos? Ter um verão divertido?

Ele ser tão fechado me faz querer saber mais.

Mas ficou bem claro que não vai me contar.

Se eu quiser saber mais, se quiser *ter* essa conexão, preciso...

Pego meu celular e abro o Instagram, meu dedão encontra o pequeno círculo que tem o rosto sorridente de Blake, um *story* não visto me tentando.

Clico e a vejo atirando uma bola de tênis no meio de um campo aberto, um borrão em forma de golden retriever correndo para pegar.

Solto um longo suspiro e largo o telefone na mesa para vê-lo aterrissar em cima da lista da minha mãe, o papel estalando sob o peso, o pensamento que estou tentando afastar voltando.

Preciso fazer isso.

Por um segundo, me vejo fazendo uma tatuagem no estúdio da rua Sycamore, vendo o pôr do sol na praia e sacolejando no ônibus para a excursão do lago. Enfrentando o medo de altura que eu aparentemente herdei dela e...

Meu olhar cai no último item da lista, "beijar J.C.", e dobro o papel logo abaixo do número onze. Mesmo que eu mude as iniciais para M.H., Matt nem fala mais comigo, então essa está definitivamente fora.

Se bem que... não é esse o ponto de uma lista dessas? Fazer coisas que parecem impossíveis ou te assustam?

Talvez no final disso eu tenha encontrado uma forma de consertar as coisas. Uma maneira de as coisas encaixarem como aconteceu com a minha mãe. Se alguém pode me mostrar como consertar isso, é ela.

Meu olhar volta para o topo do papel. *Por onde eu começo?* Minha mãe pelo menos tinha meu pai e Johnny.

Respiro fundo e, pela primeira vez em muito tempo, decido tentar a sorte.

Antes que eu tenha a chance de desistir, o celular está de volta à minha mão e estou apertando o botão para ligar para Blake, o telefone tocando alto no meu ouvido até que a voz dela sai pelo alto-falante.

— Certo. Por onde começamos? — ela diz, como se já soubesse por que estou ligando.

Fico chocada por um segundo, mas então sorrio e sacudo a cabeça.

— Honestamente, não faço ideia.

Blake ri.

— Perfeito.

6.

Mais tarde, deitada de ponta cabeça na cama, abro o calendário do celular e conto os dias até o fim da excursão para o Lago de Huckabee. O último dia da viagem é meu recém-planejado prazo para terminar a lista, pelo menos segundo Blake.

Vinte e um.

Vinte e um dias para terminar essa lista, a viagem sendo o último item.

Daqui a vinte e um dias, eu terei *terminado* a lista da minha mãe. Isso se eu realmente escolher um item para começar.

Volto para o Instagram e passeio pela página do Sycamore Tattoos pela milionésima vez, já que esse é o primeiro item. Fotos de braços, pernas e costelas recém-decorados deslizam pela minha tela enquanto tento pensar em um plano de ataque. Paro na familiar foto de uma rosa vermelha, plantada para toda a eternidade na costela da minha amiga Kiera.

Fomos um dia antes do Dia dos Namorados para aproveitar uma promoção do que eles chamaram de "Dia dos Solteiros", mas que fazem basicamente em qualquer feriado importante, desimportante ou completamente inventado. Era só ir e escolher algo de um fichário imenso e o preço seria menos de cinquenta dólares. Eles até fizeram uma promoção para o Dia Nacional do Queijo, que tenho certeza de que não é uma data comemorativa de verdade.

Respeitando o espírito de Huckabee, o Sycamore Tattoos não se dá ao trabalho de pedir identidade, e é por isso que Kiera e mais ou menos metade dos nossos colegas de sala fizeram tatuagens muito antes de seus aniversários de dezoito anos. Como fizemos fevereiro passado.

— Vamos lá, Em! — ela disse. — Vamos fazer algo radical pra variar. Como a gente...

Como a gente costumava fazer. Ela se censurou antes de dizer, mas senti o golpe.

Lembro de Kiera girando o fichário de frente para mim depois de passar por só duas páginas e apontar para a rosa.

— Braço ou costela?

Eu disse braço, mas ela escolheu a costela.

Amarelei uns minutos depois, quando vi a agulha, me perguntando a última vez que ela havia sido limpa enquanto as estatísticas que li a respeito de infecções dançavam na minha cabeça. Notei que Kiera ficou decepcionada, mas ainda foi em frente com a dela, apertando tanto a minha mão que quando terminou eu tinha perdido totalmente a sensação dos dedos.

O que *definitivamente* confirmou minha decisão de não fazer uma.

Até agora. Se eu conseguir parar de amarelar.

O celular começa a vibrar na minha mão e o nome de Kiera surge na tela em letras brancas. Nossa primeira ligação desde que ela viajou. Ela tem trinta minutos de telefone todo domingo, e uma parte disso em geral vai para Nina, então não quero perder nenhum segundo.

Se ela está ligando primeiro para mim, significa que tem novidades.

Eu me sento imediatamente e aperto o botão para aceitar a ligação dela no FaceTime.

— Kiera! Oi! Como você está?

— Em, você está *tentando* me dar cáries? — A voz de Kiera sai do alto-falante, suas tranças embutidas e rosto sorridente surgindo aos poucos na tela, embaçado como sempre fica quando ela está no Misty Oasis. O sinal é tão ruim no acampamento que a maior parte das ligações são repletas de atrasos e telas congeladas. Ela ergue três pacotes reluzentes de chiclete de algodão-doce. — Você sabe que quando abro um pacote, preciso terminar.

Mesmo pela tela, consigo notar que as unhas dela estão recém-pintadas, então um dos esmaltes que mandei já foi usado. A caixa da saudade foi um sucesso!

— Pode dar alguns para o pessoal do acampamento! Eles vão gostar de sair um pouco do papelão e água que normalmente comem aí.

Ela revira os olhos, mas os cantos da sua boca se levantam. Pelo que eu me lembro da minha semana traumática, o Misty Oasis fazia o buffet suspeito da igreja parecer uma refeição gourmet.

— Como estão as coisas até agora? — pergunto.

— Muito bem! Fiquei com uma irritação esquisita na perna uns dias atrás depois de uma trilha, mas fora isso estou ótima.

Faço uma careta quando ela baixa a câmera e me mostra um ponto vermelho e inchado acima do tornozelo. Claro que *nesse* momento a qualidade vai de pixelado para ultra HD.

— Eca. Que coisa nojenta.

Ainda não entendo completamente como a mesma garota que chorou porque quebrou uma unha no nosso baile do primeiro ano, dois anos atrás, se transforma em um ser das montanhas todo verão. É como se existissem duas versões de Kiera no mesmo corpo.

Ela ri e a câmera volta para o seu rosto.

— Podia ser pior. Um cara precisou ser mandado para casa uns dias atrás depois que teve urticária na pálpebra. — Os olhos dela se arregalam de leve, o horror ainda palpável. — *Isso* é nojento.

— Eu nem quero imaginar — digo, olhando para o meu despertador, os números vermelhos mostrando 19h43.

Eu me assusto, notando quão perto das oito horas já é. Meu pai vai chegar logo mais do trabalho. E sei com certeza que ele não comeu nada desde as panquecas de manhã. Eu me levanto e caminho pelo corredor, dando um sorriso tenso para Kiera enquanto coloco meu cabelo comprido e castanho atrás da orelha.

— Então, como vai o Todd "Belos Braços"? — pergunto, ansiosa pelas novidades do Misty Oasis. Kiera tem uma queda por Todd Thomas desde que ele voltou ao acampamento dois anos atrás e deu um novo significado às palavras "revolução total".

— Emily, os belos braços dele ficaram *ainda mais belos*. Eu juro que eles quadruplicaram de tamanho durante o ano letivo. É surreal o quanto ele é bonito. E… — ela olha para trás para ter certeza de que está sozinha, sua voz animada — descobri que a namorada terminou com ele um mês atrás porque ela está indo estudar na UCLA no outono.

— Não creio.

— Sim!

— Isso é ótimo! — digo, e então paro e volto um pouco para onde devia haver empatia, não celebração. — Quer dizer, coitado do Todd.

—Ah, sim, quer dizer... atitude totalmente babaca. Péssima — Kiera diz, concordando, e fazemos um momento de silêncio.

— Então...? — digo, sorrindo já que claramente descobri o motivo da ligação.

— Então... — Kiera diz, sorrindo. — Talvez a gente tenha se pegado depois da reunião ao redor da fogueira na noite passada!

Nós damos um gritinho e faço uma dancinha animada enquanto vou para a cozinha. Faz dois verões que esperamos isso acontecer.

— Eu não consigo acreditar que você beijou ele de verdade!

— Ah, meu Deus, eu *sei* — Kiera diz, derretendo um pouco. — E deixa eu te contar, a espera VALEU.

Deixo o celular no balcão por um segundo, me erguendo na ponta dos pés para pegar uma caixa de macarrão da dispensa.

Estou prestes a pedir mais detalhes quando a escuto dizendo:

— Então, tem alguma...

Ela corta, a imagem congela de repente e a sua voz sai em cortes enrolados.

— Kiera? — chamo, vendo o rosto dela finalmente começar a se mexer de novo, a imagem ajustando quando a conexão volta.

— Desculpa — ela diz, revirando os olhos. — Eu perguntei se tem alguma novidade do Matt.

Resmungo internamente. Eu realmente esperava que a ligação caísse antes de chegarmos a esse ponto.

— Não — respondo, negando com a cabeça enquanto bato com a caixa de macarrão no balcão com mais força do

A LISTA DA SORTE **81**

que queria, as gravatinhas fazendo barulho ao chacoalharem na caixa. Olho nos olhos de Kiera. — Mas eu o *vi*. Ele e os outros. Dois dias atrás, no bingo.

— Você *foi*? Jogar bingo? Você está... bem? — Kiera pergunta, uma tom de preocupação na voz.

— Sim! Quer dizer, estou bem — falo rápido, pegando uma panela de dentro do forno e a enchendo de água. — E eu não *joguei* de verdade. Joguei para o meu pai. Fui forçada porque Johnny Carter voltou para a cidade essa semana.

— Ah, meu Deus! Eu tinha esquecido totalmente que isso era essa semana! — Kiera diz, surpresa. — Ele tem uma filha, não tem?

— Sim — respondo, Blake e a lista voltando para minha cabeça. — Eles vieram nos ajudar a encaixotar as coisas no fim de semana.

— Ela é legal?

— Até demais — digo, pensando em todos os queixos caídos na noite de sexta. Crescer no Havaí aparentemente te torna *instantaneamente* mais maneiro do que qualquer um crescido em Huckabee. Apesar de eu achar que o jeito relaxado de Blake provavelmente é legal em qualquer lugar. — Ela é simpática também. E está no nosso ano. Você com certeza vai gostar dela.

— Humm — Kiera diz com uma voz distraída. Observo a panela se encher de água lentamente, sabendo que ela vai levar a conversa de volta para o que eu esperava que esquecesse. — Então, você viu todo mundo? No bingo?

Eu suspiro, fechando a água e levando a panela para o fogão.

— Olha, eu sei que *vocês dois* precisavam de espaço depois do que aconteceu, mas você precisa falar com ele, Em! Você disse que ia fazer isso antes de eu voltar do acampamento, assim como *eu* disse que daria em cima do Todd se ele estivesse solteiro. O que eu fiz! Você sabe tão bem quanto eu que você precisa acertar as coisas antes das aulas voltarem, ou vai ser superestranho pra todo mundo — Kiera diz.

Eu sei que ela está certa. Se eu acertar as coisas com Matt, isso acerta as coisas para *todos* nós: Jake, Ryan, Olivia e Kiera. Ninguém vai ter que escolher, embora para todo mundo, exceto Kiera, a escolha não tenha parecido difícil.

— É igual às outras vezes. Você está surtando. Tipo ano passado, quando você terminou porque achou que ele estava grudento demais. Ou antes disso, quando você achou que não estava focando o suficiente na escola. — Ela revira os olhos, e os motivos parecem ainda piores quando Kiera os cita.

— Esse é pior que os outros — argumento, girando o botão do fogão para ferver a água. — Tipo, *bem* pior. Eu *beijei* outra pessoa!

Faço uma careta só de pensar naquela noite. A mão de Matt encontrando minha cintura enquanto ele me puxa para um beijo longo, o relógio na minha cabeça contando os segundos até que acabe. A voz dele no meu ouvido, perguntando se eu quero levar as coisas um pouco mais longe.

Os pais dele estavam viajando e eu passaria a noite lá. Até *eu* conseguia ver que fazia sentido. E provavelmente por isso não consegui pensar em como dizer não. Já que isso significaria explicar por que eu sentia um peso no estômago, o que… eu não poderia fazer.

Então eu não disse nada. Só cambaleei até Jake, meu vestido vermelho ficando mais apertado a cada segundo, o ginásio da escola cada vez mais claustrofóbico. Roubei um grande gole do cantil prateado dele, o gosto ardente na minha boca, e então a sala girou, pernas e braços embaçados, enfeites debilmente pendurados nas paredes e em volta das cestas de basquete. Matt abrindo caminho pela multidão para chegar até mim.

Eu precisava de uma saída.

Meus olhos encontraram esse cara do segundo ano que eu já tinha visto algumas vezes no corredor, olhos azuis mais ou menos familiares e cabelo raspado. Eu nem parei para pensar, nem sabia o nome dele. Só fui até ele e dei um beijo bem na sua boca.

Achei que seria libertador. Fazer algo que eu não tinha como apagar. Mas eu não poderia estar mais errada. Assim que parei para respirar, sabia que tinha estragado tudo.

— Você estava bêbada! — Kiera exclama, me fazendo lembrar o que aconteceu depois. — *Todo mundo* ficou bêbado com aquela merda que o Jake levou para o baile. Era o destilado caseiro de maçã do tio dele. Provavelmente dá para abastecer um carro com aquilo.

— Isso não é desculpa, Kiera — contesto, observando as pequenas bolhas surgirem no topo da panela. Por mais que eu tenha tentado me convencer disso, não é. Não foi culpa do álcool. E não quero ter que mentir para consertar o que fiz.

— Parece que você está *tentando* deixar todo mundo bravo com você. E você está sempre falando sobre como Matt é perfeito, então só… não faz sentido.

— Eu não sei, tá bom? Você podia parar de encher meu saco por causa disso! — falo sem pensar, subitamente deixando escapar a frustração que engoli ao ouvir essa pergunta várias e várias vezes de formas diferentes nos últimos tempos.

Ela só me encara, seus olhos escuros sérios.

— Escuta. Você é minha melhor amiga, e você sabe que sempre vou te apoiar, mas vou ser honesta com você. Se nós tivermos que passar o último ano no meio desse drama entre você e Matt, vai ser uma droga. Quer dizer, *pense* nisso. Vou ter que alternar mesas no almoço! Isso *sem falar* do Dia de Matar Aula. Como vamos fazer isso sem o grupo todo junto? Se não pudermos ter um Dia de Matar Aula incrível com nossos amigos, com Jake fazendo suas piadas ruins e Olivia olhando para Ryan como se o sol nascesse na bunda dele, vou guardar tanto rancor que seus bisnetos vão sentir. — Ela faz uma pausa, erguendo as sobrancelhas.

Como não digo nada, ela solta um longo suspiro.

— Em, eu estou aqui para te ajudar, mas você é a única que pode consertar isso.

— Eu sei. Estou trabalhando nisso — digo, pensando na lista. Mas ainda não quero dar esperanças a ela. E não sei como dizer que essa pressão não está ajudando. Tipo... em nada.

Ficamos em silêncio por um momento, então Kiera finalmente pigarreia para quebrar a tensão.

— Bom, preciso ligar pra minha mãe antes que o meu celular volte para O Armário — ela diz, apontando com a cabeça para um armário coberto de adesivos de parques nacionais atrás dela. — Nos falamos semana que vem?

Eu assinto.

— Sim. Com certeza. — As coisas ainda estão estranhas entre nós, então dou um sorrisinho. — Mal posso esperar para saber o que vai acontecer com Todd essa semana.

Ela sorri também, mas não é seu sorriso de sempre.

— Eu te mantenho atualizada. Te amo.

— Te amo — repito, e a tela fica preta quando a ligação termina.

Com um suspiro, eu me inclino no balcão.

Odeio essa sensação.

Tudo nesse momento parece horrível e estranho. Não consigo acreditar que explodi com ela. Se Kiera estivesse aqui em Huckabee e não lá no Misty Oasis com tempo limitado no celular, eu pedalaria até a casa dela para lidar com essa estranheza.

Em vez disso, observo as pequenas bolhas crescerem e lentamente começarem a ferver. Acrescento todo o macarrão da caixa à panela. Bem mais do que duas pessoas conseguem comer em uma refeição, mas que seja. Posso guardar na geladeira para o meu pai levar de almoço nos próximos dias.

Meu celular vibra e o pego, esperando ver o nome de Kiera, uma última mensagem dizendo que as coisas estão bem, embora não pareçam. Mas, para minha surpresa, é uma mensagem de Blake.

Toco na notificação e a mensagem abre.

O que você vai fazer amanhã?

Por quê?, digito de volta automaticamente, a resposta que me condicionei a dar antes de acidentalmente me abrir para alguma coisa que talvez eu não queira fazer. Hesito antes de deletar e tentar de novo.

Eu trabalho de tarde, mas estou livre antes disso.

Ela responde imediatamente.

Eu ia até a piscina ver se ainda estão contratando salva-vidas. Quer ir?

Solto o ar, bufando, e largo o celular no balcão. A piscina. *Claro* que ela vai arranjar um trabalho lá. É só a meca do emprego de verão do ensino médio de Huckabee, onde Jake, Matt, Ryan e todas as pessoas que sabem exatamente o que aconteceu entre a gente trabalham.

Consigo ver tudo. Um dia de sol, todos eles enrolando em volta da famosa mesa de piquenique dos salva-vidas, os nomes de gerações de empregados da piscina de Huckabee entalhados na madeira gasta, uma chamada histórica bem ao lado de alguns desenhos de pênis exagerados.

Meu nome vai surgir. Matt vai assumir aquele ar estoico que conheço tão bem, o maxilar tenso, as sobrancelhas para baixo, e, de repente, por mais que ele tente impedir, Jake ou uma das meninas fofoqueiras do terceiro ano vai contar a história da minha traição pública, arruinando qualquer chance de Blake não pensar que sou uma merda completa e, por consequência, acabando com minha única oportunidade de ter uma amiga nesse verão. O que eu aparentemente preciso, mais do que nunca, já que as coisas agora estão estranhas com a Kiera também.

Fico aliviada por Olivia estar trabalhando no shopping de outra cidade. Ela *com certeza* contaria nos primeiros dez minutos.

A imagem some e pego o celular, pensando em alguma desculpa.

Não... eu acabei de lembrar que disse que ia ajudar meu pai...

Paro, tentando pensar em algo relacionado à mudança.

... disse que ia ajudar meu pai a limpar as janelas antes de uma visita na terça.

É péssimo, mas eu mando mesmo assim, suspirando quando baixo o celular e desligo o fogo. Lá se vai a ajuda de Blake com a lista.

Sinto o papel gasto no meu bolso, as pontas dos meus dedos encontrando-o é um pequeno conforto.

Talvez seja a única coisa que me ajude a consertar tudo isso.

7.

Olhando o Instagram sentada à mesa da cozinha na quarta de manhã, abro o story de Blake pela milionésima vez. É um boomerang de uma hora atrás, na não exatamente limpa piscina de Huckabee, e a legenda diz: "Primeiro dia de trabalho!".

Nós não nos falamos desde segunda de tarde, quando ela disse que tinha sido contratada, e depois de hoje tenho certeza de que nunca mais vou ter notícias dela. Vai ser superestranho quando meu pai e Johnny inevitavelmente tentarem nos forçar a sair juntas.

Suspirando, dou mais uma colherada no cereal e abro minha galeria de fotos. Acesso as primeiras fotos do meu celular, tiradas pouco antes da minha mãe morrer. Normalmente eu as evito a todo custo, mas hoje estou em busca de algo.

Uma foto da tatuagem da minha mãe.

— Talvez você possa tentar descobrir a história de alguns dos itens — Blake disse na nossa ligação de uns dias atrás. — Talvez te diga por onde começar.

Isso me levou à única conexão direta entre a lista e algo que eu conheço. Algo que eu via todo dia.

A tatuagem da minha mãe.

Paro na foto que meu pai tirou de nós duas na loja de jardinagem perto do pomar de maçãs. Ela está empurrando um carrinho laranja pela estufa, fingindo sofrer com o peso, enquanto eu estou deitada dramaticamente em cima do carrinho, por cima de dois sacos de terra.

Passo a foto, voltando ainda mais no tempo. É estranho ver minha mãe ficando cada vez mais saudável a cada foto que passa, quando sei que o que aconteceu foi o oposto. Vejo as olheiras em volta dos olhos dela sumirem, suas bochechas encovadas se preencherem lentamente.

Paro em outra foto: minha mãe dormindo no ombro do meu pai depois de uma consulta difícil com o médico. Depois vejo uma foto dela e Nina rindo na festa de aniversário de Kiera, e em seguida uma foto de nós duas depois de um longo dia de jardinagem, bilhetes de loteria do postinho de gasolina perto da estrada nas nossas mãos, nossos jeans manchados.

Finalmente, eu encontro.

Uma foto da minha mãe segurando uma estrelinha no feriado de Quatro de Julho, pouco antes do diagnóstico de câncer no cérebro, seus olhos azuis brilhando, a tatuagem no antebraço pálida com o brilho da luz. Quando aproximo a imagem, as palavras ficam mais claras, as letras de forma compondo a frase UM VERÃO INVENCÍVEL.

Lembro de ter perguntado a ela sobre essa frase quando eu era bem pequena, meus dedinhos gordos da primeira série traçando as letras várias vezes.

Tudo que ela contou foi que a frase a lembrava do verão em que tinha feito amizade com meu pai e Johnny. Ela nunca disse mais que isso. Me falta o *porquê*.

— Bom dia! — meu pai diz enquanto se arrasta sonolento para a cozinha.

Baixo o celular rapidamente e no mesmo instante sou transportada para o *meu* verão *super* não invencível.

— Bom dia — respondo, beliscando meu cereal enquanto distraidamente espio suas botas sujas de trabalho. Minha mãe teria tido um ataque se o visse calçando essas botas dentro de casa, mas essa não vai mais ser nossa casa, então acho que nada disso importa.

— Você está bem? — ele pergunta enquanto serve cereal em uma tigela, jogando leite por cima um momento depois.

— Sim. — Dou de ombros.

— Isso não foi muito convincente — ele diz, se apoiando no balcão e apontando a colher para mim.

— Estou ótima! Nunca estive melhor! — replico, dando um sorriso falso.

Ele ri, coçando a barba cerrada.

— Você trabalha hoje?

Nego com a cabeça. Nina precisou de mim até tarde ontem, nós duas trabalhando em um bolo de casamento para os Mckenzie. Em troca, ela me deu o dia de folga. Eu insisti que não tinha problema, já que trabalhar mantém minha cabeça ocupada, mas ela me disse para "ir fazer algo divertido com meus amigos".

Não tive coragem de dizer a ela que *não tenho* amigos nesse momento.

Ele aponta com a cabeça para o meu celular, mastigando alto seu cereal.

— O que você está olhando?

Eu baixo o olhar e vejo a foto da minha mãe ainda preenchendo a tela. Por instinto, penso em apertar o botão de início antes que ele possa ver, mas algo me impede. Eu quero respostas. E hoje estou com um humor ruim o suficiente para arriscar algum desconforto, se isso me levar até elas.

— Só estou tentando descobrir o que significa.

Viro o celular para mostrar a foto para ele.

— Hummm — ele diz, engolindo sua colherada e desviando os olhos para a tigela, o cereal subitamente ficando muito fascinante.

Por um minuto inteiro, é só barulho de mastigação. Eu coloco um cereal no leite que sobrou na minha tigela e o observo afundar sob a superfície e reaparecer logo depois. Eu *sei* que ele se lembra da conversa que tivemos sobre a lista. Eu sei que ele sabe o que quero saber.

— Um verão invencível — diz, respirando fundo. Olho para ele, nossos olhos escuros e idênticos se encontrando. Ele dá de ombros e me abre um pequeno sorriso. — É parte de uma citação. Algumas linhas traduzidas de algo que um cara francês escreveu. Eu acho que o nome dele era Albert Camel? Camera?

— Camus? — pergunto, quase saltando da cadeira quando me lembro do livro gasto que encontrei na caixa de lembranças do ensino médio da minha mãe. Um livro surrado de *Albert Camus.*

— Sim, ele mesmo — meu pai responde, assentindo para confirmar minhas suspeitas. — Não sei qual era a citação. Ela encontrou em um livro no verão em que ficamos amigos. Acho que, de muitas formas, foi o que deu início à lista. Ela disse que essas palavras resumiam o que queria que aquele verão fosse para ela. Um momento no tempo, na vida dela, em que nada pudesse tocá-la, no qual ela pudesse fazer qualquer coisa.

As palavras dele me dão um arrepio.

Ele pega uma colherada do cereal e fala com a boca cheia.

— Você sabia que sua mãe gostou tanto desse livro que até quis ir morar na França?

Meus olhos se arregalam de surpresa. Eu não tinha ideia.

— Espera. Ela *o quê? França?*

— Sim — ele diz, rindo. — Ela estudou francês no ensino médio e estava determinada a um dia sair de Huckabee e embarcar em um avião pra lá de vez. Você sabe, se casar com algum parisiense estiloso, comer baguetes perto da Torre Eiffel e essa coisa toda.

Eu rio, dando uma olhada para ele, com seus jeans rasgados e camiseta manchada de suor.

— Pode ser que ela só quisesse ir para a França — ele diz, notando meu olhar e rindo com desdém. — E então nos casamos e tivemos você e ela percebeu que tinha tudo que precisava bem aqui em Huckabee.

Ele fica com uma expressão distante nos olhos, uma ruga se formando na sua testa. Finalmente, pigarreia e pega uma última e solene colherada de cereal.

— Você está bem? — pergunto quando ele coloca a tigela na pia, a colher fazendo um barulho alto contra o fundo de porcelana.

Ele faz que sim, olhando para trás para me dar um sorriso pequeno de lábios apertados.

— Não foi muito convincente — digo.

Ele ri:

— Estou ótimo! Nunca estive melhor! — brinca, antes de me beijar no topo da cabeça e ir para o trabalho.

Eu olho para a tatuagem no braço da minha mãe, processando toda essa informação nova. Um verão invencível. O verão invencível *dela*.

Se a citação é a chave, finalmente sei o que fazer.

Eu nem me dou ao trabalho de lavar a louça. No segundo que meu pai sai pela porta, voo escada acima para o meu quarto e me enfio por baixo da minha colcha florida para pegar a caixa que escondi debaixo da cama.

Reviro tudo, o envelope de papel pardo, o alce de pelúcia, a camiseta de futebol, até ver o livro, aninhado em um canto.

Eu o puxo e vejo "L'ÉTÉ" escrito na frente em letras vermelhas, "par Albert Camus" logo abaixo, em preto.

E... eis o meu primeiro problema. Folheando as páginas amareladas, noto que o livro inteiro está em francês. Com três anos de espanhol na conta, eu não conseguiria encontrar a citação de onde ela tirou sua tatuagem nem se tentasse.

Paro de folhear, franzindo o cenho quando percebo que falta uma folha, uma lacuna entre as páginas 156 e 159 — a sobra de papel rasgado perto da lombada é o único sinal do que esteve ali.

Ela arrancou a folha.

Eu poderia procurar isso no Google, ou...

Volto para a contracapa do livro e vejo um carimbo azul desbotado que diz "O'Reilly Livros Usados", e de repente a possibilidade de cumprir um dos itens da lista está bem na minha frente.

9. Comprar um livro em outra língua.

Se eles tiverem exatamente este livro, eu não apenas cortaria meu primeiro item, mas poderia descobrir o que dizem as páginas que faltam. E se eu conseguir saber o que dizem, aposto que descobriria qual é a citação completa. Pode ser que eu encontre a resposta.

Não é muito, mas é um começo. Finalmente.

8.

Olho para o céu, a chuva pesada batendo no metal do toldo em frente à confeitaria.

Perfeito.

Claro que esqueci minha capa de chuva no único dia que o céu decide cuspir um oceano de água. Além disso, o pneu da minha bicicleta furou no caminho, então serei obrigada a não só andar até a livraria, mas também a esperar com as roupas ensopadas até meu pai me buscar no Hank's para então irmos para a casa dos Carter ajudá-los com a mudança.

Isso é que é azar.

Eu poderia só me esconder na confeitaria, mas... Já adiei começar essa lista por quase uma semana, e não vou deixar um pouco de chuva e uma capa esquecida atrapalharem isso. O prazo da excursão para o lago se aproxima a cada dia que passa, então mesmo que eu precise andar na chuva o quilômetro que falta até a O'Reilly Livros Usados, vou fazer isso.

Rangendo os dentes, vou para a calçada, e a chuva imediatamente ensopa minha camiseta e a calça. Agarro a alça da minha ecobag enquanto caminho pelo aguaceiro da rua principal, sentindo meus sapatos ficarem mais pesados a cada segundo, meus dedos encontrando a moeda da sorte que enfiei na minha jaqueta jeans hoje de manhã.

Algo sobre começar a lista me fez sentir que eu devia tê-la comigo. Embora não esteja sendo de muita ajuda.

Mantenho a cabeça baixa, contando os passos para me distrair enquanto caminho, me perdendo na contagem quando passo de quarenta.

Pego a moeda e olho feio para ela, a chuva me acertando nos olhos.

— Você não devia dar sorte? — resmungo.

Com o canto do olho, vejo uma caminhonete azul-clara encostar na calçada, e a janela se abre.

— *O que* você está fazendo? — uma voz me pergunta.

Viro a cabeça e aperto os olhos para focar a caminhonete.

— *Blake?*

Ela está vestindo um moletom vermelho de salva-vidas, o capuz cobrindo seu cabelo ondulado. Ou pelo menos acho que é isso. É difícil ver com a chuva.

— Hum... andando?

Parabéns pelo óbvio.

Ela sorri e sacode a cabeça.

— Quer uma carona?

Faço que sim, grata, e ela estende o braço para abrir a porta. Puxo a maçaneta e me jogo para dentro com um suspiro de alívio, minhas roupas molhadas rangendo no couro velho e gasto, minha ecobag rolando para o chão.

— Essa não é a caminhonete do seu avô? — pergunto assim que consigo enxergar novamente.

Quando minha mãe morreu, os avós de Blake apareciam de vez em quando para ver como estávamos, o barulho da caminhonete os anunciava na nossa entrada e a sra. Carter

98 Rachael Lippincott

surgia carregando uma caçarola enorme. Mas o sr. Carter morreu dois invernos atrás, e eu não via o carro desde então.

— Bem observado — Blake diz, assentindo, enquanto giro a manivela para fechar a janela. — Minha avó me deu alguns dias atrás, para ter como me locomover.

— Johnny não te deixa pegar o Porsche emprestado? — pergunto.

Ela revira os olhos, achando graça, e eu me recosto no banco.

— Eu não pegaria mesmo se ele deixasse — ela diz, o canto da boca se erguendo em um sorriso. — Chamativo demais. Ele sempre gostou de atenção. Acho que é consequência de ter sido surfista profissional.

Coloco meu cinto e estudo seu rosto enquanto ela mexe na marcha, me perguntando se já sabe de alguma coisa.

Até aqui, as coisas não parecem estranhas, e foi *ela* quem parou, então esse é um bom sinal.

Blake checa o tráfego pelo retrovisor. Como é típico de Huckabee, não tem nenhum movimento.

— Então, para onde estamos indo?

— O'Reilly Livros Usados — respondo, apontando para a frente com a cabeça, no mesmo instante em que o cinto de segurança encaixa com um clique alto. — Fica a umas quatro quadras, à direita.

— Você está trabalhando na lista? — ela pergunta, seus olhos arregalados com uma animação incontida enquanto começa a dirigir. — Não tinha uma coisa relacionada a um livro lá?

— Talvez.

Coloco meu cabelo molhado atrás da orelha e puxo a ecobag para o banco, revirando dentro até encontrar a lista e o livro

A LISTA DA SORTE   **99**

de Albert Camus guardados em segurança dentro de três saquinhos Ziploc que roubei de Nina. Com cuidado, abro o livro e o mostro para Blake quando paramos em um cruzamento.

— Estou procurando por isso. As páginas cento e cinquenta e sete e cento e cinquenta e oito estão faltando. A folha foi arrancada. Acho que a citação de onde minha mãe tirou a tatuagem dela está em uma dessas páginas e acho que isso pode me dar um pouco de contexto. Motivação. O motor que deu início a lista. Como você disse no telefone.

Blake assente, absorvendo tudo.

— Você acha que ele vai ter uma cópia lá?

— Espero que sim — digo, e aponto para o fim do quarteirão, para a fachada com os dizeres "O'Reilly Livros Usados", aliviada de ver que tem uma vaga bem na frente. — O único problema é que, se ele tiver, vai estar em francês. — Eu observo as letras douradas descascando acima da porta enquanto Blake faz a baliza com a caminhonete barulhenta feito uma profissional. — Estou confiante de que o sr. O'Reilly talvez saiba francês o suficiente para traduzir.

Estremeço, o ar-condicionado e minhas roupas ensopadas fazendo meus dentes baterem. Os olhos escuros de Blake se voltam para mim de relance quando ela coloca a marcha em ponto morto e o som do motor diminui, a chuva caindo no teto de metal abafando-o.

— Aqui — ela diz, soltando seu cinto de segurança e tirando o moletom. Eu não consigo evitar notar as linhas definidas da sua barriga. Ela o estende para mim, seus braços bronzeados contra o branco da regata de salva-vidas. — Isso vai ajudar.

Visto o moletom quente com gratidão e uma onda do cheiro de oceano e filtro solar dela me envolve.

— Você sempre tem esse cheiro de um dia na praia — digo enquanto espremo minha cabeça pela gola e enfio os braços pelas mangas, tão compridas que cobrem meus dedos.

Blake ergue as sobrancelhas, divertida, e eu percebo quão esquisito isso soou.

Por que eu não consigo ser normal perto dela? Perdi mesmo todas as minhas habilidades sociais em só algumas semanas de exílio? Por sorte, Blake não deixa as coisas ficarem estranhas.

— Logo eu vou ter o cheiro de um dia em Huckabee!

— Credo — digo ao abrir a porta, as dobradiças de metal guinchando alto. — Vamos torcer para que *isso* nunca aconteça.

Puxo o capuz do moletom de Blake para cima e salto do carro, nós duas rindo enquanto corremos juntas pela chuva.

O interior da O'Reilly é exatamente como eu me lembro.

O cheiro de papel velho nos envolve no segundo que entramos, quente e reconfortante. Há pilhas e mais pilhas de livros por toda a parte, enfiados em estantes de madeira altíssimas e organizados em cima de mesas, pequenas placas colocadas no final dos corredores para guiar os visitantes para o que estão procurando. A luz é fraca e alguns cantos ficam no escuro, lombadas desbotadas em tons de vermelho, azul e marrom espiando de seus esconderijos.

— Encontre, Emily.

De repente, estou novamente com a minha mãe, segurando a mão dela com força enquanto espio os corredores mais escuros e assustadores, com medo de que algo vá sair da escuridão e vir atrás de mim.

Escuto ela me dizer "encontre um livro com letras douradas na capa", ou "encontre um livro com um dragão na capa".

Ela fez com que eu me apaixonasse por esse lugar, até pelos cantos escuros, inventando esses jogos.

Em pouco tempo, não precisava mais dos jogos. Visitávamos a loja quase todo fim de semana, só nós duas. Ela olhava a seção de romance e eu ia para a de jovem adulto, no fundo, e nos encontrávamos ao explorarmos a loja.

Parece errado estar aqui sem ela.

Eu não me viro, mas sei que Blake está logo atrás de mim, e sinto algum conforto nisso, em saber que não estou aqui completamente sozinha.

— Emily Clark! — uma voz diz. Giro a cabeça e vejo o sr. O'Reilly empoleirado em um banco bem atrás do pequeno balcão de madeira gasta, o par de óculos equilibrado na ponta do nariz, um cardigã vermelho em volta de seus ombros estreitos. Ele puxa a ponta de seu bigode quando a porta bate alto atrás de nós. — Faz um tempo. O que te traz aqui hoje?

— Oi, sr. O'Reilly — digo, enfiando a mão na minha bolsa para pegar o livro. — Eu sei que é meio difícil, mas eu estou procurando por… — puxo o livro ainda enfiado no Ziploc — Isso.

Ele estende sua pequena mão e entrego a ele. Blake se move animadamente de um pé para o outro ao meu lado, seus olhos passeando pelas estantes como se ela estivesse determinada a encontrar o livro primeiro.

— Ah — ele diz, estudando a capa. — Camus. Esse é velho. Mil novecentos e cinquenta e quatro, creio. — Ele se levanta, cambaleando pela loja, e Blake e eu o seguimos, ansiosas. — Talvez eu tenha uma cópia…

Nós seguimos por um corredor, viramos e entramos em outro, o chão de madeira nos levando até os livros de ficção científica e história da Segunda Guerra Mundial e, finalmente, à seção de língua estrangeira. Ele toca em duas enormes estantes e a sineta soa alto do balcão, um cliente ansioso para pagar.

— Se estiver em algum lugar, vai estar aqui — ele diz, devolvendo a cópia da minha mãe com uma piscadela antes de se apressar para a frente da loja e fazer sua venda.

Blake se aproxima, coloca as mãos na cintura e espicha o pescoço para olhar os livros todos.

Empurro uma pequena escada até ela, cutucando-a de leve na cintura.

— Você começa com a prateleira de cima, eu começo com a de baixo?

Ela assente, seus olhos se estreitando com o desafio.

— Feito.

Nós trabalhamos em silêncio, examinando lentamente a coleção variada de livros; títulos e capas se misturando, brancos e amarelos, pretos e azuis. Isso seria *bem* mais rápido se o sr. O'Reilly organizasse por idioma, mas eles estão todos empilhados juntos. Mandarim ao lado de italiano ao lado de português.

Chego perto algumas vezes e sei que Blake também, pequenas inspirações seguidas por um "deixa para lá" resmungado.

Estamos na metade da segunda estante quando Blake, quase caindo da escada, ergue em triunfo um livro branco gasto. Ela se firma e então o passa para mim.

— Encontrei!

Observo o livro e vejo que é idêntico ao que está no Ziploc, completamente intacto exceto por um pequeno rasgo na capa. Folheio o livro rapidamente e vejo que as páginas que faltam estão ali. Eu poderia dar um beijo nela.

Eu o agarro, voando pelos corredores até a frente da loja, com um frio no estômago. O sr. O'Reilly ergue os olhos surpreso quando coloco o exemplar no balcão, ao lado da sua antiquíssima caixa registradora. Então uma faísca de animação brilha nos olhos dele.

— Você não fala francês, fala? — pergunto enquanto ele cobra.

Ele nega, sacudindo a cabeça.

— Eu sei latim e um pouco de espanhol, mas não falo uma palavra de francês.

Meu estômago se revira um pouco enquanto entrego o dinheiro para ele. Eu acho que esperava manter isso como antigamente, fazer como minha mãe, mas ainda posso resolver com um aplicativo.

O tradutor do Google, talvez? Levaria algum tempo, mas acho que é melhor do que nada.

— Obrigada, sr. O'Reilly. — digo quando estamos saindo. Fico aliviada de ver que a chuva parou.

Blake abre a boca para dizer alguma coisa, mas agarro a mão dela, animada para começar a trabalhar. A umidade pós-chuva gruda imediatamente nos meus braços e pernas enquanto eu a puxo pelas escadas até o outro lado da rua.

— Reunião estratégica no Hank's. Blake, temos francês pra traduzir.

9.

Embora eu já esteja semisseca quando deslizamos para dentro de uma cabine vermelho-vivo, Judy nos dá nossos milk-shakes de graça, sem parar de falar sobre como eu estou parecendo um trapo sujo.

— Sentimos sua falta domingo passado — ela diz enquanto coloca dois enormes milk-shakes de chocolate na mesa, o braço se esticando para que se apoie casualmente na cabine.

— Meu pai precisou trabalhar — respondo, puxando o livro novo e a lista da minha mãe da bolsa. — Mas a gente deve vir neste fim de semana.

Ela faz uma bola com seu chiclete cor-de-rosa e me dá um sorriso caloroso, olhando para a cozinha para ter certeza de que seu marido, Hal, não está ouvindo. Ele tem essa coisa de não contar os especiais do dia para as pessoas com antecedência porque aí não seriam mais "especiais".

— Vamos ter o favorito do seu pai no cardápio. Hal vai fazer bolo de carne — ela sussurra com uma piscadela. Então aponta com a cabeça para Blake. — Traga sua amiga! Vou garantir que vocês recebam uma porção extragrande.

— Pode deixar, Judy — digo, embora aposte que o último lugar em que Blake quer estar neste domingo é comendo bolo de carne no Hank's comigo. Estou sinceramente surpresa por ela estar aqui agora.

Mas olho para o outro lado da mesa e fico chocada ao ver que ela está balançando a cabeça com entusiasmo, totalmente a fim do bolo de carne causador de azia que Hal serve uma ou duas vezes por mês. Sorrio para mim mesma enquanto Judy vai pegar o pedido de outro cliente.

Mando uma mensagem rápida para o meu pai para avisar que Blake vai me levar para a casa dela, antes de começar a examinar os aplicativos de tradução disponíveis no meu celular. Seleciono o Quick Translate, um app com avaliação de 4,3 estrelas de 5 que supostamente é capaz de tirar fotos das palavras em tempo real e traduzi-las. Solto um grunhido irritado com a lentidão para carregar.

— Esqueço como o sinal aqui é ruim. No segundo que fecham aquelas portas de vidro grosso, a gente perde três barras.

— O que era a tatuagem da sua mãe? — Blake pergunta, pegando o livro. Ela folheia as páginas com os polegares, se inclinando para a frente para dar um gole rápido de seu milk-shake.

— Era no braço — respondo, saindo da *app store* para mostrar a foto da minha mãe no feriado de Quatro de Julho. Eu a viro para mostrar a ela, dando zoom nas palavras. — Está escrito "Um verão invencível".

Blake estuda a foto, balançando a cabeça, antes de voltar sua atenção para o livro, enquanto observo o pequeno aplicativo azul e branco levando um milhão de anos para baixar no meu celular. Solto um longo suspiro.

— Isso vai levar…

— *Au milieu de l'hiver, j'apprenais enfin qu'il y avait en moi un été invincible.*

Minha cabeça se ergue e vejo Blake lendo o livro em um francês perfeito. Os olhos dela saem da página 158 e encontram os meus, meu coração martelando alto.

— Você *fala* francês? Por que você não disse nada?

— Eu tentei, mas *alguém* estava ansiosa demais para me deixar dizer qualquer coisa. — Há um brilho provocador nos olhos dela, e sinto minhas bochechas começarem a queimar.

— Eu estudo desde o fundamental. Pensei em talvez continuar na faculdade.

Meu celular apita, o aplicativo sem sentido e não mais necessário finalmente começando a baixar.

— Então você sabe o que significa? — pergunto, deslizando para o outro lado da mesa e me sentando ao lado dela.

Espio o livro por cima do ombro bronzeado de Blake e ela aponta a frase que acabou de ler alto.

— Quer dizer algo tipo "no meio do inverno, descobri que havia em mim um verão invencível".

Assinto lentamente, absorvendo, tentando encontrar uma ligação. Tentando encontrar *algo* escondido ali. Algo da minha mãe e da sua experiência.

Encaro as palavras, pensando em Matt no baile e nos últimos três anos sem minha mãe, repletos de altos e baixos. Penso no resultado do exame final rasgado que encontrei na caixa da minha mãe.

Mas nada nessas palavras faz essas coisas se encaixarem.

A LISTA DA SORTE **107**

— Bem, que ótimo — digo, jogando as mãos para o alto. — Quer dizer, o que isso *significa*? Tinha que ser eu, revirar uma livraria esperando que essa citação de um francês velho me revelasse algum segredo perdido sobre a minha mãe.

Blake ri e pega seu celular. Eu a vejo digitar a tradução da frase e enviá-la para mim como mensagem. Ela se apoia no cotovelo olhando bem para mim, seu cabelo dourado de sol caindo pelo braço.

— Bem, talvez isso mude. Talvez não signifique nada agora, mas um dia faça sentido. Talvez você só precise terminar a lista ou algo assim primeiro.

— Eu estou *afundada* no inverno, Blake! Nada nesse verão é invencível — resmungo, esticando o braço para pegar meu milk-shake e dar um gole longo e lento.

— *Ainda* — Blake esclarece, me dando um de seus enormes sorrisos de orelha a orelha, o que me faz lembrar de como ela me convenceu a acender uma bombinha na sala da minha casa dez anos atrás. Tenho a sensação de que provavelmente ainda iria na dela hoje. — Quer dizer, talvez também não tenha feito sentido para a sua mãe de início. Talvez o verão dela não tenha começado sendo invencível. Mas tenha *se tornado*.

Mordo meu canudo, pensativa.

— Além disso, você já deu o primeiro passo — ela diz, esticando o braço além de mim para pegar a caneta que Judy deixou na mesa. Ela a estende para mim, girando a lista da minha mãe, e meus olhos caem no número nove.

Comprar um livro em outra língua.

Meu primeiro item.

Sinto uma onda de felicidade quando pego a caneta da mão dela e cuidadosamente faço um pequeno visto azul ao lado da linha.

O primeiro passo. Um item feito da lista da minha mãe.

10.

O caminho até a casa de Blake nos manda para as sinuosas vielas de Huckabee, a luz do sol poente penetrando cuidadosamente entre as árvores enquanto passamos. Há resquícios da tempestade de mais cedo grudados nos galhos e na estrada, fazendo-os brilhar.

Eu me remexo no assento, meus jeans finalmente secos depois do milk-shake no Hank's. Passamos pelo condomínio onde Matt mora e espicho meu pescoço, meus olhos procurando e encontrando seu Honda Civic preto na entrada.

As sextas-feiras sempre foram nosso dia. Só nós dois. Sem Kiera, Jake, Ryan ou Olivia. Nós íamos ao cinema antigo no centro da cidade, ou só ficávamos em casa, vendo Netflix no sofá do porão dele e fazendo biscoitos de manteiga de amendoim com a receita que aperfeiçoamos juntos. Matt sempre gostou de cinema, e minha parte favorita da noite era escutá-lo falar de todos os pequenos detalhes de bastidores, desde como foram feitos certos efeitos especiais até os prêmios do diretor. Sempre tornava os filmes que víamos mais divertidos.

Eu me pergunto como ele tem passado as sextas sem mim. Se sente falta de passar o tempo comigo como sinto falta de estar com ele.

Ou se esse silêncio todo significa que ele não sente mais.

Um sentimento instável passa por mim e olho para a estrada, observando a linha amarela contínua se tornar tracejada.

Como posso consertar isso se eu nem sei *por que* não consigo acertar?

Sinto que essas coisas foram tão fáceis para os meus pais. Que toda a coisa romântica só... aconteceu naturalmente. Eles não terminaram uma única vez. Por que as coisas não podem ser fáceis assim para nós dois?

Eu e Blake seguimos pela estrada, indo na direção das grandes casas no limite de Huckabee, bem na fronteira com Cherryfield, a cidade seguinte. Todas as casas nesse pedaço ficam cercadas por hectares de árvores, deixando o vizinho mais próximo fora de vista.

Sei que algumas pessoas acham que isso significa paz, todo esse espaço, mas tem horas, tarde da noite, que não há nada além de escuridão. Uma escuridão assustadora e atordoante, tudo exceto os faróis desaparecendo no nada. Sempre detestei quando Matt passava por aqui.

Vejo luzes aparecendo por entre as árvores quando Blake freia perto de uma caixa de correio e então cuidadosamente faz a curva em uma longa entrada, dando seta.

— Eu iria detestar ter que trazer o lixo até aqui no dia de colocá-lo pra fora — comento.

Ela concorda com um sorriso travesso.

— Eu *convenientemente* esqueci ontem e meu pai precisou fazer isso. Sendo sincera, não sei como minha avó dava conta antes de chegarmos.

Abro a boca para dizer algo, mas fico quieta quando vejo a casa na qual estamos estacionando.

Encaro fascinada o design moderno; toda a estrutura é elegante e cuidadosamente construída. Janelas do chão ao teto ocupam os dois andares da casa e acabam em ângulos metálicos. No segundo andar, há um deque, cuidadosamente cercado de árvores por todos os lados. Tudo é marrom, prateado e cinza, tudo uniforme de um jeito lindo.

— Essa casa é insana — digo, meus olhos arregalados.

Eu sabia que os Carter tinham se recusado a vender a fazenda até que Johnny Carter, o avô de Blake, não pudesse mais trabalhar, o que tornou o pedaço de terra deles a peça final no plano de um enorme condomínio que os construtores vinham tentando criar há anos, mas eu não tinha ideia de que o pagamento tinha sido suficiente para *isso*.

— É a casa dos sonhos do meu avô — Blake diz enquanto subimos devagar o caminho de entrada. — Ele desenhou tudo isso sozinho.

— Ele *desenhou* isso? — pergunto, completamente maravilhada.

— Sim — Blake diz, tirando os olhos da entrada para admirar a casa. — Arquitetura era a paixão dele, embora não tivesse um diploma. — O olhar dela é quase adorador. — Ele não viveu para ver o artigo sobre ela na *Architectural Digest*, mas teria amado.

Eu me pergunto como deve ter sido isso. Ter dinheiro suficiente para construir algo *assim*. Ou ter dinheiro suficiente para ficar na casa em que você cresceu, onde seus pais construíram uma vida juntos e onde está o jardim da sua mãe, na qual suas memórias favoritas de decorar bolos e conversar no closet com ela parecem fazer parte da estrutura.

Tento afastar o pensamento da mudança.

— Olha essas janelas — digo com um assovio.

— É, a vista é linda. Mas nenhuma privacidade! — ela diz com uma risada. — É bom estarmos no meio do nada. A vizinhança inteira já teria visto minha bunda a essa altura.

Chegamos ao final da longa entrada e vejo a caminhonete do meu pai estacionada na frente da garagem para dois carros do tamanho de uma espaçonave. Blake estaciona ao lado dele e se estica para apertar um botão. A porta direita da garagem se abre lentamente, mas, diferentemente da nossa garagem de casa, não há nenhuma bagunça ali. Só o carro de Johnny e quatro pranchas de surfe penduradas na parede em ordem ascendente de tamanho.

Fico surpresa quando ela coloca o carro no ponto morto em vez de entrar com ele.

— Você não vai colocar na garagem? — pergunto.

Ela sacode a cabeça enquanto gira a chave na ignição, a caminhonete desligando com um barulho.

— Meu pai não me deixa estacionar ali. Ele ficou chateado com a minha avó porque o carro vazou óleo no chão de "concreto de ponta". — Ela diz essa última parte fazendo aspas no ar e revirando os olhos. — O que é maravilhoso vindo do homem que levava areia para dentro da nossa antiga casa como se esse fosse seu trabalho.

Nós rimos enquanto soltamos os cintos de segurança e entramos.

Assim que passo pela porta, um borrão de pelo e baba vem para cima de mim, quase me derrubando no chão. Uma pata encontra meu ombro e logo os olhos manhosos e castanhos de um golden retriever estão me olhando com amor à medida que meu rosto é coberto por beijos babados de cachorro.

Eu rio, dando tapinhas nele, e percebo com um susto que ele só tem três patas. A pele suave do seu peito se estende até o final no seu lado esquerdo e um pequeno cotoco é o único resquício do que um dia esteve ali.

— *Winston* — Blake chama, e Winston imediatamente desliga o lava a jato no meu rosto e se senta com um barulho alto e obediente.

Ele olha para Blake, seu rabo marcando o tempo no chão gelado de concreto. Ela o encara, seu rosto sério por alguns segundos antes de ceder em um enorme sorriso. Winston imediatamente avança sobre ela com uma recepção semelhante.

Nós seguimos o cheiro de pizza por uma escada de metal. Plantas emolduradas que o avô de Blake deve ter desenhado estão cuidadosamente penduradas ao longo da parede. Winston sobe fazendo barulho atrás de nós, e os últimos degraus chegam em uma sala de estar e cozinha. Olho para o teto alto, para a decoração que parece saída do Pinterest, tudo simples, limpo e moderno, desde as plantas até as almofadas no sofá e os quadros nas paredes.

A única coisa fora do lugar é a pilha de caixas num canto, rotuladas com canetinha para indicar o conteúdo.

Nossos pais estão bem no meio da sala completamente relaxados, o meu no sofá de couro e Johnny na poltrona que claramente priorizou estilo em vez de conforto, cervejas na frente de ambos.

— Ei, meninas — meu pai diz, olhando para nós. — Como foi…

— Vocês duas não estavam com pressa! — uma voz diz, cortando-o. A porta de vidro se abre do outro lado da sala e a avó de Blake aparece, vinda da enorme varanda, uma bengala nas mãos. Ela parece mais frágil do que eu me lembrava, suas bochechas muito magras.

Aponta com a cabeça para as duas caixas de pizza na mesa de centro, seu volumoso cabelo branco se recusando a se mover um centímetro que seja.

— A pizza quase esfriou!

— Fiquei presa no trabalho — diz Blake, cobrindo nossa parada no Hank's enquanto dá um abraço de oi nela, o corpo da pequena mulher desaparecendo de vista.

Winston olha para Blake, farejando o ar como se sentisse a mentira. Ela olha feio para ele.

— Além do que, vó, a pizza provavelmente ficou fria no caminho até aqui!

A avó de Blake dá um sorriso caloroso para ela antes de concordar com a cabeça. Evito rir do nariz detector de mentiras de Winston e dou um rápido abraço na sra. Carter antes de cair ao lado do meu pai no sofá.

Olho para a sala clara, notando a lareira e a vista do pôr do sol. Esse lugar é ainda mais legal por dentro do que por fora, o chão de concreto acentuando o design elegante da cozinha.

— Essa casa é incrível, sra. Carter.

A avó de Blake ri, a pele em volta dos olhos se enrugando nos cantos.

— Ah, você também, não! É só disso que Blake fala — ela diz. — Ainda bem que meu marido não está aqui para ouvir isso. O ego dele ficaria grande demais para caber na casa.

Nós pegamos pratos e comemos a pizza, e, como sempre, basta uma coisinha para que Johnny entre no modo contador de histórias. Hoje é o molho de tomate.

— Que ano foi, Joe? Primeiro? O Incidente da Lanchonete?

Meu pai dá um sorriso de desdém e um longo gole na sua cerveja.

—Aham. Primeiro ano. Era dia de lasanha na lanchonete e lancei um pedaço que parecia um tijolo coberto de molho em cima do Luke Price, do outro lado do salão. Explodiu na camisa branca dele.

— Foi o caos — Johnny diz, evocando a cena. — Em um minuto, havia comida por toda parte. Garotos se protegendo embaixo das mesas. As mulheres da cantina se fechando na cozinha. — Ele sorri para mim, tocando o rosto. — Sua mãe me acertou bem na cara com um sanduíche de atum antes de sair correndo para uma aula de cálculo na qual foi provavelmente a única a aparecer. Acho que Joe se apaixonou por ela bem ali.

— Ficou tão feio que tiveram que chamar a polícia — meu pai diz, todos nós rindo. — Um menino precisou ser levado por causa de uma concussão causada por uma caixa de leite.

É estranho ver meu pai falando tão abertamente do passado, especialmente de uma história em que minha mãe aparece. Talvez até mesmo do momento em que ele começou a se apaixonar por ela. Como ele pode ser tão aberto com Johnny, mas sempre se fechar comigo?

Nós nunca conversamos muito, especialmente sobre nossos sentimentos, mas não consigo não me sentir…. Não sei. Com ciúmes? Magoada?

— Precisaram de dois dias para limpar a bagunça que fizemos — Johnny diz, secando uma lágrima de riso. — Tenho certeza de que ainda deve ter uma mancha de pudim de chocolate no teto.

— Quase matei vocês dois — a sra. Carter diz, ainda curvada de rir.

Observo admirada Johnny e Blake comerem uma pizza inteira sozinhos enquanto muitas outras histórias são contadas e não tenho a menor ideia de como ela coube naqueles corpos magros. Logo os pratos estão na mesa de centro, a risada diminui e uma única fatia restou no meio da segunda caixa.

— A gente limpa isso — Johnny diz, pegando a pizza restante. — Vocês, meninas, podem ir arrumando as coisas da Blake. Adiantei um pouco hoje enquanto você estava no trabalho.

— Se você chama abrir uma única caixa e então assistir TV de "adiantar", nem quero ver como vai ser o resto — a sra. Carter diz, expondo o próprio filho. Blake ri e uma expressão de camaradagem passa entre elas.

— Eu levei a maior parte das minhas caixas para cima hoje de manhã — Blake diz para mim enquanto seguimos para a pilha no canto. — Não queria que minha avó tivesse que fazer isso — acrescenta em um sussurro. Ela para no canto, puxa três caixas da pilha, uma forte letra cursiva diferenciando-as das outras. — Só preciso levar estas.

Estendo os braços quando ela me entrega uma única caixa e então equilibra as outras duas nos braços, inspirando longamente ao se erguer sob o peso delas.

Eu a sigo por mais uma escada de metal e por um longo corredor. As paredes são de um branco vazio e frio, muito diferentes das da minha casa, cheias de fotos. Winston vem logo atrás de nós, as patas estalando no chão. Na última porta, Blake se vira e a abre cuidadosamente com o pé.

— Acho que não vamos levar muito tempo para desencaixotar tudo — ela diz por cima do ombro. — Eu já adiantei bastante noite passada.

O quarto tem uma atmosfera mais caseira que o restante da casa. No geral porque ele tem a cara… bem, *de Blake*. O cheiro quente e familiar dela me envolve, como se o quarto todo fosse seu moletom aconchegante.

Coloco minha caixa sobre uma pequena pilha no chão, olhando para tudo em volta. As paredes são do mesmo branco sem graça do corredor, mas Blake instalou luzinhas por todo o teto, e elas criam um brilho quente sobre a estante lotada de livros no canto e a fileira de plantas em frente a uma parede de vidro.

Entendo o que ela quis dizer sobre privacidade. Se alguém estiver remotamente perto, consegue ter uma boa visão do quarto.

— Comprei cactos por um motivo — Blake diz quando nota que estou examinando as plantas. — Às vezes me esqueço de regar. — Ela se aproxima e os inspeciona cuidadosamente. Depois, estica o braço para cutucar a terra. — Acho que é genético. Ao contrário da sua mãe, a minha aparentemente tinha o oposto de um dedo verde, olhava para uma planta e ela caía morta.

Dou risada e em seguida noto as molduras em volta do quarto, pequenos pontos de cor na parede branca. São fotos de casas. Uma casa térrea na beira da praia, um chalé cercado por uma muralha de árvores, um bangalô branco com Winston na frente, com a língua para fora enquanto persegue uma bola de tênis.

Dou um passo à frente e fico chocada quando noto que não são fotos.

São pinturas.

— Você que pintou? — pergunto, apontando maravilhada para elas.

— Sim — Blake responde, como se não fosse nada de mais, sentada em sua colcha listrada de branco e cinza. Ela espia a pequena pilha de caixas. — Meu cavalete está em algum lugar por aí.

— Você é *bizarramente* boa — digo, olhando da pintura para o Winston verdadeiro e para a pintura de novo. Winston abana o rabo, animado, trotando para receber carinho. — Tipo... eu nunca vi ninguém da nossa idade com tanto talento.

— Obrigada — Blake diz, corando de leve com meu elogio.

— É isso que você quer fazer? — pergunto.

— Basicamente — ela diz, assentindo. — Quero ir para a faculdade em Nova York. Ou na Califórnia, talvez, para poder ficar perto da praia. Tirar um diploma de arquitetura. Fazer o que meu avô nunca pôde fazer.

É fácil imaginá-la tendo aulas no topo de um arranha--céu, seu cabelo preso em um coque bagunçado, tinta nas mãos e seus braços bronzeados trabalhando em uma prancheta de desenho. Ela se inclina para trás, dando uma olhada no quarto, na casa que o avô desenhou.

— Nós costumávamos falar bastante no FaceTime sobre isso, especialmente quando a casa estava sendo construída. Ele me mostrava fotos de prédios legais e me mandava a planta por correio, tentava me ensinar do jeito que havia aprendido. É péssimo que eu não tenha conseguido passar mais tempo com ele pessoalmente antes de ele morrer.

Ela dá de ombros e sorri para mim, um sorriso com os lábios apertados que eu reconheço bem.

— Enfim, e você? Quais são seus planos pós-formatura?

Congelo e penso no que dizer, mas não vem nada. Para ser sincera, não pensei *de verdade* nisso. Não desde que minha mãe morreu, pelo menos. Matt sempre falava de inscrições na faculdade e para onde deveríamos ir, mas eu só me fechava. Nós temos tantas dívidas, de jeito nenhum posso arranjar mais uma só para estudar. Especialmente quando nem sei o quê.

De muitas formas, o futuro de Blake é muito mais fácil de imaginar do que o meu.

Penso no trabalho na confeitaria. O cheiro de farinha, manteiga e chocolate. Como o resto do mundo desaparece quando estou decorando um bolo, pesando massa ou criando uma receita nova.

— Não sei. Eu acho que... gosto de confeitar — digo, o que já é um começo.

Mas realmente quero trabalhar com Nina para sempre? Eu poderia ir para a escola de gastronomia, acho, mas isso não é algo que eu possa fazer aqui em Huckabee.

— Secretamente, acho que a única coisa que eu quero é sair daqui. Ir para uma cidade grande em algum lugar, para longe dessas pessoas simpáticas, dos sorrisos compreensivos. Para longe de todo mundo que sabe tudo sobre todo mundo. Onde eu possa descobrir quem sou e como sou sem uma cidade inteira achando que já sabe.

É estranho dizer isso em voz alta. Matt pode ter dinheiro, mas é que nem meu pai. Ele ama esse lugar. Ir embora nem passa pela cabeça dele.

— Por que você não poderia? — Blake pergunta enquanto arranca a fita de cima de uma das caixas.

Desvio os olhos e dou de ombros.

— Não sei. Muitos motivos, acho. Quer dizer, eu poderia deixar meu pai sozinho aqui em Huckabee?

— Ele ia gostar de ser um impedimento pra você sair daqui?

Abro a boca para dizer algo, mas nada sai. As palavras dela me pegaram de surpresa. Não sei como dizer a ela que só parece... impossível. Grande demais. Arriscado demais. Eu não saí de Huckabee por um único *dia* nos últimos três anos.

Coloco as mãos na cintura.

— Achei que estávamos aqui para lidar com as suas caixas, não com os meus problemas — protesto, e Blake ri, atirando a bola de fita em mim. Desvio com um sorriso.

Nós arrancamos o resto da fita e começamos a desfazer as caixas que trouxemos para cima. Eu me sento no chão, passando coisas para Blake guardar, e ao fundo toca uma das playlists dela no Spotify. Ela gosta de muitas das mesmas coisas que eu. Indie. Folk pop. Algumas músicas da moda. Ela acompanha a letra quando "Alaska", da Maggie Rogers, toca, sua cabeça se movendo no ritmo enquanto das caixas saem roupas, sapatos, materiais de arte e cadernos de desenho com areia entre as costuras.

Do fundo de uma caixa, puxo uma pilha de fotos e... não tenho certeza se deveria olhar. Parece muito pessoal. Como se cada uma mostrasse alguma pequena parte da vida que Blake viveu antes de vir para cá.

E eu sei melhor que qualquer um que algumas partes você simplesmente não quer mostrar.

Mas ela sorri, se sentando ao meu lado, sua perna perto o suficiente para que eu sinta o calor que emana de seu corpo. Passamos pelas fotografias de praias de areia fina e rostos felizes.

— Esses são meus amigos Jay e Claire — ela conta quando pego uma foto dela sentada em um meio-fio entre uma garota de cabelo castanho e um cara de camiseta cinza, todos segurando copos de papel. — Nós sempre comprávamos raspadinha nesse lugar na rua da minha casa nas sextas depois da aula. É famoso em Kauai. Felizmente, os turistas não conhecem esse lugar. Você cria os sabores com um monte de caldas, frutas de verdade e outras coisas.

Ela pega a próxima foto, um close de uma raspadinha amarela e laranja coberta de manga e goiaba.

— Esse é Jay quando nós todos matamos aula no aniversário dele e fomos andar de caiaque — ela diz, me passando uma foto do menino da camiseta cinza agora sem camisa e remando um caiaque verde-limão. — E aqui Claire, na garupa da bicicleta dele a caminho de um baile de Dia dos Namorados que nossa escola fazia todo ano. — Ela me entrega outra foto, o cabelo castanho de Claire e seu vestido listrado voando com o vento, suas mãos agarrando o ombro de Jay, os dois rindo em frente a um pôr do sol.

Tudo que ela me mostra parece divertido e empolgante. Um lugar em que nunca estive. Um lugar muito diferente de Huckabee. Fico surpresa por ela não ter reclamado mais de estar presa aqui.

Estudo uma foto dela em uma prancha de surfe, seu sorriso de alguma forma mais brilhante do que tenho visto.

— Você sente saudade?

— Sim — Blake diz simplesmente, seus olhos escuros e sérios. — Sinto saudade da areia. E do sol. E da água. — Ela solta um longo suspiro. Um suspiro que diz que a piscina pública imunda de Huckabee definitivamente não chega perto. Ela dá de ombros, encarando a foto de Jay e Claire na bicicleta. — E dos meus amigos e da minha família, mais do que tudo. Nós fazíamos tudo juntos. Parece impossível imaginar um último ano sem eles.

Eu não conseguiria imaginar ir embora daqui antes de terminar a escola. Deixar Kiera para trás. Deixar para trás os corredores familiares da Escola de Ensino Médio de Huckabee.

Então percebo que isso agora soa como um tipo de milagre depois das últimas semanas.

Mas Blake não está fugindo de uma vida social arruinada.

— Só que minha avó de lá está bem melhor que vovó Carter.

— Foi por isso que vocês se mudaram? Por causa da sua avó? Blake se ajeita, inclinando a cabeça contra a parede.

— Sim, ela não está muito bem desde que meu avô morreu. E minha tia Lisa mora *bem* mais perto que o Havaí, mas ainda longe demais para vê-la sempre. — Penso nela no andar de baixo. A bengala. As bochechas encovadas. — Além disso, eu não queria sentir que não passei tempo suficiente com ela, sabe? Como senti quando meu avô morreu. Acho que meu pai sente o mesmo.

Ouvimos um estrondo alto em algum lugar no corredor. Johnny e meu pai estão aprontando alguma coisa.

— Além disso, acho que ele queria estar perto dela quando eu for para a faculdade. — Ela se levanta e se alonga. Nós ouvimos outro estrondo seguido de risadas e sorrimos uma para a outra. — Provavelmente vai ser uma boa coisa para o seu pai quando você for para a faculdade também — ela diz, reforçando sua fé de que eu vou sair daqui. — Mas não tenho certeza quanto ao restante. Esses dois juntos talvez causem a destruição de Huckabee.

Assinto e não digo nada, mas continuo a olhar as fotos. Paro em uma de Blake e seus amigos sentados no topo de um enorme penhasco, as bordas ásperas da pedra iluminadas pelo sol, a distância até a água suficiente para fazer eu me sentir tonta só de olhar.

Viro a foto para ela.

— Você *pulou* desse lugar?

— Sim — ela diz, se agachando para ver a imagem, seus olhos brilhando quando encontram os meus, um sorriso travesso no seu rosto. — Você já saltou de um penhasco alguma vez?

— *Se eu já saltei de um penhasco?* — rio. — Blake, isso é tipo perguntar se eu já roubei um banco, ou desvendei o pi.

Reprimo a onda inicial de animação que senti quando vi a foto. Com certeza já li artigos sobre acidentes com mergulhos de penhascos. Gente que quebrou o pescoço, ou perdeu o equilíbrio e bateu a cabeça na descida.

Não preciso tentar a sorte caindo de lugar nenhum.

Ela olha para mim, confusa.

— Eu me lembrava de você como sendo do tipo aventureira — diz. — Descendo uma colina enorme de costas no trenó, jogando bolas de neve em meninos mais velhos que estavam sendo babacas, tentando explodir o Papai Noel.

— Nem vem, essa última foi coisa sua — contesto, erguendo as sobrancelhas. — E, além disso, saltar de penhascos é mais do que *só* ser aventureira. Eu tenho muito medo de... — Minha voz se perde quando percebo o que estou prestes a dizer.

— Altura? — Blake completa, seus olhos arregalados, aquele sorriso travesso ressurgindo.

— Não — digo, balançando a cabeça, embora fosse *exatamente isso* que eu ia dizer.

— Tipo... o que está na lista? Tipo... Nós *provavelmente* deveríamos saltar de um penhasco para que você possa cortar isso da lista? — ela pergunta.

Começo a protestar, mas consigo sentir as rachaduras surgindo, a viagem para o lago chegando cada vez mais perto. Meio que *é* perfeito.

— Hum. Certo. Mas tem que ser pequeno. Não quero quebrar meu pescoço nem nada assim.

— Médio e estamos combinadas — ela me desafia, estendendo a mão.

Olho a mão dela antes de bufar longamente e apertá-la.

— Certo. Médio, UM salto e mais nada.

Ela passa de agitada a reflexiva:

— Só um detalhe. Existem, tipo, penhascos por aqui?

Eu rio e puxo minha mão, olhando de novo para a água na foto. Sei que essa é uma saída. Sei que poderia mentir e dizer que não existem.

Mas penso na lista e não pego a saída mais fácil.

— Tem vários lagos e riachos por aqui. Tenho certeza de que podemos encontrar algo.

Matt saberia. Esse pensamento vem contra minha vontade. Ele adoraria saber que estou pensando em me jogar de um penhasco.

Na penúltima vez que terminamos, ele me disse que eu vinha me guardando em uma caixinha durante os últimos três anos.

— É só porque não quero ir acampar com você neste fim de semana? — respondi.

Ele passou os dedos pelo cabelo bagunçado, frustrado.

— É mais do que só acampar, Emily, e você sabe disso.

Eu sabia disso.

Quando éramos apenas amigos, costumávamos praticar mountain bike no Parque Estadual de Huckabee, ou fazíamos trilha nos arredores da velha ponte do riacho Coal. Mas depois que minha mãe se foi, nada disso parecia igual para mim. Em vez de aventuras, eu só via as cinco lesões mais comuns causadas por mountain bikes, ou pensava que nos cortaríamos com o metal da ponte e a vacina de tétano só seria uns noventa e cinco por cento eficaz em nos proteger de algo como difteria.

Por que aumentar as chances de algo dar terrivelmente errado, quando a vida estava sempre ameaçando fazer isso sem a sua ajuda?

Por fim, ele só parou de chamar. Até aquela briga, eu não tinha percebido que ele se sentia preso comigo. Percebi então que parte dele se ressentia por eu não ser mais tão aventureira quanto costumava ser. Que ele ainda estava tentando fazer aquela Emily corajosa por quem ele tinha uma queda no fundamental reaparecer.

Ele só era legal demais para dizer isso explicitamente. E eu era covarde demais para mencionar o assunto mais uma vez. Então, talvez, se eu saltasse... poderia recuperar um pedaço do que eu era. Talvez isso fosse o que andava tão errado entre nós.

Guardo as fotos devagar e vejo Blake montar seu cavalete, as sobrancelhas escuras se franzindo em concentração enquanto ela trabalha.

Eu me pergunto do que alguém como Blake tem medo.

Eu me pergunto se ela iria gostar menos de mim se descobrisse que tenho medo de quase tudo agora, das estatísticas e dos desastres inesperados.

Eu me pergunto se *minha mãe* iria gostar menos de mim se soubesse que tenho medo de quase tudo.

Levo um susto quando ouço uma batida na porta. As cabeças de Johnny e do meu pai surgem, empilhadas uma em cima da outra.

— Em, precisamos pegar a estrada — meu pai diz. — Eu trabalho de manhã.

Olho meu celular e vejo que são quase dez horas. Uau, o tempo voou com Blake. Essa é uma boa sensação em um verão em que basicamente contei cada segundo.

— Obrigada pela ajuda — Blake diz quando eles saem e nos deixam desmontando as caixas agora vazias. — Tenho certeza de que não foi uma noite muito divertida.

Dou de ombros ao seguirmos pelo corredor, cada uma carregando algumas caixas vazias.

— Honestamente, foi a melhor noite que tive em um bom tempo.

Largamos as caixas na sala, todas elas agora reduzidas a uma pilha de papelão achatado.

Enquanto nos despedimos, meu pai sacode as chaves do carro no bolso, uma expressão contente no rosto que eu não via há anos. Quando vamos para a porta, o rabo de Winston fica amuado, os olhos castanhos fixos em mim com uma expressão de dor.

Blake dá um tapinha na cabeça dele, bem no meio de suas grandes orelhas caídas.

— Ela vai voltar, carinha. Não se preocupe.

Ele sacode o rabo de leve com essas palavras, confortado pela mão na sua cabeça. Algo no que ela fala me conforta também. O fato de que vou voltar, que a amizade de Blake não foi arruinada por Matt na piscina de Huckabee.

Pelo menos ainda não.

— Até mais — digo, mais para Blake do que para Winston, embora ele se sacuda um pouco com minhas palavras.

— Penhasco médio, Em — ela diz, relembrando os termos do nosso acordo para saltar. — Senão não conta. Não podemos fazer nada disso de qualquer jeito.

Lembrei de como me senti dando aquele primeiro visto na lista no Hank's. A agitação que me invadiu. Mas também meio que pareceu um prêmio de consolação.

Quero que essa seja maior. Mais merecida.

— É melhor acharmos o maior penhasco de Huckabee — digo, e o rosto dela se acende travessamente.

Vou totalmente me arrepender disso, mas não consigo negar o fato de que nossa pequena aventura compartilhada envia uma onda de animação pela minha coluna e me acompanha até a caminhonete do meu pai e pelo longo percurso até a estrada.

O caminho para casa é escuro, os lados da estrada iluminados apenas pelos vagalumes, mas, pela primeira vez, as sombras atrás das árvores são menos assustadoras.

11.

Normalmente, não trabalho aos domingos, mas quando soube que Nina precisava de maçãs do Pomar do Snyder para a primeira leva de tortas de maçã da temporada, eu me joguei nessa oportunidade para cortar outro item da lista. Especialmente um que não exigia saltar de um penhasco.

Se bem que... não vai ser exatamente fácil.

— Eu nunca soube por que não vínhamos colher maçãs quando era criança, mas acho que agora sei — digo a Blake quando cada uma de nós pega uma cesta marrom e vazia antes de seguir pela grama até o pomar, o som da tarde caindo sobre nós. — Observe, Blake. Estamos prestes a ser banidas.

Ainda não consigo aceitar que minha mãe fez isso.

Mas está na lista. E está marcado com um visto bem ao lado.

Será que ela estava tão nervosa quanto estou agora? Penso no envelope de certificados, na vida que ela levou antes de seu verão invencível.

Ela *devia* estar.

— Banidas? Por causa de uma *maçã?* Quer dizer, tem centenas delas aqui!

Não posso deixar de sorrir quando ela para e encara chocada as fileiras e mais fileiras de macieiras, seus olhos castanhos arregalados enquanto observa tudo. Cada par de fileiras é de uma variedade, e uma placa de madeira anuncia os tipos diferentes. Ela nunca colheu maçãs antes e ficou superanimada quando mandei uma mensagem para perguntar se queria vir também.

Eu me sinto mal porque essa vai ser sua primeira — e última — experiência colhendo maçãs aqui no Pomar do Snyder. Ir a cada quinze dias todo verão e outono estragou um pouco para mim, mas ainda me lembro do quão divertida foi a primeira vez, com Kiera e Paul.

— Não é *qualquer* maçã, Blake — explico, enquanto a levo até a seção das *honeycrisps*. Nina gosta de usá-las nas tortas porque elas têm a textura crocante e a doçura perfeita. — É uma maçã da primeira árvore que eles plantaram aqui no Pomar do Snyder. Metade das pessoas que trabalham nesse lugar passa o dia parada ao lado dela para garantir que ninguém colha uma maçã da árvore.

— Eles só *ficam lá?* Parece que escolhi o trabalho errado pro verão — ela diz, nós duas rindo enquanto adentramos ainda mais no pomar, as árvores se fechando à nossa volta, mais maçãs presas aos galhos quanto mais longe vamos. Famílias com crianças em geral cansam na metade.

Quanto mais perto chegamos da árvore, mais meu coração acelera.

Tento me manter calma e dou umas olhadas em Blake enquanto ela inspeciona cuidadosamente cada galho, tentando achar as maçãs perfeitas, aquelas com menos defeitos, sem vermes. Eu sou muito menos seletiva do que ela com as maçãs que vão parar na minha cesta. Todas vão ter o mesmo gosto nas tortas.

Estamos perto da clareira quando ouvimos o som de risadas entre árvores da fileira ao lado da nossa. Espio por entre as folhas e meu coração acelerado quase para. Porque a primeira coisa que vejo é o cabelo loiro e bagunçado de Jake passar voando enquanto ele foge de uma emboscada e das maçãs podres que Ryan está atirando nele.

Sério? Isso não pode estar acontecendo.

Eu me abaixo, tentando ficar fora de vista à medida que me esgueiro lentamente para o fundo e dou de cara com...

— Matt! — exclamo, quase derrubando a cesta que estou segurando.

Pigarreio e me endireito, observando o rosto dele ir de surpreso, com as sobrancelhas erguidas, para uma expressão de dor, e então se transformar em uma de indiferença forçada, seu maxilar travando como eu sabia que aconteceria.

Eu simplesmente começo a falar, o nervosismo do meu roubo planejado de maçãs e mais *isso* acabando com qualquer barreira que tentei erguer.

— Estou só, hum... — ergo a cesta, dando de ombros desconfortavelmente — colhendo maçãs para Nina. Primeira fornada de tortas de maçãs da temporada.

— Você não trabalha domingo — ele diz, sua voz baixa.

Matt ainda sabe meus horários.

— É, bom, hoje estou trabalhando — respondo, as palavras escorregando para fora da minha boca. — Mas normalmente não! Então você ainda pode ir na confeitaria aos domingos, se você quiser ir, mas não quiser, você sabe, me ver. Eu sei o quanto você gosta dos scones de mirtilo.

Ergo o olhar e vejo seu rosto se suavizar, uma expressão que já vi depois de algumas de nossas piores brigas.

Por essa expressão, sei que ainda tenho uma chance. Como Blake disse no bingo.

Então por que não consigo abrir a boca? Por que meu estômago se revira só de pensar nisso?

Ouço o som alto de algo quebrando e damos um salto quando Jake chega tropeçando por entre as árvores do outro corredor, todo destrambelhado. Ryan surge voando da curva, maçã podre erguida e pronta para ser lançada, Olivia rindo logo atrás dele. Todos congelam quando me veem.

Lentamente, Jake se levanta, Ryan solta a maçã mole e Olivia cruza os braços.

Todos os olhares estão em mim quando eles se colocam defensivamente ao lado de Matt, e eu ainda sem conseguir formar as palavras.

— Oi, gente! — Blake diz. Viro a cabeça para o lado para vê-la, uma cesta de maçãs perfeitas e brilhantes nos braços, sorriso caloroso no rosto.

A chegada dela instantaneamente alivia a tensão. Todo mundo relaxa e Jake assume um sorriso pateta e olhos amorosos que quase me dão enjoo.

Acho que nunca fiquei tão grata em ver alguém.

A única que ainda me fuzila é Olivia, os olhos azuis e gelados apertados.

Jake avança, espiando a cesta que Blake está segurando.

— O que você tem aí? *Honeycrisps*? — Ele cutuca uma delas. — Sou mais fã das Gala.

— É, achei melhor colher maçãs do que vestir uma. — Ela aponta para a cabeça de Jake, que tem um punhado de meleca marrom grudada no cabelo.

— Pior pra você — ele diz, erguendo a mão para limpar.

— É ótimo para o cabelo. Não é, Olivia?

Olivia é obcecada por cosméticos para pele e cabelo. Ela toma, tipo, dezoito vitaminas por dia e está sempre testando novas rotinas, máscaras e esfoliantes que vê no TikTok.

Honestamente, não sei se seríamos amigas se não fosse por Kiera. Elas ficaram próximas nas aulas de economia doméstica da sétima série, mas nós nunca fomos exatamente BFFs.

— É, mas não se estiverem podres — ela diz, revirando os olhos.

Ryan ri e Matt dá um pequeno sorriso, mas então um silêncio desconfortável recai sobre todos nós.

— Bem, é melhor levarmos isso para Nina — Blake diz, apontando com a cabeça para as maçãs. — Vejo vocês no trabalho amanhã.

Há um coro de *tchaus*, dirigidos totalmente para Blake, antes de seguirmos na direção oposta da saída. Olho para trás e vejo Matt e seus ombros largos desaparecerem de vista, o olhar que ele me deu ainda fresco na minha cabeça.

— Então, claramente — Blake diz quando estamos a uma distância segura — as coisas não estão *nada* estranhas entre vocês.

O tom dela é leve e de piada, e dou um suspiro de alívio internamente. Ela continua sem saber de nada.

— É — digo, erguendo o olhar para ver a luz do sol entrando por entre as árvores, meus braços ficando cansados de carregar a cesta de maçãs. — Nós ainda não nos falamos desde que terminamos. Na verdade, nenhum deles fala comigo desde que terminamos. Esse foi... definitivamente o pior.

— *Esse*? — Blake pergunta.

— Nós somos tipo um interruptor com defeito — digo.
— Na maior parte das vezes, voltamos antes que dê pra notar que a luz piscou. Mas dessa vez é diferente.

Nas outras vezes sempre foram incidentes pequenos e estúpidos. Momentos em que terminei porque senti que não estávamos nos entendendo como eu queria, da forma como minha mãe falava sobre meu pai. Momentos em que eu não sentia borboletas no estômago. Momentos em que sentia que estava sendo grudenta demais. Ou distante demais.

A vez que ele disse que eu vinha me guardando em uma caixinha durante os últimos três anos.

Eu sempre esperava que, quando voltássemos, o resultado seria diferente. As coisas pareceriam menos... estranhas.

Seria verdade dessa vez?

— Quer dizer, com a minha sorte, é claro que encontraríamos ele aqui hoje. — Solto um suspiro profundo e me viro para encará-la, ficando de costas para a árvore, para a lista da minha mãe. — *Por que* ela fez isso? Por que *eu* estou fazendo isso? E se eu tropeçar? Ou for pega? *O que as pessoas vão dizer? O que...*

— Não pense demais — Blake diz, a voz dela me impedindo de pirar. — Quem se importa com o que os outros pensam? Talvez tenha sido por isso que sua mãe fez. Para sair um pouco da própria cabeça. Para parar de ficar obcecada com o que os outros pensavam dela. Para sair dessa caixinha em que estava presa.

Penso na minha mãe e no seu envelope de prêmios. Todos aqueles anos que ela havia passado cimentando sua imagem dourada aos olhos de Huckabee — esse pequeno ato de rebeldia foi uma virada radical disso. Uma forma de sair dessa caixinha.

Uma forma de sair da *minha* caixinha. Ou pelo menos abrir uma fenda nela.

Penso no quanto me sinto presa. Na percepção que as pessoas têm de mim, naquele momento no baile, na minha mãe morrendo, na opinião que meus próprios *amigos* têm de mim, tudo isso me prendendo.

— Admito que explodir o Papai Noel talvez tenha sido ideia minha — ela diz, um toque daquele sorriso travesso ainda nos lábios. — Mas foi você quem *planejou*. — Ela me vira de volta, na direção da clareira. — Então, qual o plano dessa vez?

Olho para cima e vejo uma maçã mole e cheia de vermes pendurada em um galho na minha frente e, como se Blake tivesse causado isso, uma ideia surge na minha cabeça. Começo a colocar minhas maçãs boas na cesta dela e as mais nojentas que consigo encontrar na minha, um plano tomando forma.

Juro que ouço um coro de anjos quando o sol da tarde bate perfeitamente na Primeira Árvore, as maçãs vermelhas praticamente brilhando na luz.

Diretamente embaixo da árvore estão três caras, seguranças escolhidos do time de futebol americano do ensino médio de Huckabee. Tom Mendoza, Aaron George e T.J. Widner. Eles tinham acabado de se formar em junho.

Se quer a minha opinião, guarda-costas para uma macieira é um pouco exagerado. Mas aparentemente é necessário, considerando tudo.

Por sorte, o clima quente e o fim de semana levaram bastante gente ao pomar, e eles não me notam encarando-os de boca aberta. Engulo em seco quando T.J. se alonga, seus bíceps marcando de forma impressionante.

A LISTA DA SORTE **137**

Olho ao redor da árvore e vejo Blake parada do lado oposto, escondida logo atrás da clareira, duas cestas de maçãs na sua frente.

Uma delas cheia das *honeycrisps* de Nina.

A outra cheia das maçãs mais nojentas que o Pomar do Snyder tinha a oferecer.

Enfio a mão no bolso para sentir a moeda da sorte, meu coração dançando enquanto Blake espera pelo meu sinal.

Penso em como foi marcar meu primeiro item. Na sensação boa, mesmo tendo sido tão fácil. Tão pouco merecido.

Mas isso? Isso é diferente. Minha mãe fez isso. Ela sentiu o medo que estou sentindo agora e ainda assim roubou essa maldita maçã. Foi além da reputação de ouro, da pilha de prêmios, do medo do que as pessoas iriam pensar, e fez mesmo assim.

Dessa forma, antes que eu possa pensar muito nisso, antes que eu possa deixar meus nervos me vencerem, olho bem nos olhos de Blake e dou o sinal.

Então, tudo passa a se mover em câmera lenta.

Blake começa a atirar as maçãs podres nos jogadores de futebol, distraindo-os, enquanto eu ataco o galho mais baixo. Meus olhos focam em uma maçã perfeitamente redonda e vermelha e corro até ela, pedaços de maçã explodindo à minha volta, as pessoas assistindo à cena horrorizadas.

No momento em que meus dedos se engancham nela, no momento em que eu a puxo, sinto uma mão pegar meu outro braço.

Viro a cabeça e é Aaron George. Nos olhamos nos olhos.

E então uma maçã podre o acerta bem no rosto, sua boca abrindo com a surpresa, e aproveito para soltar meu braço e correr na direção de Blake.

— Vai, vai, vai! — grito.

Ela atira as maçãs podres que sobraram, agarra a cesta de *honeycrisps* e nós corremos, não, nós *voamos,* pelo pomar, galhos arranhando nossos braços e pernas no caminho. Passamos pelas árvores do estacionamento, acelerando para subir uma pequena colina gramada onde deixamos a caminhonete do avô dela.

Eu mergulho no banco do carona, lutando para fechar a porta enquanto o motor acorda e Blake arranca. Ela faz uma curva fechada e a caminhonete desliza para fora do estacionamento erguendo uma nuvem de poeira atrás de nós.

Olho pela janela e vejo Matt, Jake, Olivia e Ryan parados em choque no estacionamento, ao lado do carro de Jake, suas bocas abertas enquanto assistem à nossa fuga acelerada.

Eu me recosto no banco, meu peito arfando, olho para Blake e caímos na gargalhada.

Ergo a maçã perfeita, triunfante.

— Você precisa provar! — Blake diz.

— *Provar?* — digo, erguendo minhas sobrancelhas, surpresa.

— Sim! Quer dizer, o que mais você vai fazer? Deixar ela apodrecer numa estante?

Dou de ombros. É um bom argumento, de fato. Levo a maçã aos meus lábios e dou uma enorme mordida — então o pedaço cai logo depois, quando o gosto mais amargo, nojento e possivelmente podre enche minha boca.

— Ah, meu Deus!

Blake chega a perder o ar de tanto rir.

— Ah, eca, que horrível. Tipo... gosto de esgoto. — Pego uma *honeycrisp* da cesta, tentando tirar o gosto da boca. — Não me espanta eles não quererem que ninguém colha essas maçãs.

Eu a estendo para Blake e ela sacode a cabeça, secando as lágrimas do canto dos olhos.

— Você só pode estar brincando. *Isso tem gosto de bunda. Aqui, prove!*

Eu abro a janela e jogo a maçã na beira da estrada, vendo-a desaparecer pelo retrovisor antes de puxar a lista do bolso e apoiar o papel contra o painel, pegando uma caneta no console do carro.

Então, coloco um pequeno visto verde perto do item dez, "roubar uma maçã da primeira árvore plantada no Pomar do Snyder", e aquela maçã nojenta me deixa um passo mais perto de completar a lista, sem contar que a expressão dos meus amigos no estacionamento agora há pouco fez tudo valer ainda mais a pena.

— Aliás, esqueci de comentar! — Blake diz quando encostamos na confeitaria. — Falei com Jake ontem sobre pular de penhascos e ele disse que tem um lugar legal que podemos ir no Parque Estadual de Huckabee. O maior do condado. Quer ir na quarta?

O maior do condado. Meu coração dá um salto só de pensar, a coragem de um momento atrás desaparecendo. E rápido.

— Eu não sei se confiaria no bom senso do Jake — digo, hesitante. — Quer dizer, o cara estava coberto de maçãs podres e feliz com isso.

Ela ri, assentindo.

— Eu confirmei com mais duas pessoas, só para garantir.

Penso em mim praticamente me agachando atrás de uma árvore para me esconder dos meus amigos, da suavidade nos olhos de Matt naquele breve instante em que me olhou, esperando que eu finalmente dissesse alguma coisa. Não posso continuar fugindo de penhascos. De caras fortes do futebol cobertos de maçãs apodrecidas.

Se minha mãe superou o medo dela, se a lista a fez encarar as coisas das quais ela tinha mais medo, talvez possa me ajudar a fazer isso também. Talvez essa lista possa ser o botão de reiniciar que eu desejei por tanto tempo.

O botão que realmente faz a diferença, que me faz roubar maçãs sagradas, encarar penhascos gigantes e realmente *conversar* com ex-namorados de cabelo bagunçado em vez de evitá-los.

— É — sorrio para ela. — Vamos lá.

12.

Mal passei pela porta de casa depois de deixar as maçãs com Nina quando meu celular vibra alto. *Kiera*. Pela primeira vez desde que ela viajou, eu me esqueci totalmente de que é domingo.

Rapidamente deslizo a tela para a direita para atender e *uau*.

— *Que qualidade!* — digo, vendo a sarda acima da sobrancelha de Kiera e seus cílios longos e escuros. Isso é inédito na história de ligações do Misty Oasis.

— Todd tem um ponto de acesso! — Kiera exclama, animada. — Então nunca mais vamos ter que nos preocupar com ligações caindo.

— Isso é um milagre! — digo, aliviada pelas coisas não estarem estranhas depois de como desligamos semana passada. — Como vai o... acampamento?

Levanto as sobrancelhas para que ela saiba que estou falando de Todd e não de uma atualização a respeito do menino com urticária no olho. Porém, se ela está ligando e usando a internet dele, quer dizer que as notícias são definitivamente boas.

Ela dá uma olhada para trás, conferindo se tem alguém por perto.

— Está *ótimo*. Tipo, eu acho que vamos tornar isso uma coisa ótima durante o ano todo.

— Ah, meu Deus! Isso é incrível.

Isso é *enorme*. Kiera nunca namorou ninguém antes. Sinto uma pontada no peito, enciumada por não estar ao lado dela no Misty Oasis em um momento como esse. O primeiro namorado dela.

— Eu sei! Quase não quero voltar — ela diz, e eu fico balançando a cabeça, concordando e fingindo que isso não causa outra pontada, uma facada bem no meio da minha contagem regressiva mental.

— Eu vi o Matt hoje — digo, enquanto desabo no sofá, e Kiera se inclina para a frente, interessada. — Nós não nos falamos por muito tempo, mas ele me deu um... um *olhar*. Não sei. Eu só senti que era um sinal.

— Ele estava sozinho? Ou o grupo estava com ele?

Solto um longo suspiro.

— Estavam todos. As coisas foram superestranhas, aliás. Graças a Deus Blake estava lá para distraí-los.

Kiera assente.

—Ah, legal. Vocês duas tem passado bastante tempo juntas?

— Sim, na verdade. — Sorrio ao pensar na nossa aventura na livraria na sexta, no tempo desencaixotando as coisas dela e no suor ainda na minha testa por causa da nossa fuga da tarde.

— Ela sabe falar francês! E a casa dela é demais. Honestamente, *ela* é demais. Pensei que com você longe o verão todo eu acabaria só me escondendo em casa, mas *não estou*. Quer dizer, nós vamos *saltar de um penhasco* nesta quarta. E não li nenhuma estatística sobre isso. E hoje nós até...

Eu me mexo para puxar a lista do meu bolso, para lhe contar sobre ela.

— É — ela diz, me cortando e soltando uma risadinha.

— Claro que vão.

Faço uma careta, suas palavras doendo um pouco, cortando minha animação depois da tarde louca no Pomar do Snyder. Minha animação com a lista sobre a qual eu estava quase contando para ela.

Achei que ela também ficaria animada.

— Eu só quis dizer que você amarelou nas nossas tatuagens e se recusou a sequer *tentar* acampar por uma noite comigo no Parque Estadual de Huckabee, você não é mais exatamente a srta. Aventureira. Pelo menos não comigo.

Uau. Acho que Matt não é o único sentindo saudade da velha Emily.

— Desculpa — ela diz, seus olhos escuros imediatamente se apertando, culpados. — Isso não foi legal.

— Tudo bem — respondo, dando de ombros. Então ficamos em silêncio.

— Como vai a mudança? — Kiera pergunta, tentado mudar de assunto.

— Bem.

É quase verdade, embora eu tenha escondido a caneca favorita da minha mãe na minha cômoda essa manhã antes que meu pai pudesse jogá-la em uma caixa de doações que levaria no caminho para o trabalho.

Ele ainda está nessa. É como se estivesse tentando apagá-la completamente não apenas dessa casa, mas também de para onde formos. Como se ele nem se importasse com o fato de que ela usava aquela caneca de bolinhas *todos os dias,* bebendo café enquanto se apoiava no balcão da cozinha e conferia minha lição de casa. Eu me pergunto que outros pedaços da vida dela se foram e eu não notei.

É um milagre eu ter encontrado a lista antes que ele a incinerasse.

Tenho evitado terminar de limpar o closet porque não quero saber o que ele vai me forçar a jogar fora.

O alarme do celular de Kiera toca alto e a mão dela sobe rápido para desligá-lo.

— Ah, droga. Dez minutos até meu celular voltar para O Armário. Preciso ir! Eu disse ao Paul que ligaria para contar as novidades. — Ela me dá um enorme sorriso e se inclina para a frente. — Preciso contar a grande notícia a ele!

Sorrio também, eu sei quão importante isso é para ela.

— Seu primeiro namorado, Kiera! Isso é tão empolgante.

— Eu sei, eu sei! — ela cantarola. — Todd. Quem diria. — Ela congela de repente, seu rosto indo de uma expressão de felicidade absoluta para mortalmente sério em uma fração de segundo. — Me desculpa de novo. Pelo que eu disse.

Eu faço que sim, acenando com a mão como se não fosse nada.

— Tranquilo. Nem se preocupe com isso. — Ela não parece convencida, então reforço com o sorriso mais enorme e reluzente que consigo dar. — Nos falamos em breve, combinado?

— Combinado! Tchau, Em!

Eu mal tenho tempo de acenar antes de a ligação terminar, o rosto dela desaparecer e a tela do meu celular ficar escura, meu reflexo me encarando enquanto solto um longo suspiro.

Será que minha mãe e Nina brigavam? Tinham dificuldades para se entender?

Eu me inclino para trás no sofá e minha mão desliza para dentro do bolso do jeans para pegar a lista. Queria ter contado para ela. Mas seu "é, claro que vão" continua ressoando na minha cabeça.

Com cuidado, desdobro o papel, meu dedo traçando o pequeno visto verde ao lado do item dez: "roubar uma maçã da primeira árvore plantada no Pomar do Snyder".

Vou provar a ela. Ela não é a única que vai voltar diferente.

Dois já foram, faltam dez.

Em catorze dias, todos estarão feitos. E Kiera e Matt terão a velha eu de volta.

13.

Estou sentada nos degraus da minha casa, balançando as pernas para a frente e para trás enquanto o concreto quente faz minha pele pinicar. Eu não sei absolutamente nada sobre saltar de penhascos, mas diria que hoje é o dia perfeito para isso, só porque hoje é o dia perfeito para quase qualquer coisa. Não há uma única nuvem no céu. O sol está quente, mas não insuportável, e as árvores farfalham suavemente com uma brisa gelada e refrescante que passa no momento exato em que você fica com calor demais.

Pontualmente às duas da tarde, a caminhonete de Blake para em frente à minha casa, o braço bronzeado dela jogado para fora da janela de maneira casual. Eu me levanto dos degraus, pego minha mochila e vou até o carro.

— Pronta? — pergunta quando chego mais perto.

Engulo meu nervosismo.

— Hum, acho que sim? — respondo, envolvendo com os dedos a moeda da sorte, enfiada mais uma vez no bolso do meu short jeans.

— É essa a confiança que eu estava procurando — ela responde, rindo, quando abro a porta, as dobradiças rangendo alto.

Coloco o cinto de segurança enquanto ela põe o parque estadual no GPS do celular, e a voz automatizada lhe diz para descer a rua e virar à direita.

Nós falamos da escola durante todo o caminho e dou a ela um panorama geral sobre como tudo funciona. Cubro todos os diferentes grupos sociais, como as pessoas legais são basicamente as que trabalham com ela na piscina, como nossos rivais são as Lulas de Seymour, como só uma menina entre as líderes de torcida consegue fazer algo além de dar uma estrela.

— Nosso time de futebol americano é um lixo — aviso, com uma honestidade brutal, caso ela, como o restante da nossa cidade, se importe realmente com essas coisas. — Inclusive, dois dos caras que correram atrás da gente no Pomar do Snyder eram os melhores do time ano passado, se isso te diz alguma coisa. Mas, ainda assim, as arquibancadas ficam lotadas toda sexta.

— Isso parece legal, na verdade — Blake diz quando conto a ela sobre o desfile que nossa cidade organizou depois que ganhamos nosso primeiro jogo em cinco anos. — Minha escola era bem pequena, então nós nem tínhamos um time de futebol.

— Não sei se isso é melhor ou pior do que ter um meio merda.

Blake ri e coloca um pouco do seu cabelo dourado de sol atrás da orelha.

— Onde você se encaixa nisso tudo? Qual seu lance na escola?

Quero perguntar: antes ou *depois* do baile?

Mas o que sai é mais honesto do que eu pretendia.

— Antes ou depois da minha mãe morrer?

Blake olha para mim, seus dedos se abrindo e fechando em torno do volante.

— Acho que os dois — ela diz, não como se eu a tivesse deixado desconfortável ou incomodada, mas como se realmente *quisesse* saber.

E realmente *quero* contar a ela. Alguém distante e fora de tudo isso.

— Eu não sei. Eu acho… Meus amigos e eu estávamos sempre aprontando alguma coisa. Sempre tentando executar um esquema louco ou planejando uma aventura divertida. Eu comandei uma pegadinha na oitava série em que enchemos os corredores com bolas de pingue-pongue. Soltei três dos frangos da família do Jake no campo durante um jogo de futebol americano. Ajudei a planejar o melhor baile do oitavo ano que o ensino fundamental de Huckabee já teve. Se alguma coisa acontecia na escola, as pessoas em geral suspeitavam que eu estivesse envolvida de alguma forma e… elas normalmente estavam certas. Mas agora… — digo, virando minha cabeça para olhar os amplos campos do lado de fora da janela. — É diferente. Não gosto mais dos riscos, acho. Parou de parecer que… vale a pena.

Blake olha para mim, mas não diz nada, então dou de ombros.

— Tento passar desapercebida agora. Mas é bem difícil quando todo mundo conhece todo mundo e você passa da menina que era sempre "divertida" e estava "aprontando alguma", a pessoa que todo mundo queria ter por perto, para a "pobre menina cuja mãe morreu".

E, claro, isso também é bem difícil de fazer quando você beija alguém que não é seu namorado no meio do baile da escola.

— E você? — pergunto, me lembrando que nós ainda mal nos conhecemos. Por que continuo contando tanta coisa para ela? — Qual seu plano para o último ano?

Blake solta uma longa lufada de ar.

— Eu não sei! Eu sou mais de fazer que planejar. Provavelmente só fazer alguns amigos. Tentar passar nas matérias. Entrar para o time de futebol. — O canto da boca dela se ergue e ela me dá um olhar provocador. — Só passar desapercebida.

Dou um tapinha no ombro dela.

— Minha amiga Olivia joga futebol — comento, antes de notar o que estou dizendo. Lembro do olhar gelado dela no Pomar do Snyder. Ex-amiga, talvez? — Jake provavelmente pode apresentar vocês — digo, agora em um tom mais baixo.

— Isso seria legal.

"Em um quilômetro, vire à direita no estacionamento", a voz automatizada do GPS diz. Engulo em seco, tentando ignorar o marcador do nosso destino se aproximando cada vez mais.

Sinto a caminhonete diminuir a velocidade e Blake dá a seta e entra no estacionamento, o sol refletindo na piscina de água reluzente quando ela estaciona.

— Você está nervosa com isso? Com o começo das aulas? — pergunto.

— Por que eu estaria nervosa?

A resposta mais Blake possível. Completamente livre de neuroses.

Nós ficamos em silêncio, encarando o penhasco que se ergue acima de uma linha de árvores verdes e frondosas. Ele é... *enorme*. Sinto vertigem só de olhar, e as palavras que Blake disse agora há pouco ecoam na minha cabeça.

Por que eu estaria nervosa?

— Certo! — Blake diz enquanto desliga o carro, as chaves tilintando quando ela as tira da ignição. — Não é tão ruim!

Meus olhos se arregalam e eu dou a ela um olhar de "você tem que estar brincando".

— *Aquilo* não é tão ruim? — digo, chocada.

Ela me ignora e sai alegremente da caminhonete, completamente descalça, e eu me arrasto para fora, me perguntando quais são as estatísticas de pessoas que morreram de medo de morrer.

Chuto meus chinelos enquanto Blake tira sua camiseta e revela um biquíni listrado branco, laranja e azul-marinho, as cores realçadas pela pele bronzeada.

Sinto meu olhar se demorando nas linhas definidas da barriga dela, na curva da sua...

Engulo em seco *o que quer* que isso tenha sido e me preocupo em arrancar minhas próprias roupas, jogando-as no banco do carona do carro. Olho para o meu biquíni preto, um contraste forte com o colorido de Blake.

Cruzando os braços, ergo o olhar e vejo que ela está me dando um de seus enormes sorrisos entusiasmados.

— Vamos lá?

— Vamos... lá — repito, com bem menos animação.

Começamos a andar pela trilha coberta de árvores que vai nos levar ao topo do penhasco, o caminho cuidadosamente marcado com setas azul-claras desenhadas em pequenas placas de madeira. Blake guia, seus passos suaves e regulares, apesar dos pequenos galhos e pedras no caminho.

Eu, por outro lado, estou no meu próprio jogo de amarelinha, as solas dos meus pés sendo espetadas toda vez que toco o chão.

A LISTA DA SORTE **153**

Observo a luz do sol penetrar suavemente pelos galhos, jogando sombras nos ombros e pernas de Blake. Viramos em uma curva fechada e então começamos a subida até o topo. O caminho subitamente se torna mais íngreme conforme chegamos perto da água, um azul cristalino que devora a costa, faminto.

— Você sabia que sua mãe tinha medo de altura? — Blake pergunta enquanto caminhamos.

— Não tinha ideia — digo entre respirações. — Fiquei bem surpresa quando vi na lista.

Quando eu era criança, passamos umas férias em Porto Rico, e ela andou em uma tirolesa doida em Toro Verde. Eu era pequena demais para poder ir, o que me chateou horrores na época. Meu pai ficou comigo, nós dois olhando para o cabo, observando impressionados as pessoas que passavam voando pela gente. Eu me lembro de vê-la passando bem no alto das árvores, completamente sem medo do espaço entre ela e o chão.

— Mas essa era minha mãe. Ela nunca tinha medo de nada. — Penso nos meses antes do diagnóstico, quando ela começou a ter dores de cabeça horríveis e achou que não era nada, mesmo depois que os analgésicos pararam de funcionar. — Mesmo quando ela devia ter tido.

Tento não ficar tonta à medida que subimos e foco no ritmo constante dos pés de Blake, direita, esquerda, direita, esquerda, um depois do outro, mais lentos agora que estamos perto do topo, o céu azul brilhante entrando no nosso campo de visão.

De repente, Blake para em frente a uma placa com seta apontando diretamente para o céu, uma plataforma na altura dos ombros nos separando do ponto de salto.

— Ah, bom — digo, apontando para a seta na placa. — Essa é a parte em que subimos aos céus.

Blake revira os olhos, mas eles se apertam com um sorriso secreto. Ela respira fundo e, sem esforço nenhum, se ergue para a plataforma como se fosse algum tipo de atleta de parkour e se vira quando está no alto para me dar a mão. Eu a pego e nossos dedos se entrelaçam no ponto em que as sombras viram luz, os dela macios e gelados contra minha pele quente. Ela me puxa para cima e de repente todo o mundo está abaixo de nós.

Imediatamente sinto vontade de vomitar.

Eu sei, de maneira instintiva, que o lugar é lindo. O azul do lago, o sol alto no céu, as árvores se estendendo por quilômetros. Apesar de tudo isso, porém, eu me sinto *supertonta*. Nem estou perto da borda, mas me sinto caindo dela. Devem ser uns seis metros até a água.

— Ah, meu *Deus*. — Respiro profundamente, agarrando o braço de Blake para me firmar, qualquer tentativa de me manter calma e composta na frente dela voando pela janela. — Essa foi uma ideia muito, muito ruim. Tipo... muito idiota.

— Vai dar certo — ela garante, sua voz confiante, mas não me ignorando. — O que é o pior que pode acontecer?

— Morte — respondo, sem nem pensar duas vezes. — Seja pelo impacto, ou porque algum galho que não conseguimos ver daqui vai me acertar no peito, ou porque tive um ataque cardíaco antes mesmo de pular, ou... o que seja! Blake, meu pai só sabe fazer macarrão! E ovos! Ele está acabado sem mim!

Blake me segura pelos ombros e se inclina para a frente, o rosto dela a centímetros do meu.

— Emily. Você consegue. — Ela olha no fundo dos meus olhos, e nunca estive tão perto dela. Perto o suficiente para ver a minúscula sarda no seu queixo, os raios quase dourados que circulam suas pupilas, o arco do seu lábio superior. Por um momento, o medo desaparece completamente e é substituído pela sensação do meu coração martelando, e preciso desviar o olhar para escapar dela. — Você não pode ficar obcecada com os riscos e os "e se", senão você não vai fazer *nada*. Vai passar a vida como alguém que está a cinco espaços de um bingo.

Congelo, franzindo o cenho, minha cabeça girando para olhá-la.

— Eu estava entendendo até a última parte. Cinco espaços faltando para o bingo? O que isso *quer dizer*?

— Não sei — Blake diz. — Eu estava atrás de algo tipo "se você nem jogar, nunca vai ganhar". Sabe?

Mordo o lábio, processando. Eu *sei*. Bem até demais.

Ela aponta a borda do penhasco com a cabeça.

— Quer que eu vá primeiro? Verifique os galhos soltos?

Dou um sorriso fraco para ela, fazendo que sim, mas no mesmo instante quero voltar atrás. Não quero ficar sozinha ali em cima.

— Bem, isso seria...

Mas sem nem pensar duas vezes ou ouvir o resto da frase, ela solta meus ombros, vira e se atira do penhasco em velocidade máxima, como uma verdadeira maluca.

Dou um passo para trás, me agarrando à pedra atrás de mim enquanto a vejo voar pelo ar, seus braços se unindo em um mergulho perfeito, seu corpo caindo por um, dois, três — *muitos* segundos. Até que, finalmente, todo o corpo dela desaparece na água.

Eu observo, prendendo a respiração, esperando que ela reapareça, mas cada segundo parece uma eternidade, meus piores medos nadando na minha cabeça.

Não, não, não.

O pescoço dela quebrou com o impacto? Ela rachou o crânio em alguma coisa? Quantos ossos ela quebrou?

E então ela emerge, sua cabeça finalmente aparecendo por entre a espuma branca que se formou com o impacto, nós duas respirando fundo.

— Nada de galhos! Eu nem cheguei no fundo.

— Ah! Ótimo!

Olho para ela lá embaixo e o mundo gira de novo. A distância parece ainda maior agora que ela está do outro lado.

— Vamos lá, Em! — Blake grita, sua cabeça subindo e descendo enquanto ela nada. — Não olhe! Deixa tudo pior! Só dê um passo para trás e saia correndo.

— Eu acho que não consigo! — digo para ela lá embaixo.

— Não pense! Em nada! — ela insiste. — Lembra do pomar? Confie em mim, se você só *for*, vai dar tudo certo. Pensar demais é o que vai te machucar.

— Ah, claro! — respondo. — *Vai dar tudo certo* — murmuro para mim mesma, imitando a voz dela conforme me afasto da borda, cambaleando.

Puxo uma inspiração longa e trêmula e coloco as mãos na cintura, fixando meus olhos no horizonte enquanto me firmo.

E então eu me lembro de por que estou aqui. Quem me trouxe aqui.

Minha mãe. Mas eu não a vejo com dezessete anos, não como achei que veria. O que me vem são as últimas semanas, a lembrança de estar segurando sua mão, ela deitada, seus olhos fechados depois de horas de exames, médicos cutucando e mexendo no seu corpo.

Achei que ela estava dormindo, mas sua voz me assustou quando ela começou a falar:

— Acho que o arrependimento é a pior parte, Em — sussurrou, seus dedos fracos apertando os meus. — Querer ter feito mais. Querer ter feito todas as coisas que quis fazer.

Sinto meus olhos arderem com as lágrimas, da mesma forma que naquele dia.

Respiro fundo, suas palavras se fixando no meu peito.

Se eu desistir agora, vou me arrepender. Se eu não enfrentar meu medo como ela fez, se desistir da lista, sei que vou me arrepender.

— Quando eu contar até cinco — sussurro, o número da sorte da minha mãe, *nosso* número da sorte. — Um. — Fixo meus olhos no horizonte e travo o maxilar. — Dois, três, quatro...

Antes de conseguir processar o que estou fazendo, corro na direção da beira do penhasco e me jogo enquanto grito:

— Cinco!

O ar aberto faz meu estômago revirar, e por um momento o tempo desacelera. Ou até mesmo deixa de existir. Eu me sinto completamente livre. Sem peso.

Consigo *senti-la* ao meu redor, ouvir a risada ela, suas palavras e sua lista me fazendo avançar.

Então... noto que ainda estou caindo. Ainda voando pelo ar. O QUE ESTOU FAZENDO?!

Começo a sacudir os braços sem parar, desesperada para que meus pés encontrem a água, para que a queda livre termine.

Bato na água com força, as pernas abertas, os tornozelos e coxas queimando com o impacto; meu biquíni se enfia tanto na minha bunda que acho que ele nunca mais vai sair. E não posso parar para sequer *tentar* tirar porque de alguma forma ainda estou descendo, meu corpo cortando a água com incrível velocidade.

Finalmente, paro, completamente suspensa. Ergo o olhar e vejo a luz do sol entrando pela água, um mar de bolhas entre meu corpo e o mundo exterior, uma corrente constante delas saindo da minha boca e nariz. Bato minhas pernas ardidas para subir e, por fim, cruzo a superfície, grata por estar viva e inteira. Solto uma golfada de ar, tossindo, o gosto ruim da água do lago batendo forte no fundo da minha garganta.

— Tudo bem? — Blake pergunta, nadando até mim, seus dedos tocando de leve a lateral do meu corpo.

— Acho que perdi um peito no impacto — digo, checando para ver se a parte de cima do biquíni ainda está no lugar *e se* meus dois seios ainda estão ali. — Ah, graças a Deus — acrescento, dando um suspiro de alívio. — Eles chegaram.

Caímos na gargalhada, rindo enquanto nadamos na direção da beirada, a água lentamente ficando rasa o suficiente para que nossos pés toquem as pedras escorregadias e cheias de musgo do fundo. Eu tropeço, e Blake estende um braço rapidamente, me segurando para eu me firmar. Nós andamos com cuidado na ponta dos pés em volta de pedras pontiagudas e galhos e chegamos à trilha que leva até o penhasco.

Levanto o olhar, em choque, aos poucos impressionada por ter caído de toda aquela altura e sobrevivido para contar a história. Não foi nada tão bem-feito quanto o gracioso mergulho de Blake, mas saltar de um penhasco é saltar de um penhasco. E eu fiz isso.

Blake se vira para me olhar, seus olhos castanhos brilhando com uma cor quase âmbar com a luz do sol.

— Pronta para o segundo round?

Meu coração bate alto, minha panturrilha formigando do impacto com a água, a dor subitamente mais intensa quando penso em um segundo pulo.

Porém… me sinto exultante. Como se meu corpo estivesse dormindo e acabado de acordar. Como se eu nunca o tivesse usado do jeito certo e ele quisesse que eu fizesse isso, a adrenalina há muito dormente correndo pelas minhas veias, me fazendo sentir como se eu pudesse conquistar qualquer coisa.

Me fazendo sentir um pouquinho… invencível.

A onda de adrenalina me força a concordar, o que causa um sorriso tão largo e genuíno em Blake que consigo ver todos os seus dentes e o espaço entre os dois primeiros. É adorável, e minha frequência cardíaca sobe de novo, porque eu sei que esse sorriso é por minha causa.

Não sei por que isso importa tanto, mas importa.

— Você vai fazer um mortal dessa vez? — ela pergunta, claramente brincando.

Reviro os olhos, minhas pernas ainda ardendo.

— Blake, de verdade, só estou tentando não enfiar meu biquíni na bunda para sempre dessa vez. Na última foi quase.

Subimos pela trilha novamente, mais rápido agora, a animação do primeiro pulo nos alimentando, mesmo com a sujeira grudando nos nossos pés úmidos. Blake me puxa de volta para a pedra irregular e dessa vez consigo finalmente olhar a vista.

Realmente olhar, agora que minha visão não está mais nublada por tanto medo e vertigem.

O lago brilha, há árvores até onde a vista alcança e… a mãe de Blake estava certa. Do alto, tudo parece pequeno. O que aconteceu com Matt no Pomar do Snyder. O que aconteceu no baile. Até mesmo a casa que logo não vai mais ser minha.

Mas o que ela não me disse é que quando todo o mundo encolhe, sobra espaço para que outras coisas fiquem maiores. Algo que às vezes parece tão pequeno e distante pode subitamente parecer estar mais perto do que esteve em muito tempo.

Em três anos, para ser exata.

Minha mãe. Ela me ensinou a viver de forma destemida. E passei todo o tempo desde a morte dela afastando isso, porque suas palavras foram completamente sufocadas por tudo o que aconteceu.

Nós saltamos por toda a tarde, cada mergulho do penhasco menos assustador que o anterior. Blake, claro, dá um mortal ou dois. Faço uma careta aflita todas as vezes, prendendo a respiração até a cabeça dela reaparecer, completamente ilesa.

Depois de um tempo, nos sentamos no topo do penhasco, nossas pernas penduradas para fora da borda enquanto o sol da tarde começa a baixar, enchendo o céu de um intenso laranja e rosa. Olho para a água lá embaixo, a superfície brilhando sob a luz cada vez mais fraca, e...

Oficialmente não estou mais com medo.

Então por que raios estou com medo do cara com quem namoro há *anos*? O garoto que sempre teve uma queda por mim. O garoto a quem minha mãe sempre quis que eu desse uma chance.

Lembro de como o rosto dela se iluminou quando ele foi ao hospital me fazer companhia, um buquê de girassóis na mão enquanto puxava uma cadeira para o lado dela. Acho que, no fundo, todos os meus outros amigos tinham medo de ir. Medo de ver alguém tão jovem definhar tão rápido, uma pessoa que eles conheciam de repente só pele e osso debaixo de um cobertor, suas próprias células se rebelando.

Mas não Matt. Ele ia todo fim de semana.

No segundo que a porta se fechou atrás dele em um domingo à tarde, minha mãe se inclinou para dizer:

— Você realmente deveria dar uma chance para esse menino um dia, Emily. Às vezes os melhores romances surgem das melhores amizades. — Ela sorriu para o meu pai, os dois trocando um olhar de cumplicidade. — O menino que tem uma queda por você pode acabar sendo a pessoa certa.

Eu não sentia… a mesma coisa por ele na época. Mas gostava de estar com ele. Gostava da forma como ele narrava filmes e como ele sempre estava presente, nas aventuras loucas e pegadinhas, e também quando minha mãe ficou doente. Então, depois de tudo, eu só podia pensar que ela deveria estar certa.

Bato o calcanhar contra a pedra abaixo de mim e solto um longo suspiro.

Então *por que* é tão difícil? Do que eu tenho tanto medo? O que me impede?

Dê uma chance a ele.

Até acho que dei essa chance, mas se eu estiver sempre com um pé para fora, não tenho como estar ali *de verdade*. E *sei* que se eu não consertar as coisas entre nós, vou me arrepender.

Se eu consegui pular de um penhasco, talvez, só talvez, possa encará-lo. Se eu mergulhar de cabeça, sem reservas, sem pensar demais, talvez essa seja a mudança de que a gente precisa. A coisa que sempre esteve faltando entre nós talvez fosse só que eu tinha medo demais de me jogar.

Talvez a gente só parecesse desencontrado porque eu nunca estive *totalmente* dentro. Não da forma como minha mãe gostaria.

— Obrigada — digo para Blake.

Ela me olha, o sol jogando um brilho dourado no rosto e no corpo dela.

— Por não te empurrar? — ela brinca, pegando meu braço e fingindo me empurrar.

Eu a afasto, rindo, mas então o rosto dela lentamente fica sério.

— De nada — ela diz. — Eu acho legal você estar fazendo a lista, Emily. Saltando de penhascos, comprando livros na loja de um velho de bigode impecável. Você ainda poder descobrir coisas novas sobre sua mãe. Ainda poder criar novas lembranças das quais ela faz parte.

Eu expiro longamente.

— Às vezes tenho medo de esquecer as coisas. Tipo o cheiro dela, ou a cor dos olhos, ou o som da risada dela. — Fecho os olhos, tentando imaginar o rosto dela. O contorno do seu cabelo. A curva do cotovelo. Seus lábios cheios. É difícil juntar tudo. — Então tenho momentos como hoje, sabe? Em que ela parece tão próxima que é como se estivesse aqui o tempo todo.

— Bem, ela está. De alguma forma, pelo menos — Blake diz, dando de ombros. — Você é parte dela, sabe? Ela nunca poderá ser esquecida, porque você existe.

Solto um longo assovio.

— Isso foi... bem profundo.

Blake me cutuca.

— Eu tive vários anos para pensar nisso.

Reconheço a expressão nos olhos dela. Um traço da tristeza que sempre está lá quando você perde alguém que ama. A tristeza que muda de tamanho e forma, maior em alguns momentos, menor em outros.

Nós nos levantamos, nos alongamos e nos preparamos para um último salto antes de voltarmos. Contamos até cinco juntas e, no último segundo, sem nem pensar nisso, pego a mão de Blake, levando nós duas na direção da borda até nos lançarmos no ar a toda velocidade. Nossas mãos se separam quando batemos na água, mas nossos olhos se encontram no mar de bolhinhas enquanto nadamos até a superfície.

Então nos encaminhamos até a beira uma última vez, as pernas lutando bem mais agora para vencer a corrente, até chegarmos à margem, espirrando água, a exaustão batendo forte. Lentamente, seguimos para a caminhonete para nos secarmos e voltarmos para casa.

O sol mergulha abaixo do horizonte e nós passamos todo o trajeto de volta debatendo o que fazer em seguida.

— Tatuagem — Blake diz, sem nem pensar. — Tem que ser a tatuagem. Quer dizer, não vai ser divertido?

— Hum, *não* — respondo, sacudindo a cabeça. Claramente nossa ideia de diversão difere nesse caso. — Depois de hoje e de ter sido perseguida no Pomar do Snyder, preciso de uma *folga*.

Encontro uma canetinha preta no porta-luvas de Blake e marco o número dois da lista, "Superar o medo de altura", enquanto meus olhos escaneiam o restante e dois itens chamam minha atenção:

3. Fazer um piquenique.

4. Experimentar uma comida nova.

Sorrio para mim mesma. Minha mãe era *famosa* por ser chata para comer. Isso vai ser fácil para mim, mas aposto que foi tão difícil para ela quanto encarar o medo de altura.

— Que tal fazermos um "piquenique da comida nova", assim resolvemos dois itens de uma vez só? — pergunto, contando os dias que ainda tenho, enquanto Blake para em frente à minha casa.

Onze. Só *onze*.

— Parece bom para mim — ela responde.

Pego minha bolsa e solto o cinto.

— Eu levo a comida — ela grita pela janela quando já estou fora da caminhonete. — Vou te mandar uma mensagem para ter certeza de que é algo que você nunca comeu.

— Feito! — grito de volta, dando tchau.

Espero até a caminhonete desaparecer de vista e entro em casa com o coração pleno.

Me sentindo invencível.

Não sei se é o fato de que sobrevivi a saltar de um penhasco com ela, ou o fato de que me parece que ela conseguiria fazer amizade com qualquer pessoa, mas me sinto diferente perto de Blake. Ela não só é praticamente um raio de sol, mas também... não me trata como a garota que perdeu a mãe. Como um fantasma do que essa garota costumava ser.

Ela é a primeira pessoa com quem sinto que posso ser completamente verdadeira em muito tempo. Como se não tivesse nenhuma expectativa implícita, diferente de Kiera e Matt trocando olhares quando acham que não estou vendo. Olivia dizendo "mãe" sem emitir som nenhum e então revirando os olhos para Ryan quando furei uma viagem de fim de semana porque estava preocupada que algo aconteceria com meu pai enquanto eu estivesse longe.

Ela é a primeira pessoa com quem sinto que posso conversar sobre minha mãe, porque ela entende sem estar envolvida demais na situação. Sem tanto luto compartilhado, como com meu pai e Nina, que chega a ser sufocante.

Blake não fica o tempo todo tentando fazer com que eu me sinta melhor, como meus amigos ficam, e ela não precisa de mim para compartilhar a dor dela. E algo nisso me faz sentir que não estou completamente congelada.

Algumas semanas atrás, quando Kiera estava indo para o acampamento e tudo estava uma bagunça, parecia quase a gota d'água. Como se eu estivesse prestes a transbordar.

Quando fiquei sabendo que Johnny e Blake estavam se mudando para Huckabee e que íamos jogar bingo, eu nunca teria chutado que isso iria acontecer.

Mas... sinto que ela me colocou de volta no jogo. E, pela primeira vez em muito tempo, me sinto pronta para jogar.

14.

Acordo no dia seguinte ainda na onda do salto do penhasco e do meu novo objetivo inspirado pela lista. Conversar com Matt. Finalmente me sinto pronta. Tipo, se eu só parar de pensar nisso e *for*, as palavras certas vão aparecer.

Esse sentimento aumenta durante meu turno na confeitaria, o tempo se movendo em um ritmo glacial apesar da correria da manhã e da fornada de scones de mirtilo que passo a tarde fazendo.

Pela primeira vez, o ritmo familiar de misturar, acrescentar ingredientes e moldar não me traz o mesmo tipo de conforto, minha mente distraída demais para me concentrar plenamente no que estou fazendo.

— Tudo bem? — Nina pergunta quando dá uma olhada nos triângulos tortos. — Primeiro você é banida do Pomar do Snyder, agora acha que um triângulo parece uma bola de futebol americano.

Dou um sorriso encabulado.

— Desculpa, Nina.

Pensei em contar a ela da lista, mas algo sempre me impede. Enquanto meu pai mal consegue falar sobre a minha mãe, Nina é... quase o total oposto. A dor por Julie Miller está sempre a apenas uma frase de distância, sempre ao alcance. E é pesado e horrível, o luto compartilhado entre nós é suficiente para fazer você sentir que foi atropelado por um trem.

Então hoje, como em todos os outros dias, decido não falar nada.

Quando o relógio bate duas horas, já estou correndo porta afora. A sineta toca atrás de mim enquanto pego minha bicicleta e pedalo rápido pela rua antes de conseguir me convencer a não fazer isso.

A piscina fica a menos de dois quilômetros de distância, logo depois do centro de Huckabee e no caminho para o hospital. Normalmente, faço questão de evitar essa rota e prefiro passar por um condomínio e pedalar um quilômetro a mais, mas não quero perder mais nenhum segundo. Já perdi muitos.

Antes que eu perceba, estou virando no estacionamento e prendendo minha bicicleta, o som familiar demais das crianças brincando na água e de música abafada saindo de um antigo aparelho de som enchendo o ar.

Blake ainda está trabalhando? Sei que de manhã ela estava. Não quero que ela saiba o que aconteceu.

Mas se eu puder consertar as coisas agora, talvez ela não precise saber nunca.

Começo a andar rápido, parando no portão da frente, onde encontro Jake sentado em uma cadeira de plástico inclinada para trás sobre as pernas traseiras, um apito prateado girando em torno dos dedos. Os olhos dele se arregalam quando me vê e ele se assusta, se endireitando antes de cair completamente.

— Ah, merda — ele diz, tirando o cabelo bagunçado e loiro do rosto para me examinar. — Olha só quem resolveu aparecer.

— Bom te ver também. — Espicho o pescoço, olhando para além dele, meus olhos vasculhando o deque. — Matt está aqui?

— Hum, sim.

Estou prestes a passar por Jake, mas ele me impede.

— Taxa da piscina?

Coloco as mãos na cintura e olho feio para ele.

— Jake. Você não pode estar falando sério.

Ele não diz nada, mas mantém a mão estendida. Solto um suspiro frustrado e enfio a mão no bolso do meu jeans para pegar a gorjeta do dia, puxando cinco notas de um e entregando-as a ele.

Ele as desliza para dentro de uma pochete preta e aponta com a cabeça na direção de umas máquinas enferrujadas de comprar bebidas e petiscos perto do banheiro.

— Ele está ali.

Sigo para onde ele aponta com a cabeça e vejo Matt de calção vermelho, de frente para a máquina, pensando se compra doce ou salgado, como sempre faz. Meu coração começa a martelar alto.

— Aliás — Jake diz, se inclinando para trás na cadeira de novo e apontando para minha bochecha esquerda com um sorriso esnobe. — Tem farinha na sua cara.

— Melhor que maçãs podres — murmuro, limpando a farinha enquanto passo por ele.

Vou até Matt sem pensar duas vezes, como se eu estivesse correndo para a beira do penhasco.

— Oi — digo, saltando.

Ele me olha, surpreso, uma mecha do cabelo castanho caída sobre a testa.

— Oi — diz, tirando-a da cara. Por um segundo ele sorri, como um reflexo, mas então pigarreia e assume uma expressão séria. — O que você está fazendo aqui?

Meu estômago se revira e sinto minha respiração falhar. Abro a boca para dizer alguma coisa e espero... e espero... até que percebo: isso não é nada como pular de um penhasco.

Eu já teria alcançado a água a esse ponto, mas em vez disso ainda estou caindo, meus braços se debatendo sem parar. Cair de barriga será inevitável.

— Eu só queria dizer... — consigo soltar. — Eu só queria pedir desculpas.

As sobrancelhas dele entram em modo totalmente pensativo. Ele não diz nada. Só cruza os braços e olha para o lado, para a mesa dos salva-vidas, de onde um mar de olhos nos encara com determinação. Cassie Evans, uma menina do segundo ano que tem uma queda por Matt já faz uns dois verões, parece estar tentando me assassinar só com o poder da mente.

Mas isso não chega nem perto da expressão no rosto de Matt. Nunca o vi tão chateado.

— Matt — digo, me inclinando para a frente. — Quero consertar isso. Me diga como consertar isso.

— Estou honestamente surpreso que você queira, considerando que nem tentou conversar comigo todas essas semanas. Nem se deu ao trabalho de me dar uma explicação.

Matt sacode a cabeça com desgosto e volta a se virar para a máquina. Eu o vejo apertar alguns números, escolhendo salgado, e um saco de batatinhas cai. Ele empurra a porta e o pega, suspirando longamente antes de me olhar de novo.

— Matt...

Minha voz quebra e o vejo parar, vejo uma alteração mínima na respiração dele.

Ele move a mão na direção da minha, como costumava fazer. No meu armário e antes dos jogos de futebol. Mas ele para, e eu o observo dobrar os dedos, fechando e afastando a mão enquanto se vira e vai embora.

Não entendo.

Achei que as palavras só *viriam,* mas não. Ainda assim, tudo o que sei é que quero consertar isso. Nada mais.

Mas Matt quer saber o que deu errado. E eu ainda não tenho essa resposta.

Eu o vejo ir embora, com seu cabelo castanho bagunçado e seus ombros largos, agora bronzeado por conta dos dias trabalhando como salva-vidas.

Ele é mais do que bonitinho. Todas as meninas do nosso ano sabem disso. Ele é uma graça. Ele lembra de todos os aniversários, feriados e datas comemorativas, grandes ou pequenas. Ele realmente *escuta,* e todo mundo no nosso grupo de amigos, não só eu, sabe que é com ele que você fala se tem um problema.

E ele me entende, como eu o entendo. Ele sabe que gosto mais de comédias românticas do que de filmes de terror, qual a minha receita preferida para um bolo de chocolate de três camadas e que fico quieta quando estou chateada. Assim como eu sei que o diretor favorito dele é o Wes Anderson, que seu jogo favorito no Nintendo Switch é *Fortnite* e que ele *odeia* quando as pessoas se atrasam.

Mas ainda não consigo impedir que o sentimento que sempre me pegava de surpresa durante nosso relacionamento nade de volta para os meus ossos e se instale no fundo do meu ser.

O sentimento de que algo está... *errado,* não importa o quão perfeito Matt Henderson seja.

O que quer dizer que algo em *mim* precisa mudar para que tudo se encaixe. Talvez eu estivesse ocupada demais olhando para ele, quando eu precisava olhar para mim. Se o que eu precisava dizer não *veio* até mim, então talvez o problema seja comigo.

Isso tudo é por causa do quanto eu mudei depois que minha mãe morreu? Talvez eu ainda tenha mais lições para aprender com a lista antes de conseguir descobrir.

Ou... talvez seja outra coisa completamente diferente?

Meus olhos passam por Matt até a ponta funda da piscina, onde vejo Blake, o cabelo preso em um coque bagunçado. Fico ao mesmo tempo aliviada e ansiosa por vê-la. Ela ergue os óculos de sol para o topo da cabeça quando vê que estou olhando para ela.

— Tudo bem? — ela diz sem som, apenas para mim, e tudo que está errado se esvai.

Faço que sim, mas não é verdade, e por algum motivo não parece certo mentir para ela.

Engulo em seco e desvio o olhar, notando que a mesa dos salva-vidas ainda está trabalhando duro, me encarando como se eu estivesse fazendo teste para um musical da Broadway. Viro na direção da saída, louca para sumir dali. Definitivamente, não estou a fim de fazer uma performance para eles.

Agora eu sei que não posso só esperar que as palavras certas venham, que a chavinha simplesmente se vire. Preciso entender o que está errado e consertar. Só então vou poder mostrar a Matt o quanto estou arrependida. Que ainda posso ser a mesma pessoa por quem ele se apaixonou.

Só preciso que a lista me mostre como.

Também não quero enrolar muito e arriscar que Cassie Evans *efetivamente* descubra como se mata alguém só de olhar. Se alguém é mesquinho suficiente para descobrir isso, é ela.

15.

Na sexta-feira, eu me encontro com Blake no parque local depois do trabalho para nosso piquenique, ansiosa para estar em qualquer lugar que não em casa, na sala de estar quase sem móveis, pirando por causa do drama com Matt.

Com o aumento das visitas de possíveis compradores e praticamente todas as nossas coisas encaixotadas, *seria de se imaginar* que estivéssemos procurando lugares para morar. Mas ainda não fomos ver nenhum.

Quando mandei algumas opções que encontrei on-line de manhã para o meu pai, uma inclusive para um bom apartamento em cima da loja de ferramentas da cidade, ele me ignorou.

— Já cuidei disso — murmurou antes de sair para o trabalho.

O que quer que isso queira dizer.

Blake mergulhou *de cabeça* no estereótipo para o nosso piquenique, uma toalha xadrez aberta no vasto gramado na colina acima do parquinho. Trouxe algumas tortinhas de maçã que Nina fez com as frutas que colhemos, e Blake segura um pote quadrado, seus dedos tamborilando nas bordas.

— Liguei pra minha avó. A do Havaí. Ela me ensinou como fazer — diz quando nos sentamos. — E a receita é dela, então realmente acho que você não comeu isso antes.

Quando ela abre o pote, vejo uma pequena onda de vapor.

— Acho que ficam melhores se ainda estão quentes. Eu meio que enrolei a alga em volta deles, joguei no pote e corri para cá — Blake diz enquanto olho os blocos retangulares feitos de arroz e um pedaço rosa de carne enrolados em uma folha fina de alga.

— Isso é...? Isso é presunto enlatado? — pergunto. Eu reconheço presunto enlatado, especialmente quando uma lata de trezentos gramas custa menos de três dólares na mercearia. Mas não posso afirmar que já comi desse jeito.

Blake faz que sim, colocando o pote na toalha entre nós.

— Musubi de presunto. Você meio que só... — a voz dela se perde e ela estende a mão, pega um e dá uma grande mordida.

— Minha mãe *nunca* comeria algo assim. Ela era muito chata para comer — digo, e imito Blake, pegando um, o pequeno tijolo quente sob meus dedos. Eu o levo cuidadosamente à boca, dando uma mordida muito menor do que a que ela deu.

É muitas coisas ao mesmo tempo. Doce, salgado... grudento? Mas não é ruim. Fico surpresa quando noto que, na verdade, gostei.

Blake me encara com expectativa, uma ruga preocupada se formando entre suas sobrancelhas, como se pela primeira vez na vida estivesse nervosa de verdade.

— É muito bom! — Minha afirmação apaga a ruga de preocupação de Blake e todo o rosto dela se ilumina. — Acho que até minha mãe teria gostado, se ela conseguisse superar a alga. É definitivamente o *melhor* jeito de comer presunto enlatado.

Ela ri disso, e continuamos atacando a comida até que o pote de musubis de presunto esteja vazio e seja hora das crocantes, doces e deliciosas tortas de maçã.

Depois, nós examinamos a grama em volta da nossa toalha de piquenique para tentar achar um trevo-de-quatro-folhas, a contagem regressiva para completar a lista agora em menos de dez dias.

Minha mãe tinha tanta sorte que provavelmente encontrou um em uma tarde.

Mas eu tenho rastreado o chão de todos os lugares a que fui nas últimas duas últimas semanas e ainda nada.

— Então — Blake diz atrás de mim. — Como foi a conversa com Matt? Não, hum, pareceu ter ido muito bem.

— Pois é — respondo, soltando um longo suspiro.

Eu me inclino para a frente e puxo um trevo da grama, mas desanimo ao ver que ele só tem três folhas. Assim como os últimos cinco que peguei.

Tento pensar em alguma forma de falar com ela sobre Matt sem revelar demais.

— Só quero melhorar as coisas. Kiera diz que vou estragar nosso último ano se eu não fizer isso, e sei que ela está certa. Vou estragar para os meus outros amigos também. E… não sei. Realmente sinto que agora vou conseguir. Como se a lista estivesse me guiando para isso. Para uma forma de fazer as coisas parecerem certas entre nós, sabe? Eu só preciso seguir em frente.

— Foi por isso que você beijou aquele outro cara? — ela pergunta. — Porque as coisas não pareciam certas entre você e Matt?

É por isso que eu... espera. *O quê?*

Giro para olhá-la, meu coração batendo três vezes mais rápido.

— Você *sabe?*

— Sim — ela diz, dando de ombros. — Desde, tipo, o primeiro dia de trabalho. Cassie Evans me contou no almoço. Ela sempre soube. Quando fomos à livraria e desfizemos as caixas na casa dela e nos sentamos no topo do penhasco no Parque Nacional de Huckabee. Mesmo agora, sentada aqui.

Examino o rosto dela, mas não há nenhum sinal de julgamento. Ela não se importa. Ela não me vê de um jeito diferente.

E talvez seja por isso que ela é a primeira pessoa para quem conto a verdade.

— Sim. É por isso — confirmo.

Sempre dei outras desculpas para os nossos términos, disfarcei dizendo que ele ou eu estávamos grudentos demais, ou que eu precisava focar na escola, ou jogando a culpa no cantil de Jake. Nunca falei o motivo real.

Dou de ombros.

— Mas muitas coisas não pareceram certas nos últimos três anos. *Eu* não me sentia certa. Não até a lista aparecer.

— Olho para ela, sorrindo. — Não até *você* aparecer em Huckabee e me fazer pular de um penhasco e coisas assim.

Ela sorri de volta, e noto que está segurando não um, nem dois, mas *três* trevos de quatro folhas.

— Blake — aponto para as mãos dela —, você sabe que se colher todos eles, não vai sobrar nenhum para mim, né?

— Bom ponto — ela diz, abrindo as mãos, e uma pequena chuva de verde cai das suas palmas.

Olhamos em volta por mais alguns minutos antes de eu aceitar a derrota.

Eu me deito de costas na toalha xadrez, puxo a lista do bolso, desdobro e, usando a caneta rosa que peguei na confeitaria, marco os itens três e quatro: "fazer um piquenique" e "provar uma comida nova".

Nenhuma revelação sobre minha mãe ou lição de vida inestimável. Mas pelo menos foi divertido.

— Então, você acha que essa é a solução? — Blake pergunta. — Mudar você mesma?

— Bom, não exatamente *mudar* — esclareço. — Mais me *tornar* eu mesma, sabe?

— Só... tenha certeza de que isso é por você — Blake diz enquanto puxa um pouco da grama e joga ao vento, e então observamos as folhas voarem para longe. — Eu tive um relacionamento e senti que mudei muito quem eu era para me encaixar no que achei que ela queria. Tipo, eu me importava mais com o que ela pensava de mim do que com o que *eu* pensava de mim.

— Ela. — Minha pele se arrepia com a palavra. *Ela*. — Você é...

Blake gira a cabeça para me olhar.

— É, hum... gay. Eu sou gay. Isso é...?

— Ótimo! É ótimo, claro — digo enquanto aliso a toalha abaixo de nós. Eu tinha pensado nisso. Quando Paul contou a ela que era gay na confeitaria, quando Jake flertou com ela no Pomar do Snyder. — Mas você está certa. Não é isso que quero fazer.

Ficamos em silêncio por alguns momentos, observando as nuvens.

— O que você vai fazer amanhã à noite? — Blake pergunta.

Solto um longo suspiro e me viro para encará-la.

— Temos algumas visitas de compradores, embora a gente ainda não tenha nem *encontrado* uma casa nova. Então... absolutamente nada. Por quê?

Ela sorri, travessa, e ergue uma corrente vermelha de salva-vidas cheia de chaves.

— Vou fechar a piscina amanhã.

Percorro a lista com os olhos:

8. Nadar pelada na piscina de Huckabee depois de fechar.

Gemo e cubro meu rosto com o canto da toalha.

— Essa lista vai me matar.

16.

Portão da frente em cinco minutos.
Baixo o olhar para ler a mensagem de Blake, então os ergo e observo os últimos faróis se afastando do estacionamento da piscina de Huckabee e descendo a estrada. Quando ouço o rangido da porta da caminhonete dela e a vejo descer pelo banco do carona, eu me arrasto do meu esconderijo entre os arbustos ao lado do bicicletário e sigo para o portão da frente.

— Pronta? — ela pergunta enquanto puxa as chaves do bolso e usa uma para abrir o cadeado dourado que mantém o portão fechado.

— Talvez? Eu não sei. — gemo, apoiando minha testa contra o ombro quente dela. — Você tem *certeza* de que não tem mais ninguém aí?

Ela puxa a corrente pelo meio das barras em que está enrolada.

— Absoluta — responde, usando o pé para abrir o portão.

Ele range alto quando abre e revela uma piscina escura e vazia, nenhuma alma ali.

Nós entramos e paramos na borda.

A LISTA DA SORTE **181**

Nunca vi a piscina assim. Completamente em silêncio, o luar refletido na água. Se eu não soubesse quão nojenta ela é durante o dia, com bolos de cabelo rodando no fundo e insetos mortos flutuando na superfície, até diria que parece bonita.

— *Por que* ela iria querer nadar pelada nisso? Definitivamente não entendo essa. Aposto que essa água não sabe o que é uma limpeza desde que minha mãe nadou aqui.

Blake ri.

— Não é muito bem cuidada, isso eu posso te dizer. — Ela dá de ombros. — Talvez você só precise fazer. Talvez não tenha uma razão.

Encaro a água por mais alguns momentos, meu pulso acelerando quando penso no que está por vir.

— Contamos até três e tiramos a roupa, certo?

Olho para Blake e ela assente.

— Feito.

— Um.

— Dois — ela responde.

— Três.

Começo a tirar meu vestido de verão e paro de repente quando percebo que Blake está olhando para mim. Meu rosto queima sob o olhar dela, meu corpo subitamente em chamas.

— Blake! Pelo amor de *Deus,* não olhe!

Dou um tapinha no ombro dela e ela se afasta, colocando as mãos sobre os olhos, nós duas rindo. Mas algo fica no ar. Uma energia nova e estranha entre nós.

— Não vou olhar! Aqui… — Ela se vira, tirando uma das mãos do olho e fazendo um sinal para eu fazer o mesmo. — Nós duas viramos de costas, ok?

— Ok — concordo, seguindo as instruções dela.

Ficamos em silêncio por um longo momento. Eu baixo o olhar e imagino a pele acima do meu coração dançando em um ritmo irregular.

— Precisamos contar de novo? — Blake pergunta, quebrando a tensão, e caímos na risada.

— Só vamos — digo, enquanto arranco meu vestido.

Dois segundos depois, meu sutiã rosa e calcinha listrada caem em uma pilha no deque da piscina também.

— Está fria? — pergunto, cuidadosamente estendendo meu pé para colocar um dedo na água. Mas quando faço isso, com o canto do olho a vejo tirar a parte de cima de seu biquíni vermelho, suas costas completamente nuas, as linhas das escápulas e o contorno da coluna como sombras na escuridão.

— Provavelmente está... — ela começa a virar, e eu me assusto tentando cobrir meu corpo com os braços e descolar meu olhar dela ao mesmo tempo.

— Blake! — solto um grito, mas já perdi o equilíbrio com a surpresa e...

Pá.

Caio na água gelada e submerjo completamente.

— Congelante — ela completa quando subo, tossindo, o cloro queimando meus olhos e garganta.

Esfrego os olhos, mas sou atingida por um espirro de água, uma onda me acertando bem na cara.

— Sério? — digo quando Blake emerge, seu cabelo todo grudado para trás.

Passo meus dedos pela superfície para mandar uma onda de volta nela, e nós rimos enquanto empurramos água de uma para a outra, espuma branca se formando na superfície borbulhante.

— Ok, ok! — ela diz, erguendo as mãos, derrotada, quando eu a acerto bem no olho. — Trégua. Eu declaro trégua!

Paro de empurrar a água, que sibila de leve enquanto se acalma, dando lugar ao silêncio absoluto. Meus olhos encontram os de Blake, e sinto meu estômago se apertar com a intensidade do olhar dela, minha respiração presa no peito quando ela se aproxima só meio passo.

Inconscientemente, meus olhos descem para os lábios dela, para as linhas firmes das suas clavículas.

Algo nesse momento e na liberdade dele, nadando peladas na piscina de Huckabee, me empurra na direção dela. Para isso. Para...

— Emily? — uma voz chama, mas sei que os lábios de Blake não estão se movendo porque ainda estou olhando para eles.

Giro a cabeça com força e vejo Matt, olhos arregalados de surpresa, a lanterna do celular me pegando bem no olho.

— Matt! *Não olhe!* — grito, enquanto Blake e eu nadamos até a borda e nos esprememos contra ela. Matt fecha os olhos rapidamente.

— Só voltei porque esqueci meu... espera. Vocês estão... nadando peladas? — ele pergunta, incrédulo.

Saio da água, Blake logo atrás de mim. Coloco rapidamente meu vestido e a água faz o tecido grudar no meu corpo.

— Talvez? — respondo em um gemido, segurando meu sutiã e minha calcinha junto ao peito cheio de medo.

O que ele vai pensar de mim agora? Beijei outra pessoa no baile. Nadei pelada na piscina de Huckabee. Ah, Deus, acabei de arruinar...

E então ele começa a rir.

— Isso foi bem corajoso — diz, sua voz soando... levemente impressionada, sem dor pela primeira vez.

— Você não vai contar pra ninguém? — Blake pergunta, e consigo notar que ela está nervosa, a expressão no rosto dela estranha. Ele abre um dos olhos, e então o outro quando vê que estamos vestidas.

— Matt não dedura — asseguro, e sei disso porque, antes de ser meu namorado, ele era meu parceiro de zoeiras no ensino fundamental. Aquele que se recusava a ceder sob pressão, sendo forte mesmo quando Kiera era vencida.

— Eu te desafio — Matt havia dito depois do almoço um dia na sexta série, erguendo uma pequena cobra verde de jardim — a soltar isso na aula de matemática.

— Feito — respondi sem nem pensar duas vezes.

Meia hora depois, a aula de matemática do sr. Benson precisou ser evacuada, e cada um de nós foi interrogado individualmente no corredor enquanto o zelador da escola, o sr. Wibble, procurava a cobra na sala.

Matt sabia que tinha sido eu e não disse nada.

— Ele não te dedura nem quando o sr. Benson o ameaça com detenção — respondo.

O canto da boca dele forma um sorriso com essas palavras.

— Nem assim. — Os olhos dele encontram os meus e ele aponta com a cabeça para a estrada principal. — Uma patrulha deve passar aqui em dez minutos para checar a piscina, teve uma invasão de calouros no mês passado. Vocês vão querer sair daqui. — Ele ergue um chaveiro e olha para Blake. — Também tenho as chaves. Posso trancar tudo.

— Obrigada, Matt. — Estendo a mão para apertar o braço dele. Ele se escolhe só um pouco, fazendo uma careta sofrida, mas é só uma fração do que vinha sendo.

Então Blake pega minha mão e, em um piscar de olhos, corremos noite adentro, pingando enquanto seguimos para a saída, a felicidade enchendo meu peito. Sentir a mão dela na

A LISTA DA SORTE   185

minha me leva de volta para aquele momento na piscina, os olhos dela nos meus, os lábios dela...

Afasto essa ideia, lhe dando um nome. Um motivo. *A empolgação da lista*. Foi só isso. Eu me deixei levar pela experiência, a animação de nadar nua.

Olho de volta para Matt e ele sacode a cabeça, mas está sorrindo. Nossa primeira conversa em mais de um mês. Bem, nossa primeira *boa* conversa em um mês, a lista e minha mãe me guiando na direção certa.

E, simples assim, essa noite me deixa um passo mais próxima de mais do que consertar as coisas.

Talvez seja um passo para tornar tudo melhor.

17.

Passo a maior parte do dia seguinte me escondendo no quarto enquanto meu pai fala no telefone com o corretor de imóveis.

Alguém fez uma oferta pela casa.

Definitivamente um balde de água fria no turbilhão da noite passada.

Eu deveria estar encaixotando o restante das minhas coisas, mas em vez disso estou olhando a caixa da minha mãe, espalhando tudo no chão em volta de mim. Ainda estou procurando algo que me ajude a entender o que a lista significou para ela. Pego uma das fitas cassetes, apesar de não ter como escutá-la, e, quando abro a caixa de plástico, vejo um bilhete colado do lado de dentro, escrito na letra feia do meu pai.

Me avise se mudar de ideia. Estarei esperando.
Beijos,
Joe

"Me avise se mudar de ideia"? O que isso quer dizer? Olho na direção da porta, a voz abafada dele vindo do outro lado. Queria poder conversar com ele sobre isso, mas nem sei por onde começar.

Meu pai provavelmente teria jogado fora essa caixa toda se a tivesse encontrado. Assim como todo o restante.

Na verdade, ela fica escondida embaixo da minha cama, cercada de outras caixas e cobertores, porque tenho medo de que ele faça exatamente isso. Ele já fica bravo comigo por "tentar guardar coisas demais" e por "inventar desculpas" para não terminar de limpar as coisas dela.

Só tiro os olhos do bilhete quando a tela do meu telefone se acende e ele começa a vibrar alto no chão ao meu lado. *Kiera?* Isso é estranho.

É domingo, mas eu não estava esperando uma ligação sua, já que ela vai voltar do Misty Oasis amanhã e teremos nossa tradicional noite de desfazer as malas e cozinhar. Achei uma receita perfeita de bolo de cenoura que eu *sei* que ela vai amar.

Pego o celular e o botão verde de atender se transforma no rosto dela.

— Oi! — atendo, afastando a velha camiseta de futebol e o anuário da turma de 2000 para me apoiar contra o pé da cama. — Meio-dia? Não é meio cedo para a hora do telefone no Misty Oasis?

Ela faz que sim, erguendo uma pilha de certificados.

— Hoje à noite tem à cerimônia de fim do acampamento, para entregarmos os prêmios, então não vou conseguir ligar mais tarde.

— Ahh, que divertido! — Dou um grande sorriso. — Você volta amanhã! Mal posso *esperar*.

Ela não diz nada, só morde o lábio e desvia o olhar.

— Escuta, Em. Eu, hum... — a voz dela se perde, e meu coração vai direto pro chão. Eu sabia que tinha algo estranho nessa ligação. Matt disse algo a ela? — Todd me convidou e a alguns outros monitores para ir até a casa dele, e eu aceitei e...

— Ei! — digo, tentando manter o sorriso no meu rosto.

— Isso é superlegal, Kiera. Estou muito feliz por você.

Eu *estou* feliz por ela. Quer dizer, é o primeiro namorado. *Claro* que ela quer passar o máximo de tempo possível com ele.

Mas não consigo negar que dói ela não querer voltar para Huckabee. Para a receita de bolo de cenoura que revirei a internet para achar, animada com a volta dela e nossa tradição anual.

Ela está bem e *mais feliz* longe daqui. Longe de mim e da atual bagunça que é nosso grupo de amigos.

Ela ergue os olhos, atentos e esperançosos.

— Mesmo? Olha, sei que tínhamos planos e que eu não estava aí para te ajudar com Matt, e me desculpe por isso. Mas vou te compensar, com certeza.

Faço um gesto com a mão para dizer que não é nada de mais.

— Nem se preocupe com isso — digo. — Na verdade, acho que as coisas estão finalmente começando a se acertar nesse campo.

Kiera se inclina para a frente, parecendo animada.

— Espera, mesmo?

— É — respondo, assentindo animadamente. Sei que estou exagerando, mas a expressão dela me incentiva. Lembro do sorriso de Matt ontem, no deque da piscina. — Quer dizer, ele *falou* comigo ontem, de verdade.

— É mesmo? — Kiera dá quase um gritinho.

Confirmo com a cabeça.

— Ele me pegou nadando pelada ontem na piscina, depois de fechar...

— Espera — Kiera diz, tentando processar o que acabei de dizer. — *Você* foi nadar pelada?

— Sim, com a Blake. Enfim, Matt voltou porque ele esqueceu uma coisa e...

— Em — Kiera diz, me cortando. Ela assente, me dando o mesmo olhar de admiração que Matt me deu ontem. Um olhar que não vejo há três anos. Em nenhum dos meus amigos. — Isso foi bem corajoso.

— Foi o que Matt disse!

Kiera inspira de forma longa e exagerada.

— Fico muito aliviada. Vou ser honesta, eu estava *bem* preocupada.

Uma onda de culpa me toma, por ter colocado minha melhor amiga no meio disso tudo. Mas também... uma onda de frustração por ela estar mais animada com isso do que para me ver de novo.

— Vou voltar um dia antes da excursão para o Lago de Huckabee — ela diz, falando rápido, sua voz cheia de animação. — Sinto que a viagem vai ser o lugar *perfeito* para vocês voltarem.

Não apenas vai ser a primeira vez que estaremos todos no mesmo lugar, mas a viagem para o Lago de Huckabee definitivamente tem toda uma mitologia. Ela é famosa por alguns casais terem se formado nesse fim de semana.

Incluindo meus pais.

— Nós podemos consertar as coisas, e aí tudo vai estar normal quando a escola começar.

Normal.

É o que eu quero... não é?

Penso em Matt me esperando encostado no meu armário entre as aulas, em nós dois comendo sanduíches de café da manhã no carro dele a caminho da escola, nas tardes de sexta, escolhendo qual filme assistir entre os novos em cartaz no cinema antigo da cidade. Mas também penso na contagem regressiva na minha cabeça toda vez que nos beijamos e em todas as nossas pequenas brigas e nele falando em *levar as coisas um pouco mais longe* quando mal me sinto confortável com onde estamos.

Meu estômago se revira, porque normal também significa mais do que só nós dois. Significa Kiera, Olivia, Jake e Ryan, todos nós no porão enorme de Olivia, chocolate quente e biscoitos na casa de Kiera no inverno e ir ao Hank's tomar milk-shakes quando é aniversário de alguém.

Sinto falta de tudo isso. Eu *quero* tudo isso. Não quero que acabe.

E, relembro, *dessa vez vai ser melhor.* Dessa vez eu vou participar das viagens de fim de semana, das pequenas aventuras, das pegadinhas. Vou dar uma chance de verdade, não vou ficar com um pé atrás. Como minha mãe.

Faço que sim, determinada, e dou um sorriso convincente.

— É, normal.

Conversamos sobre o Misty Oasis durante o resto da ligação. Ela me conta do menino que ficou preso numa árvore, detalhando a missão de resgate, na qual foram usados Todd, um colchão tamanho queen e uma corda de escalada.

Rio e faço o meu melhor para ouvir. Mas no fundo do meu estômago ficou um resquício de desconforto, familiar e indesejado. Quando penso que Kiera não queria voltar até eu dizer que podia consertar as coisas.

Depois de desligarmos, eu me deito no chão, observando a luz do sol entrar pela janela do meu quarto. Ergo um vidrinho de areia da caixa da minha mãe e estendo o braço, seguindo com o olhar os pequenos grãos que deslizam pelo lado quando o giro repetidas vezes. O sentimento cresce lentamente a cada vez que viro o pote e conforme penso em Blake, na lista e nos oito dias que restam para completá-la.

E numa forma de ajeitar tudo isso para que, talvez, Kiera realmente queira voltar.

Uma ideia começa a tomar forma. Já que o tempo estava acabando, eu tinha pensado em considerar a viagem ao lago como meu item oficial de "sair de Huckabee", mas... talvez agora seja a hora perfeita para isso. Talvez eu precise mesmo sair daqui.

Eu me viro para pegar meu celular e aperto o botão de ligar. Ele toca algumas vezes antes de ela atender.

— Oi, Em — Blake diz, sua voz chiando alto no microfone. O sinal de celular no meio do mato em Huckabee é quase tão ruim quanto o do Misty Oasis. — Tudo bem?

— Oi — respondo, me sentando. — Sei que disse que ia encaixotar as coisas hoje, mas... mudei de ideia. Quer sair daqui?

Blake ri, e eu consigo imaginar seu sorriso travesso do outro lado da linha, os dedos dela se erguendo para colocar uma mexa do cabelo dourado pelo sol atrás da orelha.

— Achei que você nunca ia perguntar.

Exatamente uma hora mais tarde, a caminhonete azul desbotada de Blake está parando em frente à minha casa, duas pranchas de surfe aparecendo por cima da caçamba, aquele sorriso que eu imaginei quando falamos ao telefone estampado no rosto. Ela estava mais do que disposta a dirigir quatro horas até a praia, assim como eu estava disposta a passar a noite lá quando ela mencionou que a tia tem uma casa de veraneio perto, para não precisarmos voltar no mesmo dia.

Se vamos sair de Huckabee, quero fazer isso direito.

Olho para trás e vejo meu pai apoiado no batente da porta, o celular ainda pressionado contra a orelha enquanto o corretor continua falando. Não consigo evitar certa hesitação em frente aos degraus da varanda.

E se o convencerem a aceitar uma oferta ruim? Para onde *nós* vamos nos mudar? Sinto que ele está me deixando no escuro em relação a tudo isso.

Ele coloca a mão sobre o microfone.

— Manda uma mensagem quando chegar, combinado?

Ele ficou muito feliz de saber que eu tinha um lugar para ir e algo para fazer. Os olhos dele se iluminaram todas as vezes que pedi permissão para alguma coisa nessas últimas semanas. Provavelmente porque minha ausência significa que ele pode jogar ainda mais coisas fora.

Eu o vejo dar um grande aceno para Blake.

— Pode deixar — respondo rápido enquanto corro pelos degraus, meus pés desacelerando e então parando completamente quando chego ao último.

Essa é a viagem mais longa que farei desde que minha mãe morreu, e não consigo conter todos os cenários terríveis que surgem na minha cabeça.

E se ele se machucar no trabalho, ou não colocar o cinto de segurança, ou esquecer de desligar o fogão depois de fazer o jantar?

E se eu voltar e algo terrível tiver acontecido?

Eu me viro para olhá-lo, mas combato o medo. Tudo o que fiz até agora acabou bem. Eu preciso confiar que isso também vai.

— Te amo.

Os olhos dele se apertam nos cantos.

— Também te amo — ele responde sem som.

Corro o resto do caminho até a caminhonete de Blake, abrindo a porta do carona com tudo e jogando minha mochila no chão, as palavras já saindo da minha boca.

— Pranchas de surfe, Blake? *Duas?* — questiono enquanto entro, colocando meu cinto de segurança.

— Vai ser divertido! Não é muito mais difícil que andar de bicicleta — ela diz, o que é tipo alguém dizer que uma peça do fundamental é o mesmo que uma performance da Broadway.

Sinto uma onda surpresa de animação ao pensar nisso, os efeitos de pular de um penhasco e nadar pelada , adicionados à confiança calma e composta de Blake, silenciando os riscos e o medo, deixando apenas a onda da aventura.

— E como aquecimento, minha avó fez burritos para o café da manhã suficientes para alimentar Huckabee inteira — Blake diz ao sairmos. Ela me joga um tronco enrolado em papel alumínio, me acertando bem no peito. — É sempre uma boa hora para um burrito de café da manhã.

Meu estômago ronca enquanto desenrolo cuidadosamente a comida, o cheiro de *pico de gallo* e queijo emanando do tijolo envolvido em tortilha.

Dou uma mordida e, *puta merda,* que delícia. Mesmo depois da viagem até a minha casa, ele ainda está quente, cheio de queijo e delicioso.

— Está incrível — digo, e Blake concorda com a cabeça.

— Ela faz quase todo dia de manhã e eu ainda não enjoei.

Devoro o burrito conforme passamos pelas ruas sinuosas de Huckabee, parando para encostar em um velho posto de gasolina pouco antes do início da estrada.

— Minha mãe e eu costumávamos comprar raspadinhas aqui — comento.

Me assusto com a naturalidade com que digo isso. Com o fato de eu realmente *querer* falar sobre ela, sobre momentos além da lista. Eu me inclino para fora da janela do carro para jogar o alumínio amassado na lata de lixo enquanto Blake tenta fazer uma bomba antiga aceitar seu cartão de crédito.

— Uma vez, ganhei um prêmio *enorme* na Bingo Boogie. Acho que estava na quinta série.

— Ah é? — Blake pergunta, distraída com seu cartão sendo rejeitado mais uma vez. Finalmente, ela desiste e se apoia na caminhonete, frustrada.

Cutuco o ombro dela e aponto com a cabeça para a loja.

— Você vai precisar entrar para pagar. As bombas são da idade da pedra.

— Nenhuma surpresa nisso — Blake resmunga, seus chinelos estalando alto à medida que anda na direção da loja.

Eu a observo, pensando se essa mudança está sendo mais difícil do que ela demonstra. Bombas de gasolina que mal funcionam. Sinal ruim de telefone em quase todo lugar. Uma cidade muito diferente de onde ela vem.

Não pode ser fácil.

Enquanto espero, pego o celular e posto no Instagram um story das duas pranchas com a legenda "Blake está tentando me matar". Meu primeiro story desse verão.

Não consigo deixar de me perguntar se Matt vai ver. Será que vai deliberadamente evitar ver? Sei que Olivia vai.

Levanto o olhar e vejo Blake saindo da loja com uma sacola branca no pulso. Ela enche o tanque e sobe de volta no banco do motorista.

— O que você comprou? — pergunto.

Ela puxa umas batatas Lay's, um pacote de Skittles, balas de gelatina e uma barra de chocolate Hershey's.

— Eeeee... — ela diz, enfiando a mão no bolso de trás do short jeans para puxar dois bilhetes coloridos de raspadinha.

Bingo Boogie. Eu reconheceria esse papel laranja e rosa em qualquer lugar.

É estranho ver uns desses depois de todo esse tempo e a mão que os estende para mim ser de uma pessoa que não minha mãe.

— Escolhe um — ela diz. Aproximo a mão e hesito, quase pegando o primeiro antes de me mover lentamente para o da esquerda, algo nesse bilhete me chamando. — Se sentindo com sorte, Emily Clark? — Ela pergunta e eu congelo.

Sorte. Percebo que é isso que está me atraindo para a raspadinha. *Ela parece dar sorte*.

Penso nas últimas semanas. Na lista. Blake. Matt. Tudo.

Quando penso nisso... Eu me sinto com mais sorte do que nos últimos três anos.

Pego o bilhete da esquerda e puxo a moeda com a ranhura do meu bolso.

— Talvez um pouco.

18.

O vento bate no meu cabelo, que chicoteia descontrolado em volta do meu rosto. Blake dirige e olha para mim e minha imitação de Primo Itt, então tira um elástico de cabelo do pulso e me oferece com a mão livre. Eu pego, notando o quão bronzeado o braço dela é em comparação ao meu, uma fina linha branca marcada onde o elástico estava. Eu me pergunto exatamente quantos dias passou ao ar livre na vida, o sol sendo absorvido pela pele dela, queimando seu cabelo com os raios. Nós não temos esse tipo de sol em Huckabee.

Eu sorrio, grata, antes de puxar meu cabelo castanho e fazer um coque bagunçado, meus dedos lutando para encontrar e domar todos os fios.

Olho para além dela, a Pensilvânia movendo-se depressa pela janela, um mar de árvores e fazendas, Huckabee ficando cada vez mais longe. A sensação é... boa. Melhor do que eu esperava. E a cada quilômetro que passa, o peso da mudança, da cidade e de tudo que aconteceu fica mais leve.

Respiro fundo, e o ar quente enche meus pulmões.

Logo o verão ensolarado vai dar lugar ao inverno cortante, as árvores que nos cercam ficarão sem folhas e serão galhos nus contra o céu cheio de neve. Tento imaginar Blake no meio disso tudo, mas não consigo. Os ombros bronzeados dela cobertos por uma jaqueta verde-floresta, um gorro no cabelo dourado de sol. Tento imaginar outra cor para a jaqueta e trocar o gorro por um cachecol de lã, mas a imagem continua nebulosa.

Parece que ela só existe no verão. Que foi feita para nadar nas águas do oceano, o cheiro de sol e sal grudado nas suas roupas.

Ela me pega encarando-a, mas não fica estranho.

— O quê?

Sacudo a cabeça, voltando minha atenção para a estrada à nossa frente.

— Nada. — Acho que perguntar que cheiro ela tem no inverno definitivamente levaria a gente pra um lugar estranho.

Estico o braço para aumentar o volume da música, St. Vincent saindo dos alto-falantes. Nos revezamos com as escolhas, uma depois da outra. Gostei de todas as sugestões de Blake. "Radio", da Sylvan Esso, "Bury a Friend", da Billie Eilish, "Ribs", da Lorde.

Misturo algumas músicas da St. Vincent: "Fear the Future" e "Cruel".

— Nós deveríamos ir a um show dela quando tiver um por aqui — comento, e Blake concorda entusiasmada.

— Ouvi dizer que ela é incrível ao vivo.

A maior parte da viagem foi assim. Até agora, além do show, fizemos planos para visitar Jay e Claire em Kauai nas férias de primavera, usando as milhas extras que Johnny tem do trabalho, ir *mesmo* ao Hank's no dia do especial de bolo de carne e fazer kulolo, uma sobremesa tradicional havaiana.

É empolgante. Planejar o futuro. Aventuras além da lista.

— Você acha que gostaria de ir pra faculdade em Nova York? — Blake pergunta.

Eu me encosto, torcendo uma mecha de cabelo com o dedo.

— Só fui para Nova York uma vez. Fui com a minha mãe, bem perto do Natal, quando era criança.

Penso na multidão, na energia, os prédios enormes, tudo tão diferente de Huckabee. De um jeito bom.

— Mas talvez? Acho que sim? — Dou de ombros. — Não vou pra lá há anos, então não saberia dizer.

— Nós deveríamos ir pra lá alguma hora! Passear, assistir a um musical, talvez visitar umas faculdades.

Talvez visitar umas faculdades.

Eu concordo, na verdade... animada com a ideia.

— A gente poderia fazer uma viagem de carro para ver faculdades, talvez? — O motor da caminhonete ruge alto, lutando para passar de cem.

Blake dá um sorriso irônico e um tapinha no painel.

— Total. Mas *talvez* a gente precise pegar o carro de outra pessoa pra isso.

A Pensilvânia vira Nova Jérsei e o ar começa a ter cheiro de água salgada quanto mais perto chegamos da praia. O sol lentamente se aproxima do horizonte quando estacionamos, meu biquíni me apertando depois da longa viagem.

Passo o dedo pelas alças enquanto Blake solta as pranchas, me dando a menor das duas, coberta de adesivos.

— Essa é minha — ela diz.

— Imaginei mesmo que fosse. Algo me diz que Johnny não teria um adesivo que diz "Parques Nacionais são para quem ama".

Ela ri e me cutuca, e o ponto onde a pele dela encosta na minha vibra conforme levamos as pranchas para a praia.

Tudo nela relaxa quando a água aparece. No segundo em que colocamos o pé na areia, é como se uma barreira se quebrasse. Os ombros dela cedem, completamente livres de tensão. Eu a vejo respirar fundo, seu peito subindo e descendo.

— Senti falta disso — diz.

Estudo o rosto dela, notando o quão difíceis essas últimas semanas devem ter sido. O quão bem ela escondeu o quanto sente saudade de casa, dos amigos e da vida dela.

— Você queria estar lá? — pergunto, olhando para a areia marrom, escura, com algum resquício de lixo a cada cinquenta metros, mais ou menos. — Quer dizer, não que o Havaí se compare a *isso*.

Ela encara o mar e solta um longo suspiro devagar.

— Com certeza sinto saudade. Foi difícil deixar o lugar que guardava tanto da minha mãe, sabe? O lugar onde meus pais se apaixonaram, as praias aonde eles iam e o lugar onde cresci. Especialmente quando já me sinto tão longe dela.

Eu balanço a cabeça, concordando. *Com certeza* entendo isso.

— E, pra ser sincera, sinto saudade dos meus amigos. Sinto saudade dos meus avós. Sinto saudade dos lugares, coisas e pessoas que conheço. — Ela me olha por uma fração de segundo antes de voltar a encarar a água, engolindo em seco. — Mas se eu estivesse lá, não teria feito amizade com você.

Um sentimento quente surge no meu peito. Nós ficamos em silêncio por um momento, e levanto a prancha.

— Você vai me ensinar exatamente o que faço com essa coisa? Quer dizer, se eu quisesse me afogar na praia, provavelmente teria conseguido sem o acessório.

— Não — ela diz, o sorriso irônico enquanto andamos até o mar. — Achei que podia te deixar improvisar.

Ela me mostra como remar, como encontrar o ponto certo da prancha e como trabalhar com a onda em vez de contra ela. Por sorte, a água está bem calma, a maré baixa, e consigo sair do raso na minha quarta tentativa sem ser destroçada, a corrente fraca demais para me puxar para baixo.

Mas não estou tão familiarizada com o mar quanto Blake, então é um pouco assustador sentir o puxão das ondas, mergulhar e lutar com a prancha embaixo de mim. Eu gosto do mar, mas só estive na praia algumas vezes, a maioria quando era mais nova, com meus pais, e uma vez com meus amigos na oitava série.

Enquanto remo, percebo que... não chego a amar estar ali, cercada por *tanta* água, minha confiança dependendo apenas de uma prancha.

Mas a segurança de Blake me estabiliza, a voz dela me dizendo para me mover com a correnteza em vez de contra ela, e lentamente consigo trabalhar junto com a prancha, com o medo e a incerteza, em vez de contra eles.

Penso na conversa que tivemos durante o piquenique. Sobre Matt. Sobre mim e o que significa *ser* eu. Porque vejo agora que não é só ser ousada, nadar pelada e saltar de penhascos.

É também ter medo e me sentir triste e insegura, *todas* as partes de mim, mesmo as que meus amigos não querem ver. É ser verdadeira e honesta, como estou sendo nesse exato instante, todo o resto desaparecendo até restar esse momento de calma e clareza, só Blake, eu e a água que nos rodeia.

Logo estamos sentadas nas pranchas e o sol começa a se pôr no horizonte, minhas pernas penduradas nas laterais enquanto o céu começa a ficar laranja, roxo e azul profundo, a água como um espelho, se enchendo das mesmas cores.

Respiro e parece a primeira vez que faço isso em um milhão de anos, Huckabee, Matt e a mudança se soltando de mim, só por um momento. Pela primeira vez em anos, tão longe de tudo, me sinto livre. Livre das expectativas e da pressão, dos medos e dos cenários catastróficos, dos grupos de amigos brigados, do último ano e de toda uma cidade que acha que sabe exatamente quem você é.

Livre para só ser... eu mesma. Para pensar em quem essa pessoa realmente é.

O que minha mãe estava sentindo que a fez colocar isso na lista?

Ela também se sentia presa? A aluna perfeita que tinha reprovado no exame final e estava em busca de algo mais? Algo *fora* de Huckabee?

Mas então... penso na minha mãe como a conheci e como ela nunca saiu realmente de Huckabee. Como dizia que Huckabee tinha tudo. Mas isso era mesmo verdade? O que a fez mudar de ideia?

Porque, daqui, só consigo pensar que ela estava errada. Não posso evitar pensar em como *minha* vida seria se eu fosse embora de lá.

Olho para cima e vejo gaivotas voando lá no alto, livres e felizes enquanto flutuam pelo ar.

— Igual à sua pulseira — comento, e Blake espicha o pescoço para olhá-las, concordando com a cabeça.

— Aqui — ela diz.

Baixo o olhar e vejo a pulseira na mão dela, gaivotas idênticas às que acabaram de passar cuidadosamente estampadas. Estendo o braço e ela pega minha mão, seus dedos se movendo com cuidado para colocar a pulseira no meu pulso.

— Sua mãe deu ela para o meu pai quando eles estavam no ensino médio, e meu pai passou pra mim quando estávamos nos mudando para Huckabee. Ele disse que ela comprou em uma viagem que eles fizeram para a praia. Na verdade, venho tentando achar um momento pra dar ela pra você e, bem... agora parece perfeito — ela diz. — Agora ela voltou pra casa.

É como se minha pergunta tivesse sido respondida. Olho para a pulseira e percebo... ela sentiu isso. Ela *sabia*.

Ela encontrou esse sentimento em Huckabee. Com meu pai e eu.

Lágrimas surgem nos meus olhos e eu me mexo para secá-las, mas Blake chega primeiro, sua mão encontrando minha bochecha, seu dedão pegando-as gentilmente enquanto caem.

Meu coração acelera quando olho para ela da mesma forma que olhei ontem na piscina, o sol poente pintando todos os seus traços com uma luz dourada, de seus olhos cor de mel até seus lábios cheios.

Só que, dessa vez, derrubei todas as barreiras e abri espaço para que uma constatação apareça, uma que venho evitando desde antes de a minha mãe ficar doente.

Blake me olha bem nos olhos, tão fixamente que quase puxa a verdade para fora de mim.

19.

O verão em que minha mãe recebeu o diagnóstico foi no ano que fiquei uma semana no Misty Oasis. Tinha uma menina no meu beliche. Dominique Flores. Lembro como eu a achava legal. Como seu cabelo preto ficava bonito preso em um rabo de cavalo. Como minhas bochechas ficavam vermelhas toda vez que ela falava comigo.

Eu me lembro de, na viagem de ônibus para casa, sentir o pequeno aperto de algo que agora reconheço como coração partido, porque talvez nunca mais a visse de novo (ou *definitivamente* não a veria, porque com certeza eu NÃO voltaria ao Misty Oasis, não importava o quanto Kiera implorasse).

Tudo o que eu queria era descer do ônibus e conversar com a minha mãe sobre isso. Contar a ela enquanto estivéssemos desfazendo as malas à noite, ou me sentar no chão do closet na manhã seguinte enquanto ela se arrumava, a confusão de sentimentos inesperados da semana anterior brotando dos meus lábios.

Mas no segundo em que vi minha mãe quando saltei do ônibus, soube que algo estava errado. No caminho para casa, ela não falou do bingo que aconteceria no dia seguinte e ficava rodando a moeda da sorte nas mãos.

Então eu notei.

O band-aid do acesso. As olheiras sob os olhos. As dores de cabeça, tonturas e náuseas dos últimos meses finalmente haviam sido investigadas... e o resultado foi câncer estágio IV.

Então fomos tomados por consultas médicas e cirurgias, minha mãe ficando cada vez mais doente, definhando diante dos meus olhos, e acabei ignorando aquele sentimento. Enterrei tudo dentro de mim. Nosso tempo no closet de manhã se transformou nela apoiada na beirada da cama, para onde eu levava uma muda de camiseta larga e calça de moletom. Nossas sextas no bingo passaram a ser noites no hospital, o maquinário apitando alto em volta de nós enquanto eu corria até o corredor para comprar um lanche que ela se sentia enjoada demais para comer. Seu cabelo castanho, idêntico ao meu, foi cortado curto e depois, em um piscar de olhos, sumiu completamente.

Logo, aquele sentimento não era nada mais que uma pequena interferência no meu radar, algo muito pequeno e insignificante comparado a todo o resto que estava acontecendo. Depois Matt começou a aparecer para me fazer companhia no hospital, levando flores para minha mãe e segurando minha mão na sala de espera, minha mãe sussurrando para eu finalmente dar uma chance a ele. Parecendo tão certa sobre ele. Esse menino que tinha sido meu parceiro em tantas aventuras durante todo o fundamental, que tinha um crush eterno em mim, esteve presente quando mais precisei de alguém.

Então dei uma chance.

Mas aquela inquietação nunca desapareceu. Depois que minha mãe morreu, ela só se tornou impossível de encarar.

Pensar em Matt e na minha mãe me joga com tudo de volta à realidade, para o caminho traçado para mim tantos anos atrás. E é provavelmente por isso que eu me afasto de Blake com tanta força a ponto de a prancha virar e eu cair na água.

Sou pega pelas ondas e vou como uma roupa na máquina de lavar até a costa, de ponta-cabeça, a prancha voando para longe de mim. Meu nariz se enche com tanta água do mar que meu cérebro dói. Bem quando acho que recuperei o equilíbrio, outra onda me acerta e me lança para fora da água como um fogo de artifício do Quatro de Julho. Eu me deito na areia, engasgando enquanto Blake resgata a prancha e *então* vem ver como estou.

Bom saber que ela entende bem suas prioridades.

— Tudo bem? — pergunta, tentando não rir do meu dramático eu encalhado.

Faço uma careta e me sento, areia grudada nas costas, algas na lateral da minha cabeça.

— Blake, eu juro… se você rir, vou…

Minha voz se perde quando ela inclina a cabeça, seus ombros sacudindo em silêncio com a risada. Arranco as algas do rosto, sem humor para brincar ainda, e agarro a prancha, indo na direção da caminhonete.

— Em! Poxa vida… Me desculpa — ela diz, vindo atrás de mim.

Fico sem dizer nada enquanto guardamos as pranchas e pegamos nossas coisas para trocar de roupa.

Quando estou bem fechada na cabine do banheiro, eu me viro e apoio minha cabeça contra a porta.

Poxa vida, Em.

Não vou arruinar minha noite de liberdade por causa de uma miniprancha de surfe. E de… borboletas gigantes no estômago.

A LISTA DA SORTE **207**

Quando saio, Blake está parada bem na porta segurando dois algodões-doces cor-de-rosa gigantes. Ela estende um deles para mim com um sorriso manso no rosto.

— Desculpa por ter rido de você.

Pego um e a toco de leve.

— Tudo bem.

Nós caminhamos pela madeira gasta do calçadão, desviando das pessoas, o ar cheio de vozes e risadas, a nuvem açucarada do algodão-doce derretendo na minha boca. Um sino toca alto ao nosso lado, anunciando uma vitória no jogo de pistolas d'água. A recompensa é um urso imenso, mais ou menos do tamanho do cachorro de Blake, Winston.

Blake para, seus olhos seguindo o urso pela multidão.

— Você quer...

O dinheiro já está fora da minha carteira e na mão do vendedor, a frase dela pela metade. Deslizo para um dos bancos soltos, pronta para começar.

Blake se senta ao meu lado, e duas crianças e um velho ocupam os três lugares restantes.

O vendedor repete as regras enquanto fecho um dos meus olhos e alinho minha pistola d'água.

Atire água no alvo. Erga a plataforma com o urso assustador. Ganhe o prêmio.

Fácil.

— Pronta para perder, Clark? — Blake sussurra quando o vendedor começa a contagem regressiva.

— Vai sonhando. — Bato na pistola dela para desalinhá-la e começo a atirar com a minha quando a sineta toca, acertando o alvo imediatamente, meu urso vermelho se erguendo no ar e vencendo por pouco o vovô a dois bancos de distância.

— Droga — Blake diz quando ouve o barulho acima das nossas cabeças. Olho para o lado e vejo que o urso amarelo dela não se moveu nem um centímetro. — Tirei as lentes de contato para mergulhar no mar e agora não consigo enxergar nada. Meus olhos estavam secos demais para colocá-las de volta.

— Desculpas, desculpas — digo enquanto sou recompensada com um urso enorme com um laço listrado de amarelo e preto amarrado no pescoço.

Eu me viro e vejo Blake revirando sua mochila. Ela puxa uma caixa de óculos e faz uma careta quando a abre e bota um par de óculos familiar, maior que o estado do Texas e idêntico ao que ela usava anos atrás.

Ela. Ficou. Adorável.

Blake suspira.

— É horrível, não é?

— De jeito nenhum. — Sacudo a cabeça. — Ficou uma graça, na verdade. — Sinto minhas bochechas ficando vermelhas com essas palavras.

Mas não mais vermelhas que as de Blake.

As sobrancelhas dela se erguem, incrédulas, seus olhos levemente aumentados pelas lentes grossas.

— Espera. Sério?

— Sim — digo, com um aceno de cabeça. — Bem Natal de 2011.

Depois que ela põe os óculos, é fim de jogo para mim. Literalmente.

Ela ganha o jogo de argolas, dardos e cestas, nossas mãos se tocando de leve enquanto vamos de barraca em barraca, cabeças de bichinhos de pelúcia se projetando para fora da mochila de Blake. Toda vez que os dedos dela roçam o dorso da minha mão, é como um choque de eletricidade, uma sensação quente e vibrante de uma forma nova e estranha.

Já voltando para a caminhonete, nós paramos em uma barraca cheia de placas coloridas anunciando "Churros! os melhores do calçadão! limonada fresca!", embora a embalagem de limonada pronta ainda esteja em cima do balcão. Compramos a promoção de dois cachorros-quentes por cinco dólares que vem com dois copos cheios até a boca de limonada-não-tão-fresca e os comemos na caminhonete, durante o percurso de duas quadras até a casa da tia dela.

Quando chegamos lá, uma versão feminina de Johnny Carter, de camisa branca e chinelos, abre a porta do pequeno bangalô branco e nos manda contornar para o quintal de trás. Eu só a vi em fotos ou ouvi histórias contadas pela sra. Carter. Ela saiu de Huckabee logo depois do ensino médio e só volta quando é absolutamente obrigada a isso.

— Tia Lisa! — Blake diz, a porta abrindo com um rangido. Ela salta para dar um abraço na mulher.

— Nove da noite — tia Lisa diz, checando o relógio. — Já passou do meu horário de dormir! Você sabe que o amanhecer é a melhor hora para surfar por aqui.

Ela sorri para mim, um braço ainda passando pelos ombros de Blake.

— Você deve ser a Emily. Deus, você é igualzinha à sua mãe.

Eu devia ter previsto isso. Mas não dói mais como costumava, as palavras de Blake no dia que encontramos a caixa estão se tornando minha realidade nesse verão, manter viva a memória dela.

Um sentimento caloroso vem com isso e se irradia pelo meu peito.

Eu sorrio de forma educada.

— Obrigada por nos deixar ficar...

— No meu *quintal*? — Ela desdenha, jogando as mãos para o alto.

Nós planejamos acampar na caçamba da caminhonete de Blake em uma tentativa de cumprir o item seis da lista: dormir sob as estrelas.

— Ah, por favor, tia Lisa. Você está me dizendo que não fez coisa pior quando tinha nossa idade? — Blake diz, e nós trocamos um olhar cúmplice idêntico, sobrancelhas erguidas, sorrisos irônicos no rosto.

— Você me pegou, Blake — ela diz enquanto subimos os degraus e passamos por uma porta de tela até uma varanda coberta, decorada com móveis listrados de branco e azul, um ventilador de teto branco girando acima de nós. Pego o celular e mando uma mensagem para avisar que chegamos.

— Então, como vão as coisas em Huckabee? — tia Lisa pergunta quando nos jogamos nas cadeiras. Ela põe os pés em cima da mesinha de centro. — Estou sinceramente surpresa por você não ter fugido pra cá antes.

— Não é tão ruim. Definitivamente ainda estou me acostumando com... — sua voz se perde enquanto ela procura a palavra certa. — Bom, *com tudo,* eu acho.

— É — tia Lisa assente. — Acho que *nunca* me acostumei. E eu *nasci* lá!

Ela pergunta o que temos feito nesse verão e deixamos a lista de fora, mas contamos sobre nossas aventuras no penhasco, nadar peladas na piscina pública de Huckabee e roubar uma maçã do Pomar do Snyder.

Ela ri da última.

— Ah, eu bem que tentei essa. Fui pega a meio caminho do corredor das galas. Fiquei com o olho roxo por uma semana.

Logo todas nós começamos a bocejar, e tia Lisa nos leva para dentro da casa para pegar alguns travesseiros.

O bangalô é tão bonitinho por dentro quanto por fora. Chão de madeira, paredes brancas e móveis claros, pé direito alto com vigas expostas.

— O banheiro é por ali — tia Lisa diz, indicando um pequeno corredor. Ela aponta para uma porta. — O quarto extra é aqui — ela acrescenta, empurrando outra porta com o pé e nos dando os travesseiros das duas camas ali dentro. — Se ficar muito frio lá fora e vocês amarelarem, fiquem à vontade para entrar. Vou deixar a porta destrancada.

Ela joga um cobertor xadrez na pilha de Blake, cobrindo-a completamente como se fosse um fantasma.

— Acho que vocês têm tudo — ela diz, rindo consigo mesma enquanto voltamos pelo corredor para a porta de tela. Ela a abre para nós. — Me avisem se precisarem de algo. Senão, vejo vocês no café da manhã.

— Obrigada! — respondemos em coro, a porta se fechando atrás de nós.

Blake tira as pranchas da caçamba e estende o cobertor. Nós nos sentamos encostadas na cabine, apoiadas na pilha de travesseiros, com o que restou das nossas enormes limonadas nas mãos. Ainda ouço o sussurro do oceano, a maré indo e vindo.

Quando o braço de Blake roça no meu, como fez tantas vezes no calçadão, eu não me afasto. Não sei se é de propósito ou só acidente, mas, por um momento, só por essa noite, eu me permito estar onde estou. Bem aqui com ela.

Isso enche meu peito com uma sensação que torna a limonada mais doce, a noite viva, o vento batendo no meu cabelo ainda molhado enquanto ficamos sentadas ali, juntas, o murmúrio suave de um rádio ao longe.

Olho para Blake quando ela estende o braço para pegar um travesseiro e noto uma tatuagem logo abaixo de seu sutiã preto, visível pelo buraco na sua regata. São as palavras "eu te amo" pintadas com clareza na sua costela.

— Gostei da sua tatuagem — digo, me perguntando como seria tocá-la. Traçar as palavras. — Não sabia que você tinha uma.

Blake baixa o olhar para as palavras na lateral do corpo, sorrindo.

— É a letra da minha mãe. Ela me escreveu uma carta um dia antes de entrar em trabalho de parto. — O rosto dela fica pensativo enquanto arruma cuidadosamente o travesseiro atrás de si. — É como se ela soubesse, sabe? É como se ela soubesse que não ia sobreviver.

— Talvez ela soubesse mesmo. Talvez, em algum nível, ela soubesse. — Pela primeira vez em muito tempo, penso na minha mãe no dia em que ela morreu. — Na semana antes da minha mãe morrer, ela estava com muita dor. — Os médicos tentaram de tudo. Morfina. Fentanil. Nada funcionava. — Então, no último dia, ela estava... completamente em paz. Era quase como se uma calma tivesse se instalado no quarto. Como se ela soubesse o que estava pra acontecer.

Ficamos em silêncio por um minuto, os únicos sons o ruído do rádio, o quebrar das ondas que rolam regularmente para a areia, uma depois da outra.

— O que dizia? A carta dela? — pergunto.

Blake tira os óculos e inclina a cabeça para trás.

— Várias coisas. Que ela me amava. Que queria que eu vivesse uma vida plena e feliz. Que eu era sua pessoa favorita e ela ainda nem me conhecia. — Um sorriso brota nos lábios dela. — Mas também coisas que fazem sentido para mim *agora,* sabe? Tinha uma linha lá tipo "acredite em mim, Blake, até mesmo os lugares e pessoas mais inesperados podem se tornar as maiores aventuras". E então eu me mudei para *Huckabee* e conheci você e isso se tornou real de uma forma totalmente nova. Sinto que toda vez que a leio, tiro algo novo.

Não posso negar o fato de que literalmente parei de respirar por um segundo com as palavras dela.

— Eu com certeza entendo isso — digo quando finalmente recupero o ar e Blake se mexe para me olhar.

— Qual a sensação? — ela pergunta. — De fazer a lista?

— Bem, é meio tipo o que você disse naquele dia na minha casa. Me sinto mais perto dela. — Penso por um minuto em tudo que mudou desde o dia em que encontrei a lista. O quanto *eu* mudei, a lista e minha mãe me guiando de formas novas e inesperadas. O momento de clareza que tive na praia, sobre sair de Huckabee. A queda livre quando saltei do penhasco. Até esse momento agora, conversando com Blake.

— Mas é mais que isso. Fazer essa lista fez eu me sentir mais eu mesma. Mais como eu era antes...

Minha voz se perde e dou de ombros, sacudindo a cabeça.

— Não sei. Me fez sentir que não preciso me preocupar o tempo todo com perder tudo, ou em me machucar, ou que tudo vai desmoronar à minha volta. Como se eu pudesse arriscar sabendo que nem tudo vai ser uma catástrofe só porque uma vez foi. Como se eu tivesse... não sei.

— Sorte? — Blake pergunta, e a palavra parece elétrica.

É a palavra que minha mãe usaria.

— É — concordo, a palavra parecendo certa pela primeira vez em muito tempo, não um fardo ou mais uma mentira. Um sentimento que achei que havia perdido completamente. Um sentimento que achei que nunca iria voltar. — Sorte.

— Então isso torna essa lista algo maior ainda. É uma lista *da sorte* — Blake diz, e eu gosto da ideia.

— Nossa, isso é a cara da minha mãe. Ela teve sorte até ficar doente, é o que eu acho.

Blake fica em silêncio, deixando um espaço para que eu continue, ou fuja.

Pela primeira vez, não fujo. Eu me deixo sentir tudo, deixo que a dor e o sofrimento venham até mim.

— Ela era tipo um pé de coelho ambulante, sempre entrando nas coisas como se as chances estivessem a favor dela. Como se *precisassem* estar. Uma vez, fomos ao festival de outono de Huckabee e ela comprou apenas *um* bilhete da rifa para ganhar uma cesta de prêmios. As pessoas compram *milhares* de bilhetes, mas ela ganhou com apenas um. — Balanço a cabeça, me lembrando do ultraje de Jim Donovan. — Ela sempre tinha tanta certeza das coisas. Mesmo quando começou a ter essas dores de cabeça e tonturas. Acho que ela pensou que estava bem. Acho que *eu* pensei que ela estava bem.

Eu a vejo deitada no sofá, uma compressa sobre a cabeça, esperando o analgésico fazer efeito.

— Naquele verão, fui para o Misty Oasis, onde minha melhor amiga está agora. Eu sabia que ela finalmente iria ao médico enquanto eu estivesse fora, mas eu... nem estava preocupada com isso. Achava que não era nada.

Lágrimas brotam nos meus olhos, mas luto para continuar, as palavras que mantive escondidas dentro de mim se atropelando para sair.

— Eu *deveria* ter pensado que era. Glioblastoma estágio quatro. Eu deveria ter insistido para ela ir ao médico mais cedo. Deveria ter ficado ao lado dela todo minuto. Mesmo depois do diagnóstico, achei que ela venceria as estatísticas, porque ela sempre tinha feito isso. Achei que ela venceria porque *ela* pensou que iria. Até aquela última semana.

Respiro fundo, visualizando minha mãe, seu corpo frágil, o rosto fundo, a sensação da mão dela na minha no último dia. Ossuda, fraca, frágil. A expressão estranha no rosto dela, *sabendo* o que viria. Dizendo que estava tudo bem quando *não estava*. Nós poderíamos ter tido ao menos uma chance se ela tivesse tomado mais cuidado. Se tivesse ido ao médico antes.

— É como se todo o azar que ela nunca teve tivesse batido de uma vez. Não foi um daqueles pequenos milagres quando dizem que você tem semanas de vida e você ganha meses, ou um ano, ou uma década. Eles deram seis meses e ela não chegou a dois. — Olho para Blake. — A sorte dela acabou, Blake. *Minha* sorte acabou.

— Ei — ela diz, estendendo a mão e encostando no meu braço. — Emily, você não pode pensar assim. — Ela chega mais perto de mim, nossas pernas se tocando. — Você não pode medir a vida de uma pessoa desse jeito. — Ergo o olhar e vejo o rosto dela sério. — Quer dizer, se fosse assim, então eu teria que viver a vida pensando que sou o motivo da minha mãe ter morrido, sabe? Que fui a pior coisa, o maior azar que aconteceu para os meus pais.

Penso em Johnny e como ele olha para Blake, como se ela fosse todas as coisas boas do mundo combinadas. O que talvez realmente seja.

— Mesmo que nossas mães tenham vivido vidas tão curtas, pense em quanta coisa *boa* teve nelas. As pessoas para quem elas foram importantes. As vidas que tocaram. As aventuras que tiveram. As listas que completaram. Elas tiveram sorte, Em. *Todos nós* temos sorte. Não porque tudo dá certo, mas porque podemos acordar todo dia de manhã e arriscar, cometer erros e continuar tentando.

Fico quieta, absorvendo as palavras dela. Quero tanto acreditar nelas...

Todos os momentos desse verão até agora passam pela minha cabeça. Da busca frenética por respostas na página de um livro até saltar de um penhasco, ou nadar pelada na piscina de Huckabee, e este momento... sem fugir do que pode acontecer, mas correndo na direção de algo, de uma nova visão de quem eu posso ser. Uma Emily que tive medo demais de imaginar como seria sem a mãe.

Mas *eu* ainda estou aqui... *ainda* tenho tempo de tentar.

E quero fazer isso.

Respiro fundo, grata pelas estrelas brilhantes acima de nós, pela minha mãe e a lista da sorte, que me trouxe até aqui. Mas também por Blake Carter, a garota que sugeriu que eu fizesse a lista. A garota que esteve ao meu lado o tempo todo, falando francês e me encorajando a provar coisas novas, me garantindo que *vai dar tudo certo* com aquele seu sorriso travesso. A garota cuja mão está a um dedo de distância da minha, apoiada no cobertor preto e vermelho que ela estendeu na caçamba da sua caminhonete.

Só a ideia de mexer minha mão e tocá-la faz parecer que soltaram fogos de artifício dentro de mim.

E eu não estaria pegando a mão dela porque ela está me ajudando a subir no topo de um penhasco, ou me puxando para fugir da piscina antes que um carro da segurança nos alcance.

Eu estaria segurando a mão dela porque eu...

Paro de respirar e me aproximo dela, Blake inspirando forte quando nossas mãos finalmente se encontram no escuro, nossos dedos se tocando muito de leve, minha mão dançando em volta da dela e então deslizando lentamente para sua palma. Não estamos olhando uma para a outra, mas consigo sentir a eletricidade no ar, minha cabeça flutuando como nunca antes quando sinto o toque do dedão fazendo círculos no dorso da minha mão.

Dessa vez, a única coisa que estou contando é quantos segundos mais posso fazer esse momento durar.

20.

A primeira coisa que sinto quando acordo é a mão de Blake ainda segurando a minha.

Então, abro os olhos e vejo o rosto dela a centímetros do meu, com os olhos ainda fechados. Ela parece completamente em paz, tão linda e serena sob a luz da manhã, uma mecha de cabelo dourado de sol presa em seus cílios escuros.

Estendo minha mão livre para afastá-la, mas ouço um estrondo alto quando a porta de tela se abre. Puxo minha mão rapidamente, meus dedos se fechando na palma quando a voz de tia Lisa nos chama.

— Café em cinco minutos, mocinhas! Venham enquanto está quente!

Os olhos de Blake se abrem lentamente e encontram os meus. Sustento o olhar dela por um longo momento e só desvio o meu quando minhas bochechas começam a queimar. Não quero que ela pense que eu sou esquisita porque fiquei olhando ela dormir.

Solto meus dedos dos dela e me sento, deslizando com cuidado para a borda da caminhonete, meus olhos examinando a luz azul do horizonte, a mágica da noite passada ainda no ar, mas mais fraca sob a luz do dia.

Ela suspira profundamente e me segue de perto.

— Escuta, não estou dizendo que não foi divertido — ela diz enquanto passa por mim, saltando para a grama e esfregando seu ombro esquerdo. — Mas dormir na caçamba de uma caminhonete não foi nossa melhor ideia.

Eu rio e pulo atrás dela, minhas costas latejando, entendendo a dor. O metal duro da caçamba foi bem cruel. Nós recolhemos os travesseiros e cobertores e nos arrastamos para a porta de metal.

— Admite — Blake diz por cima de sua pilha de travesseiros. — Quantas vezes você pensou em desistir e ir dormir do lado de dentro?

Rio e abro a porta para ela.

— Só sete vezes. Talvez oito. Você?

Não digo que não sei se foi por causa da caçamba dura ou porque foi difícil dormir com ela tão perto de mim.

— Nenhuma vez — ela diz, me fazendo parar.

Não quero achar que as palavra dela são mais do que realmente são, mas ainda sinto uma pequena onda de esperança na boca do estômago. Escondo isso apertando meus olhos, suspeitando de sua resposta, enquanto deixamos os travesseiros no quarto de hóspedes.

— Mentira.

Ela cede.

— Praticamente de hora em hora — admite ao deslizar por mim na direção do corredor, perto o suficiente para um arrepio subir pelo meu braço.

***

— Acho que estamos chegando — anuncio, sentindo o cheiro de estrume penetrar na caminhonete. Como se tivéssemos ensaiado, começamos a levantar freneticamente as janelas para bloquear o cheiro.

Blake confirma, olhando para o GPS no celular.

— Menos de meia hora.

Encosto minha testa no vidro e observo as fazendas familiares passarem, e meu longo suspiro condensa no vidro da janela.

Quase entendo como Kiera deve estar se sentindo. Quer dizer, depois de ontem, eu também não quero muito voltar para Huckabee.

Foi difícil deixar tia Lisa essa manhã, a praia, o sol e as possibilidades. O retorno a Huckabee é como cair de cara na realidade em muitos sentidos, mas, mesmo assim, quanto mais nos aproximamos, mais me sinto... esperançosa.

Cruzo uma perna por baixo do corpo enquanto vejo fotos da nossa viagem. Passeio pelas que tirei nesse verão, todos os itens que cortei da lista, e então pelas do segundo e primeiro anos do ensino médio, e volto mais ainda até me ver cara a cara com minha mãe e a tatuagem dela.

No meio do inverno, descobri que havia em mim um verão invencível.

As palavras que eu não conseguia entender antes de repente ganham um significado, como tinham para ela. Depois de tudo que aconteceu, eu fiquei tão... presa. Tão mergulhada no inverno que não parecia que conseguiria encontrar uma saída. Tudo o que eu via eram as possibilidades de todas as coisas darem errado.

Mas quando estou passeando por aí com Blake, ou sentada na caçamba da caminhonete dela, ou entrando em uma nova aventura, eu sinto. Eu me sinto invencível.

Como minha mãe se sentiu.

Naquele verão, ou quando estava cuidando de mim, ou mesmo no seu último dia, segurando minha mão, o quarto cheio de uma calma absoluta. O câncer não podia mais tocá-la.

E é esse sentimento invencível que me faz ir da tatuagem da minha mãe para a conta de Instagram do Sycamore Tattoos. Imediatamente, vejo um desenho de uma cueca com braços e um rosto segurando uma placa que diz: "Promoção de tatuagem do dia nacional da roupa de baixo!"

Quer dizer, *quem* faria uma tatuagem no Dia Nacional da Roupa de Baixo? Exceto, bem...

— Blake — digo, não querendo que a aventura termine ainda. — Vamos fazer isso.

Ergo meu celular e ela olha rapidamente para ele.

— Dia Nacional da Roupa de Baixo? O que é isso?

— O quê? Você nunca comemorou?

— *Alguém* já?

Olho para o meu celular, a pequena cueca do Sycamore Tattoos me encarando de volta.

— O estúdio de tatuagem sempre faz essas promoções em datas comemorativas aleatórias. — Toco duas vezes na foto, dando um like. — Você faz uma tatuagem por, tipo, cinquenta pratas. Eles têm um fichário enorme de promoção e tudo mais.

— Espera. Um fichário de *promoção*? Um fichário de promoção para tatuagens? — Blake pergunta. — Isso é...

— Isso é Huckabee — explico, com uma risada.

— Bom ponto. — Ela assente, parando para examinar as fazendas ao redor. — O que você vai fazer?

— Tenho uma boa ideia — digo, estendendo o braço para colocar o Sycamore Tattoos no GPS.

* * *

O lado de dentro do estúdio é surpreendentemente escuro, considerando a luminosidade que imagino ser necessária para tatuar.

As paredes são cobertas de desenhos coloridos, emoldurados em uma tentativa de preservação, mas os cantos ainda assim estão amarelando com o tempo. Abaixo deles, há algumas cadeiras dobráveis pretas com os assentos meio tortos. É um jogo de roleta russa pegar uma que não vai desmoronar.

Olho para a sala que fica atrás do grande balcão, onde, em frente a uma cortina vermelha desbotada, um cara enorme com barba grisalha e comprida e uma bandana vermelha está no meio de uma tatuagem de um intrincado coração no pulso de Katie Moore, a irmã mais velha de uma menina da minha sala.

Você jamais imaginaria que o melhor atacante que o time de futebol americano da escola de Huckabee já teve poderia tatuar algo tão delicado, mas Big Eddie é um verdadeiro artista. E um coração mole total. Acho que talvez ele tenha sido quem mais chorou no funeral da minha mãe, e eles só se conheciam de vista da escola.

— Ei, Big Eddie! — chamo.

Ele ergue o olhar, um sorriso enorme se abrindo quando vê que sou eu, os olhos quase desaparecendo atrás de suas bochechas redondas.

— Emily! Veio aproveitar a promoção?

Faço que sim, dando um tapinha no enorme fichário na minha frente no balcão, folhas com desenhos escapando para fora dele. Blake se inclina por cima do meu ombro, o rosto dela se iluminando quando vê as palavras desbotadas escritas com canetinha preta na capa: "Pasta de promosão".

A LISTA DA SORTE   **223**

— Vamos torcer para ele saber tatuar melhor do que sabe ortografia — ela sussurra.

Eu lhe dou uma cotovelada e ela me dá uma de volta, um enorme sorriso surgindo no seu rosto.

— Você não vai amarelar dessa vez, vai? — Big Eddie pergunta, a máquina de tatuagem vibrando de novo enquanto ele se inclina por cima do pulso da menina.

Faço uma careta de vergonha. Desvio o olhar para Blake e vejo que ela está prestes a abrir a boca para me provocar.

— Se você disser uma palavra, nunca mais falo com você.

— Isso vai ser bem difícil, considerando que sou sua carona para casa — ela diz, se inclinando casualmente no balcão.

Eu a olho feio antes de voltar minha atenção para Eddie.

— Posso fazer alguma coisa que *não* está na pasta de promoção?

— Não dá, Em — ele diz, seus olhos focados na tatuagem que está fazendo. — Você conhece as regras da promoção.

Meu coração aperta, mas eu me recuso a dar para trás agora. Sim, esse é um verão invencível. Mas é o *meu*.

Talvez minha tatuagem não precise ser igual à da minha mãe.

Talvez eu deva fazer isso para mim.

Determinada, eu me inclino por cima das páginas do fichário. Uma borboleta roxa, um diabo fumando um cigarro, uma xícara de café com uma auréola, um bode descabelado. Não tenho ideia de como tudo isso acabou espremido na mesma folha de papel, mas todas as páginas são assim.

Nenhum tema. Só desenhos pequenos e aleatórios em um fundo branco.

Blake aponta para um pedaço de pizza usando óculos de sol, achando graça.

— Onde você faria uma tatuagem dessas?

— Ah, essa com certeza é uma tatuagem pra bunda — respondo.

— Bom, é para onde pizza vai, de fato.

Nós continuamos a olhar, o fichário lentamente passando da metade. Sinto uma pequena pontada de medo no estômago, preocupada que talvez não ache nada. Nada que realmente *signifique* alguma coisa.

Enfio a mão no bolso, meus dedos instintivamente envolvendo a moeda.

Mais duas páginas passam. Então mais três.

Nada.

Viro mais uma página e de repente lá está, me chamando. Um pequeno girassol, o amarelo profundo da mesma cor quente que os girassóis no jardim da minha mãe. Os mesmos que meu pai coloca no túmulo dela todo ano.

É como se fosse um *sinal*. Algo real e significativo nesse fichário enorme cheio de imagens cômicas. Sorte.

Afasto o fichário pesado, fazendo um sinal positivo enfático com a cabeça, o medo se afastando de mim.

— Escolheu um? — Blake pergunta, seus olhos examinando a página com ansiedade.

— Sim, é...

Ela agarra meu braço, me impedindo.

— Não diga! Eu quero adivinhar.

Ela aperta os olhos, mas não tira a mão, seu olhar indo de mim para as imagens, suas sobrancelhas escuras se franzindo enquanto ela observa a página.

Finalmente, ela toca o girassol e me olha ansiosa.

— Um girassol! Como no jardim da sua mãe.

Confirmo, um sentimento caloroso enchendo meu peito com a validação dela.

A LISTA DA SORTE **225**

— Quer dizer, foi uma escolha difícil entre girassol e o donut dançante...

— Justo — ela diz, saindo do caminho quando Big Eddie passa com a garota recém-tatuada.

— O que vai ser? — ele pergunta ao se enfiar embaixo do balcão para pegar uma prancheta.

Aponto para o girassol e ele assente, dando uma rápida olhada em Blake antes de pegar uns papéis e prendê-los com o clipe de metal da prancheta.

— Vai fazer uma? — ele pergunta.

Blake sacode a cabeça.

— Hoje não! Mas talvez eu volte para o pedaço de pizza com óculos de sol.

Big Eddie estende a prancheta para mim e solta uma risada baixa.

— Você ficaria surpresa com a quantidade de gente que escolhe aquela. — O olhar dele volta para mim. — Onde vai fazer a sua, Em?

Toco na pele nua do meu antebraço, tentando imaginar esse espaço não mais suave e branco. Eu me pergunto se foi estranho para ela também, se escolheu esse lugar porque sempre o veria e lembraria.

Ele aponta com a cabeça para as cadeiras da sala de espera.

— Leia esses documentos todos e assine. Vou preparar tudo.

Consigo escolher uma cadeira estruturalmente segura, mas Blake, por outro lado, vê a dobradiça de plástico ceder quase completamente quando se senta. Ela se equilibra de forma instável na beira da cadeira, seus olhos arregalados, no aguardo do colapso total.

A expressão dela me faz rir tanto que preciso de toda a minha força para voltar a atenção para a prancheta na minha frente.

Eu examino os papéis enquanto Big Eddie cobra Katie e então prepara tudo para a minha tatuagem. A maior parte é bem autoexplicativa, falando sobre infecções e como Big Eddie sempre esteriliza tudo e usa agulhas limpas e tudo mais. Embora eu consiga literalmente *vê-lo* limpando tudo agora, um mês atrás eu teria saído correndo porta afora depois de ter procurado "infeções de tatuagem" no Google, o cenário catastrófico guiando minha decisão.

Como em fevereiro passado, quando vim com Kiera.

Não há como negar que os pensamentos ainda aparecem dessa vez. Mas, quando acontece, penso em quão incrível essa tatuagem vai ficar. Como outro item da lista vai ser cortado. Como minha mãe deve ter se sentido nesse exato momento.

O peso de todos esses pensamentos vence de longe o cenário catastrófico, me fazendo seguir em frente ao assinar na linha pontilhada, meu medo não mais paralisante.

Big Eddie volta para pegar a prancheta e aponta para a cadeira de tatuagem de couro falso que fica no meio da sala.

Vou até lá e deslizo para cima dela, o couro rangendo alto quando eu me equilibro na ponta. Big Eddie me faz colocar o braço no descanso e o higieniza com álcool. Fico surpresa ao vê-lo pegar uma lâmina para raspar o pelo fino e castanho do meu braço direito, a pele pinicando. Ele aplica um estêncil do girassol, transferindo-o para o meu braço com água, seus dedos grossos trabalhando com cuidado enquanto puxa lentamente o papel.

E, de repente, lá está. Minha futura tatuagem. Eu inspiro lentamente, absorvendo tudo.

— Está bom assim? — ele pergunta. — Tem um espelho ali, se você quiser checar.

Eu me levanto e ando até o espelho pregado atrás de uma porta velha de armário, girando meu braço para a direita e a esquerda no reflexo. A flor se destaca contra minha pele branca. Bastante. Meus olhos encontram Blake no reflexo e hesito, mas ela balança a cabeça fazendo que sim com certeza absoluta e cruza os braços.

— É a escolha perfeita. Sua mãe iria amar.

Engulo as lágrimas que começam a borbulhar com essas palavras e volto para a cadeira de tatuagem, colocando meu braço de volta no apoio.

Big Eddie prepara a tinta enquanto Blake puxa um banquinho para perto e se senta em frente a ele, que de repente está me perguntando:

— Pronta?

E é aí que meus olhos encontram o brilho da agulha prateada.

— Hum...

Big Eddie para de repente e me examina.

Estou pronta para isso? Então penso em todos os outros itens da lista. Como não me arrependo de nenhum deles.

Tudo o que tinha na lista da minha mãe me fez sentir mais próxima não apenas dela... mas também da pessoa que realmente quero ser. E a tatuagem é um lembrete disso.

Blake puxa o banquinho mais para perto e estende a mão para mim. A mesma mão que eu segurei noite passada, sob um cobertor de estrelas.

— Você pode apertar quando doer, ok? — ela diz. — Vai acabar rapidinho.

Solto meus dedos do apoio e coloco minha palma suada na mão seca e suave dela, seus dedos envolvendo com segurança os meus, o sentimento familiar, atordoante, me distraindo.

— Tudo bem? — Big Eddie pergunta de novo, a máquina de tatuagem vibrando.

Dessa vez confirmo com a cabeça.

Ele abaixa a agulha e a pressão vai de irritante para desagradável e depois dolorida. Faço uma careta e aperto a mão de Blake com mais força conforme a dor vai de uma picada desconfortável para debilitante.

Mesmo quando aperto com força suficiente para os dedos dela perderem a cor, ou para os ossos estalarem, Blake não tira a mão. Ela fica comigo, como fez o verão inteiro.

Fecho os olhos bem apertados e conto até cinco repetidas vezes na minha cabeça, até que o zumbido para, dando lugar a um silêncio absoluto.

Abro um olho e então o outro, espiando para ver o resultado.

A aparência é diferente do girassol desenhado na página daquele enorme fichário, algo nas cores e nas formas se transformou na luz tênue desse estúdio de tatuagem.

O girassol no meu braço parece *vivo*. Como se tivesse acabado de ser colhido do jardim da minha mãe. As pétalas são de um amarelo brilhante idêntico, o caule de um verde suave.

— Ficou bom? — Big Eddie pergunta, hesitante.

Eu faço que sim, tentando de novo não chorar.

— Ficou *igualzinho* aos do jardim da minha mãe. Obrigada.

É parte dela. Parte de mim. Uma parte de *nós* que nunca pode ser levada embora. Não importa aonde eu vá, sempre terei isso.

Ele coloca um plástico em volta, prendendo com zelo enquanto me passa instruções de cuidado. Pela primeira vez na minha vida, eu mal ouço, meus olhos fixos no girassol e na pele vermelha em volta dele. Minha visão borra quando penso no antebraço da minha mãe, a tatuagem dela

A LISTA DA SORTE **229**

no mesmo lugar da minha, outra experiência compartilhada que temos agora.

Não achei que teríamos mais experiências como essa, e agora tenho várias.

Finalmente relaxo e solto a mão de Blake quando vamos até a frente do estúdio, minha palma formigando sem a constante pressão da dela ali. Ela alonga os dedos, sorrindo para mim.

— Todos os meus dedos ainda se mexem! Estou chocada — ela provoca.

Sorrio para ela enquanto pago Big Eddie. Um sentimento feliz e quente começa a surgir, inflando como um balão até ocupar meu peito inteiro.

Logo estamos passando pela porta da frente, as sinetas enroladas em volta da maçaneta tocando alto atrás de mim.

— Eu fiz, porra! Eu fiz uma tatuagem! — grito na rua vazia, adrenalina correndo pelas minhas veias.

Blake me dá um grande sorriso, observando com uma expressão divertida enquanto faço uma dancinha.

Antes que eu possa processar o que estou fazendo, jogo meus braços em volta dela, minha pele vibrando quando as mãos de Blake se enrolam em volta da minha cintura e meu queixo descansa em seu ombro.

Eu me afasto antes que ela possa sentir quão rápido meu coração está batendo.

21.

Quando chegamos à minha casa, fico surpresa ao perceber que meu pai está, sua caminhonete na entrada.

— Isso é estranho — murmuro enquanto visto um moletom que peguei na mochila.

É segunda à tarde. Ele deveria estar no trabalho. Ele *sempre* está no trabalho.

Sinto meu estômago revirar de nervoso, os cenários catastróficos já nadando pela minha cabeça. Espero que esteja tudo bem.

— Obrigada, Blake — agradeço, saindo da caminhonete e pegando meu enorme urso de pelúcia. Paro um instante para olhar nos olhos doces e castanhos dela, meu estômago se revirando por outro motivo. Olho na direção da casa e solto um longo suspiro. — Eu meio que… não quero ir.

Ela sorri de um jeito que ilumina seu rosto inteiro, o espaço entre seus dentes aparecendo.

— Entra aqui e te levo de volta para o Sycamore Tattoos. Vamos transformar esse girassol em um braço fechado.

Eu rio e nós duas ficamos em silêncio enquanto olhamos uma para a outra, a mesma energia da noite passada enchendo o ar.

— Te vejo na viagem pro lago? — ela pergunta.

A LISTA DA SORTE **231**

Eu faço que sim.

— Não perderia por nada.

Fecho a porta e aceno para ela antes de correr pela entrada e pelos degraus da varanda e abrir com tudo a porta da frente.

— Pai? — chamo enquanto chuto meus chinelos cheios de areia para fora dos pés e cruzo a porta. — Você está em casa? Tudo bem por aqui?

— Em! — Ele coloca a cabeça para fora da cozinha, como se estivesse me esperando chegar. Estudo o rosto dele, aliviada de ver que ele está bem. Está tudo bem. — Deixe suas coisas aí! Tenho uma surpresa pra você.

Deixo minha mochila perto da escada como ele pediu, colocando o urso por cima, mas olhando pra ele com os olhos semicerrados, desconfiada.

— Uma surpresa? — pergunto, vendo-o pegar as chaves do carro na mesinha da entrada. Ele calça as botas que não são de trabalho (a única diferença entre elas é que essa tem muito menos lama), *mais um* sinal estranho. — Você está de folga hoje?

— Tirei a tarde de folga — ele diz, rodando o chaveiro nos dedos, como se isso fosse totalmente normal. Ele ainda está com sua camiseta branca da Smith & Tyler, uma mancha de sujeira no peito, mas tem um sorriso enorme no rosto. Inclina a cabeça, animado, enquanto abre a porta de tela. — Vamos lá. Tenho algo para te mostrar.

Franzo o cenho e saio atrás dele, calçando meus chinelos de novo no caminho. Tudo o que quero é um banho e um cochilo *de verdade,* que não seja na caçamba de uma caminhonete, mas não o vejo tão animado já faz um século.

— Aonde estamos indo? — pergunto ao entrar na caminhonete, colocando o cinto de segurança enquanto ele sai para a estrada, o motor grunhindo.

— Você vai ver! — ele diz, ligando o rádio, Billy Joel cantando para nós conforme passamos pelas mansões pré-fabricadas e pelo posto de gasolina no começo da estrada, indo direto para o sul de Huckabee. Espio o mar de casas idênticas, as portas se soltando, as telas rasgadas nas janelas.

Me surpreendo quando meu pai liga a seta e entra em um estacionamento, passando por uma fileira de casas amarelas e azuis, e estaciona bem na frente de uma fila de casas brancas, flores murchas e arbustos cercando os caminhos que levam a cada porta.

Ele me dá um grande sorriso e abre a porta da caminhonete.

— Pronta pra ver nossa nova casa?

— Espera — digo, congelando por dentro e me atrapalhando com a maçaneta. Salto da caminhonete e o sigo em direção a uma casinha bem no fundo. — Nossa *o quê*?

— Nossa nova casa! — ele repete, apontando com a cabeça para a placa de "Vendida", em letras de forma, enfiada no canteiro de flores murchas. — A gente se muda em duas semanas.

Vendida. Não pendente. Não à venda. *Vendida.*

Sinto o chão ceder debaixo de mim.

Chocada, eu o sigo para dentro. Tento registrar tudo, mas é como se eu estivesse submersa, uma onda me puxando e me segurando embaixo d'água. Carpete quase branco de tão desbotado. Linóleo gasto no balcão da cozinha. Uma porta de correr na sala de estar que sai dos trilhos quando ele a abre.

Agarro o corrimão enquanto ele me conduz pelos degraus estreitos da escada, tentando voltar para a superfície.

Meu quarto agora é para a esquerda em vez de para a direita. A maçaneta é dourada em vez de prateada. Ando no chão de madeira, empurro a porta e vejo que as paredes são

A LISTA DA SORTE **233**

rosa-chiclete, o pequeno espaço se fechando à minha volta enquanto gravito na direção da janela.

A vista é… do estacionamento: fileiras e mais fileiras de carros e a lixeira coletiva, nesse momento transbordando de lixo.

Nenhum girassol além do que está no meu braço.

Meus dedos encontram o batente da janela, agarrando-o enquanto ouço o som das botas do meu pai no chão, vindo até mim.

— Nós podemos pintar o quarto, claro — ele diz. — Branco. Ou bege. Ou amarelo, talvez. O que você quiser.

Aperto meus olhos com força, tentando me controlar.

Penso nesse verão inteiro, caixas e mais caixas com as coisas da minha mãe jogadas na caminhonete e levadas para doação e agora *isso*. Achei que procuraríamos juntos. Que iríamos ver os lugares que mandei para ele. Lugares que escolheríamos juntos. Lugares diferentes das casas para onde a família da minha mãe foi exilada quando a fazenda foi arrancada deles.

Achei que ele, pelo menos, *falaria* comigo. Achei que, quando nossa casa recebesse uma oferta, teríamos *mais tempo*. É como se ele tivesse apertado o botão de acelerar em tudo.

— Vai ser bom, Em! Você vai ter um armário grande e estar mais perto da escola. É um novo começo — ele diz, sua mão pousando no meu ombro.

Um novo começo.

Eu a afasto, me girando para encará-lo.

— Você *tem* que estar brincando. Por favor, me diga que você está brincando. — Minha voz falha inesperadamente na última sílaba.

Os olhos dele se arregalam e ele dá um passo para trás, chocado.

— Eu não...

— Quer dizer, eu sei que nós nunca conversamos sobre *nada,* mas você não falou comigo sobre isso! Sobre *nada* disso! De que serve um armário maior quando tudo que fizemos esse verão foi nos livrar de *tudo!* Todas as coisas dela! Como se ela não significasse mais nada! — desabafo, minhas mãos em punho.

— Pensei que você estava... bem com tudo isso. Você tem andado tão feliz esse verão, eu só achei...

— É! E você quer saber por quê? Por causa da lista. Da lista *dela.* A lista sobre a qual você mal falou comigo — grito. — Eu não estou bem com *nada* disso, pai. Eu *não quero* um novo começo. Não quero mudar para um lugar completamente diferente do que ela gostaria.

Ele amolece, seus olhos se enchendo com tanta decepção que me sinto péssima por estar brava. Péssima por acabar com o entusiasmo dele. Péssima por sentir que isso é uma traição tão absoluta e completa.

Mas é.

— Em... — ele começa a falar, mas balanço a cabeça, cortando-o.

— Esqueça, pai. Só vamos... vamos embora daqui — digo, passando por ele, descendo os degraus estreitos, atravessando o carpete desbotado e deixando a placa de "Vendida" para trás.

Não conversamos no caminho para casa, nem no restante do dia. Minhas palavras abriram uma caixa que ele normalmente mantém bem fechada.

À noite, quando estou pegando no sono, ouço os passos dele no corredor e a porta do meu quarto se abrindo de leve.

— Te amo, Em — ele sussurra no escuro.

Quero responder, mas se eu falar alguma coisa, não sei o que mais vai sair. Como ele pode estar tão *bem* com tudo isso? Bem com só encaixotar tudo, se mudar e esquecer dela. Bem com se mudar para um lugar que ela odiava.

Eu sei das contas. Da dívida. Sei que é a única escolha que temos, mas por que ele está tão feliz com isso?

Fecho os olhos quando as lágrimas começam a cair, meus dedos encontrando a pulseira de couro no meu pulso, logo abaixo da tatuagem. Eu estava tão animada só algumas horas atrás.

Ela parecia tão perto de mim. Mas agora? Agora choro até dormir nessa casa que não é mais minha.

22.

Kiera está em casa.

Atravesso a cidade voando, deixando para trás os últimos dois dias com meu pai a cada pedalada, a ideia de ver minha melhor amiga depois do que pareceu uma eternidade afastando todo o restante. Até um pouco da frustração e da raiva que senti quando descobri que ela só voltaria na véspera da viagem ao lago cede.

Pela primeira vez depois de um tempo, eu só... preciso conversar com alguém que entenda. Que tenha conhecido minha mãe. Que saiba o que aquelas casas significam. Que sentiu esses últimos três anos.

Desvio para o centro de Huckabee e passo pelo Hank's, pela livraria e pela confeitaria, seguindo até onde ficam as casas do centro histórico, de tijolos vermelhos e madeira branca, com pequenas placas ao lado de cada porta declarando que elas são antigas o suficiente para que George Washington tenha respirado dentro delas.

Eu a vejo do fim da quadra, sentada nos degraus da frente, o cabelo preso, uma enorme camiseta cinza do Misty Oasis.

— Kiera! — grito, e ela se levanta de um salto e acena freneticamente.

Paro na entrada, pulo da bicicleta e ela se atira em cima de mim, arranhões nos dois joelhos, esmalte vermelho descascado apesar de todos os vidros que mandei para ela.

— Ah, meu Deus, cara! Que saudade!

— *Muita* saudade! — digo, enquanto entramos na casa, rindo.

Nina espia para fora da cozinha, já acostumada a me ver roubar Kiera assim que ela volta, um pequeno sorriso no rosto.

— O que vocês planejaram fazer esse ano? — ela pergunta.

— Bolo de cenoura! — respondo enquanto tiramos os sapatos e subimos pelos degraus antigos até o quarto de Kiera.

Nós abrimos a porta, desviamos da enorme mala de rodinhas sobre o tapete estampado e nos jogamos na cama.

— Bem-vinda de volta ao século vinte e um! — digo com uma risada.

Kiera dá um risinho e concorda.

— Senti saudade de celulares! E de banho quente. E de Netflix.

— Então, como foi o acampamento? Como foi na casa do Todd?

Kiera se vira de lado, sorrindo para mim.

— O acampamento foi... provavelmente o melhor ano até aqui! Ninguém se machucou feio, o que foi um milagre. Nenhum incidente com esquilos. — Ela sorri, irônica, nós duas nos lembrando dos esquilos que destruíram um beliche dois verões atrás. A história viralizou depois que um jornal local postou no Twitter uma foto de um esquilo preso em uma calcinha de bolinha. — Meu grupo inteiro se deu bem. Nós fizemos, tipo, um milhão de trilhas legais, o que você sabe

que é minha parte favorita. *E ir para casa do Todd foi incrível,*
Em. Ele é incrível.

Eu me viro e vejo uma expressão sonhadora no rosto dela.

— Foi exatamente como o acampamento, mas com Wi-Fi,
pizza e um telhado sem goteiras. Pessoas legais, diversão,
nada de drama, sabe?

Nada de drama. Sinto uma pontada ouvindo isso.

— Além disso, ele mora a somente quarenta e cinco minutos daqui, então não deve ser tão difícil nos vermos esse
ano. Acho que o pessoal vai gostar dele. E, *pra melhorar,* nós
dois queremos estudar na Colorado State ano que vem, então
vai com certeza ficar mais fácil.

Espera, o quê?

— *Colorado State?* — pergunto, surpresa, colocando meu
cabelo atrás da orelha. — Eu não sabia que você queria ir pra lá.

Desde quando? É tão longe que meu peito já está doendo.

— É, tem um monte de trilhas em volta e… — Ela congela, seus olhos fixos no meu braço. — Puta merda. Isso é
uma tatuagem?

— Sim, eu… fiz uns dias atrás. Com a Blake — respondo
enquanto ela se senta imediatamente, pegando meu braço.

— Você fez uma tatuagem com a Blake?

— Bem, não *com* a Blake. Quer dizer, ela estava lá, mas
ela não… — Consigo ver a faísca de ciúmes nos olhos de
Kiera, então prossigo rápido. — Enfim, fiz por causa disso. — Tiro meu braço da mão dela e enfio a mão no bolso
para pegar a lista dobrada. Entrego a ela, que desdobra com
cuidado, seus olhos se arregalando quando vê o que é. —
Encontrei essa lista em uma caixa de coisas da minha mãe.
Estou tentando completá-la antes do fim da viagem para o
Lago de Huckabee.

A LISTA DA SORTE **239**

Estendo a mão e aponto para todos os vistos de diferentes cores, os vermelhos mais novos marcando a viagem para a praia, dormir sob as estrelas e fazer uma tatuagem.

— Isso é tão legal — ela sussurra, seus olhos lacrimejando um pouco, e sei que ela entende. — Você está fazendo essas coisas? Como ela fez?

— Sim — confirmo, balançando a cabeça. — E é tão louco, Kiera. Eu me sinto *eu mesma* de novo, sabe? Sinto como se ela estivesse me guiando esse verão todo, de volta para quem eu era. Quem eu deveria ser.

— O que ainda falta fazer? — ela pergunta, seu dedão descendo pela página.

— Só mais duas e então pronto.

Ela para no número sete, "ir na viagem ao Lago de Huckabee", e no onze, "achar um trevo-de-quatro-folhas", e... então desdobra completamente o papel, revelando o número doze, que estava escondido. "Beijar J.C.", o item que eu venho ignorando intencionalmente o verão inteiro.

Não sei mais o que pensar desse.

Não consigo evitar que o rosto de Blake surja na minha cabeça.

— Mas tem mais essa — ela diz, se virando para me encarar.

Sei que em um nanossegundo ela pensou em Matt.

— Ah, bom, as iniciais nem são as mesmas...

— Isso é *assustadoramente* perfeito, cara — Kiera diz, me cortando, a voz dela subindo uma oitava com a animação. — A viagem para o Lago de Huckabee. *Um beijo?* É como se sua mãe soubesse. Como se ela soubesse que você ia precisar acertar as coisas com Matt. Que a viagem amanhã será a forma *perfeita* de fazer isso.

Congelo, meus olhos indo da minha melhor amiga para a letra da minha mãe, a promessa de tudo voltar ao normal, tudo ficar bem, os rostos bravos dos nossos amigos e o silêncio de Matt no passado, um último ano sem drama realmente possível. É o que eu quero. Não é?

Penso no que aconteceu com meu pai dois dias atrás. No que vem acontecendo o verão inteiro. As casas. A mudança. Minha vida sendo arrancada de mim. Depois de todas essas coisas, tudo o que eu quero é a volta da descomplicada *normalidade*.

— Quer dizer, seus *pais* ficaram juntos na viagem para o Lago de Huckabee, não foi? Isso que é sinal.

Um sinal. Parece que sim, não é?

Deito e olho para as estrelas que brilham no escuro que colamos no teto quando estávamos no primário. Então penso nas estrelas naquela noite na praia com Blake, no sentimento invencível de que algo mais era possível. Mas tudo isso parece tão distante agora, minha vida real, minha vida em Huckabee e todas as expectativas se fechando ao meu redor. A casa ainda escapando.

Se eu não der ouvidos a ela agora, a respeito disso, de Matt, não sou melhor do que meu pai, jogando as coisas da minha mãe em caixas, esquecendo-a, ignorando-a. A lista me levou na direção certa esse verão inteiro. Por que não agora?

A LISTA DA SORTE **241**

23.

No segundo que Nina entra no estacionamento da escola no dia seguinte e eu vejo o ônibus alugado azul-marinho e prateado, meu coração começa a martelar. Logo ele estará cheio de colegas que não vejo desde junho. Colegas que sabem o que aconteceu no baile, Matt em algum lugar dessa bagunça e, além de tudo isso, Blake só... *sendo Blake.*

Isso é como dezoito saltos de penhasco e seis tatuagens juntos.

Aperto o cardigã preto da minha mãe junto ao corpo quando Kiera e eu saltamos do carro, malas cruzadas sobre os ombros. A última pessoa a usá-lo foi minha mãe, e já consigo sentir a lã gasta me dando forças.

Ou talvez eu só esteja *esperando* que me dê forças.

— Divirtam-se, meninas! — Nina diz, nos passando dois sacos de cookies de chocolate pela janela do motorista.

Faço uma careta com o "divirtam-se", mas consigo colocar um sorriso no rosto antes que ela note.

— Melado? — pergunto enquanto espio o saco de cookies.

Nina nega, mexendo a cabeça, mais uma tentativa de descobrir o ingrediente secreto rejeitada.

— Bom chute!

Passo meu braço pelo de Kiera enquanto andamos na direção do ônibus, meio escondida atrás dela ao passarmos pela fila e registrarmos nossa presença com o sr. Sanders, a sensação de um milhão de olhos seguindo cada movimento meu conforme me abaixo para colocar minha mala no bagageiro. Está melhor agora do que no final do ano letivo, os olhares menos raivosos, mas ainda me deixam arrepiada.

Calma, digo a mim mesma. Em algumas horas eu vou consertar isso. E ninguém mais vai se importar.

Respiro fundo e endireito meus ombros enquanto me levanto, a lista me tornando mais forte. Me deixando pronta para todos os julgamentos, pronta para todos os cochichos, pronta para...

Eu me viro e dou de cara com Blake.

Ela estende o braço para me impedir de cair, toda olhos cor de mel, cabelo iluminado e bagunçado, lábios cheios...

— Blake! — digo, os sentimentos da noite na caminhonete lentamente voltando para meu estômago. Eu os afasto rapidamente, virando minha cabeça para procurar Matt. — Ei. Oi.

Ela tira a mão do meu ombro, olhando para Kiera, um sorriso caloroso se abrindo no seu rosto.

— Você deve ser a Kiera — ela diz, encantadora, amigável e simpática, como se não tivesse havido uma mudança notável na quantidade e tom das nossas mensagens desde que estive com Kiera ontem. — Que bom finalmente te conhecer.

— É! Oi. Bom te conhecer — Kiera diz, examinando-a.

— Blake, certo? Nossos pais estudaram juntos.

— Parece ser o caso de todo mundo aqui — Blake diz, e Kiera ri, concordando.

244   Rachael Lippincott

— Nem me fale.

O sr. Sanders cutuca meu ombro com a caneta que está usando para registrar os alunos.

— Clark. Biset. Para o ônibus se já registrei vocês.

Kiera revira os olhos quando ele não está vendo e o fuzila com o olhar. O sr. Sanders é o arqui-inimigo dela. Ele lhe deu um B- em um trabalho do ano passado e ela ainda não superou.

— Te vejo lá — Kiera diz, agarrando meu braço e me puxando na direção do ônibus.

Hesito por uma fração de segundo, abrindo minha boca para dizer algo.

Ela quer se sentar com a gente? Ela vai vir se sentar com a gente?

— Te vejo lá — Blake diz, seus olhos indo dos de Kiera para os meus antes de desviá-los. Tropeço atrás de Kiera na direção da pequena fila.

— *Nossa,* Em. Você nem me falou como ela é bonita — Kiera sibila para mim enquanto entramos.

Olho para trás e vejo Blake enfiando a mala no bagageiro.

— Blake? Quer dizer, acho que...

Nós nos sentamos em dois assentos no meio do ônibus, Kiera me vencendo na disputa pela janela apesar da cotovelada que dou tentando passar por ela.

— Você *acha* — Kiera diz depois de se sentar, olhando para a frente do ônibus enquanto Blake entra, seguida por Jake. Vejo Blake rir de algo que Jake diz, mas me distraio quando uma cabeça aparece atrás deles... *Matt.* — Torça para o Matt não estar babando nela igual ao Jake. Quer dizer, nossa, Jake. Controle-se.

E claro que, no segundo que começo a pensar em Blake de novo, Matt ergue o olhar, que encontra o meu e se arregala de surpresa. O último lugar em que eu estaria no fim do ano passado era em um ônibus a caminho da viagem para o lago. Mas sou uma pessoa diferente agora. Preciso mostrar a ele que sou diferente agora, para que *nós* possamos ser diferentes dessa vez.

Com minha visão periférica, noto Blake olhar para trás para ver o que estou olhando e o sorriso dela diminui só um pouco.

— *Emily?* — a voz de Jake ressoa, encapsulando de forma perfeita a incredulidade de Matt. A cabeça dele aparece atrás da de Blake, e então os rostos de Olivia e Ryan aparecem logo depois. — Não achei que veria *você* na viagem para o lago.

Estou prestes a dizer algo quando Kiera se mete, vindo me salvar como sempre.

— Fico surpresa por você ver qualquer um, Jake, com sua cabeça enfiada desse jeito na bunda de Blake.

Jake desdenha, mas suas bochechas coram de leve quando ele passa por nós indo para o fundo do ônibus. Irritar Jake é um dos passatempos preferidos de Kiera.

Blake ocupa o lugar ao meu lado, do outro lado do corredor, enquanto seguro de leve o braço de Matt. Ele se vira para me olhar, suas sobrancelhas escuras se erguendo.

— Podemos conversar mais tarde? — pergunto, mantendo minha voz baixa.

— Hum — ele hesita. Prendo a respiração, mas consigo notar no rosto dele que algo está diferente. — Sim. — Ele assente. — Ok.

Um alívio me toma e solto o braço dele. Ele me dá um pequeno sorriso antes de ir para o fundo do ônibus, Jake logo atrás. Olivia, porém, se vira para me olhar feio por trás de Ryan quando eles passam.

— Ele definitivamente não superou você — Kiera sussurra. Eu me viro para olhá-la, e ela sacode a cabeça de leve. — Vocês vão voltar antes do fim dessa viagem, *certeza*.

Eu faço que sim, apertando o cardigã em volta de mim enquanto o sr. Sanders sobe para fazer recomendações gerais quanto a não sermos babacas durante a viagem. Todo o ônibus ignora.

Não olho para ela, mas consigo *sentir* Blake ao meu lado, como naquela noite na caminhonete. Só de pensar nela sentada do outro lado do corredor já fico com o rosto quente. Encaro o encosto com estofamento estranho da cadeira na minha frente e tento ignorar o aperto no peito quando o ônibus dá a partida e saímos do estacionamento.

Não sei como posso fingir ser só amiga dela, mas preciso fazer isso.

Preciso me afastar.

Quando chegamos na estrada, ela se inclina através do corredor.

— Já encontrou um trevo-de-quatro-folhas? — pergunta.

Sacudo a cabeça, ainda olhando em frente.

— Não, mas preciso conseguir até esse fim de semana. Certo, Kiera…?

Minha voz se perde quando olho e noto que ela já está dormindo, seu rosto esmagado contra o vidro da janela, a boca aberta. As palavras do sr. Sanders aparentemente são mais fortes que qualquer sonífero conhecido.

Tiro uma rápida foto e Blake ri quando posto um story no Instagram. Kiera vai me matar mais tarde, mas vale a pena.

Olho para a janela, vendo as árvores passarem voando, meu reflexo embaçado me encarando de volta. Posso ver o contorno dos braços e pernas de Blake e sua mão vindo me tocar de leve no braço.

A LISTA DA SORTE **247**

Viro minha cabeça e ela estende um fone para mim, me dando um sorrisinho que me faz derreter de leve. Eu pego, coloco-o no ouvido e ela desliza para o início de uma playlist do Spotify, virando-a de frente para mim.

Viagem para a praia.

É uma playlist inteira de músicas tocadas na nossa viagem. Ah, Blake.

Clico na primeira música e "Coffee", da Sylvan Esso, começa a tocar.

Tento focar em Matt no fundo do ônibus, em descobrir o que vou dizer a ele, em mostrar a ele o quanto eu mudei, na promessa de tudo ser normal, fácil e certo, mas Blake me olha nos olhos e a música diz "Do you love me?" [Você me ama?] e eu...

Eu não sei o que sentir.

Tudo que posso fazer é enterrar o que quer que *isso* seja bem fundo e desviar o olhar.

24.

O chalé de Henry Huckabee parece ser de brinquedo.

Tudo é feito de madeira — degraus, paredes e teto. Esse lugar é a definição de risco de incêndio.

Porque aderimos à viagem atrasadas, Blake e eu vamos dividir um quarto, enquanto Kiera ficou com Olivia, o que... vai ser interessante.

Com a rixa atual no meu grupo de amigos, elas em lados opostos, eu *detestaria* ser uma mosquinha nesse quarto.

Dou uma olhada no corredor enquanto Blake abre nossa porta e vejo Kiera me encarando com uma expressão que diz: *Conserte isso. Agora.*

— Isso não é nada assustador — Blake murmura quando a porta se abre, nós duas imóveis, cara a cara com uma enorme cabeça de veado presa na parede.

— Mal posso esperar para tentar dormir essa noite — falo ao passar por ela, evitando todo e qualquer contato enquanto pego a cama da janela, os olhos falsos de vidro me seguindo pelo quarto. Aperto os olhos, encarando-o de volta.

Desfazemos as malas e, quando Blake entra no banheiro, visto meu biquíni bem rápido. O passeio de caiaque opcional para essa tarde é logo mais, e Matt com certeza vai estar lá. Mal tenho tempo de colocar uma camiseta quando a porta se abre e Blake emerge usando regata branca e short, trazendo nas mãos uma luva amarela de lavar a louça.

Eu me endireito e arqueio as sobrancelhas.

— Para que raios é isso?

Ela aponta com a cabeça a tatuagem no meu antebraço, dando de ombros enquanto ergue um rolo de fita impermeável.

— Preciso colocar isso em você, por segurança. — Há um brilho divertido nos olhos dela, aquele sorriso travesso puxando os cantos de sua boca. — Você sabe quantas bactérias tem no lago?

Eu a empurro no ombro, revirando os olhos. Como ela ousa *me* citar para mim mesma?

Pego a luva e a visto, me esforçando para passar a fita.

— Quer ajuda com isso? — ela pergunta, se aproximando.

Por reflexo, dou um passo para trás.

— Não. Obrigada, eu, hum... — Sigo para a porta, tentando deixar o máximo de espaço possível entre nós, revirando meu cérebro em busca de uma desculpa. Uma mentira crível. — Consegui. Eu vou encontrar... Kiera... antes de andar de caiaque, para que ela possa...

Minha voz se perde e ergo a luva, a coisa toda caindo molenga para o lado quando deslizo para fora do quarto como a pessoa mais esquisita do mundo, a porta se fechando atrás de mim.

Resmungo, esfregando o rosto. Preciso encontrar Matt. Rápido.

Desço as escadas e saio, passando por Aimee e Ashley Campbell. O par intencionalmente vira as costas para mim e cochicha ostensivamente em um teatro que só pode ser por causa de uma única coisa.

Com um suspiro, saio para o sol da tarde, seus raios brilhantes e quentes no caminho que leva ao lago, placas de madeira indicando a direção por entre as árvores.

Passo por alguns colegas no trajeto, todos me olhando feio enquanto tento focar no sol que penetra pelos galhos das árvores, na trilha bem diante de mim, *em Matt de camiseta cinza e bermuda azul-turquesa.*

— Matt! — chamo, e ele se vira para me olhar, Jake ao lado dele. — Podemos conversar?

Ele faz que sim e sorri de leve para mim, mas ainda há uma pequena barreira entre nós. Uma barreira que preciso encontrar um jeito de superar.

— Eu só... vou embora... — a voz de Jake se perde e ele aponta atrás de si com o polegar, desaparecendo pela trilha e saindo de vista.

Respiro fundo, sabendo que preciso ser honesta com ele. A respeito do que aconteceu no baile. A respeito do verão. A respeito da lista, me preparando para esse momento. Não posso só passar por tudo isso e ignorar.

— Escuta, me desculpa. O que eu fiz foi... bem horrível.

Ele engole em seco, suas sobrancelhas grossas se unindo, olhos desconfiados.

— Acho que só senti que as coisas... não pareciam certas entre nós. E acho que foi tudo culpa minha. *Eu* não me sentia certa e fiz uma coisa muito, muito estúpida. — Quero estar na mesma página. Então, pela primeira vez no nosso relacionamento inteiro, coloco todas as cartas na mesa. — Mas nesse verão encontrei uma lista que minha mãe fez no verão antes do último ano da escola dela, e isso *mudou tudo.*

Vejo o rosto dele suavizar com a menção à minha mãe, e isso me mantém falando.

— Eu mudei. Mudei *de verdade,* Matt. Passei o verão fazendo as coisas da lista e... saí daquela caixinha na qual eu vinha me guardando — digo, repetindo as palavras dele daquela briga que tivemos. A base dos nossos problemas.

— E você não tem me visto muito, mas sei que notou. Sei que você sabe que estou mais... bem, como eu *costumava* ser. Estou *nessa* viagem no lago. E, quer dizer, você me pegou *nadando pelada* na piscina de Huckabee. Acho que nós dois sabemos que a Emily de dois meses atrás *nunca* teria feito isso.

— É, isso foi surpreendente, pra dizer o mínimo — ele admite, e sei que estou chegando em algum lugar.

Dou um passo à frente e olho para ele.

— Sei que já terminamos antes. Sei que você me deu muitas chances no passado. Mas dessa vez é diferente. Eu *estou* diferente.

Ele respira fundo, desviando o olhar.

— Não sei, Em... Eu só...

— Me deixe provar para você — digo rapidamente. — Nesse fim de semana. Vamos só, sei lá, *andar juntos.* Me deixe mostrar que mudei.

Ele fica em silêncio por um momento, e prendo a respiração, contando os segundos. Finalmente, vejo ele franzir o cenho e congelo.

— Qual é a da luva?

Um alívio toma conta de mim. Ergo a luva com uma expressão mansa.

— Fiz uma tatuagem uns dias atrás e preciso mantê-la coberta para andar de caiaque. — Entrego a fita para ele, impulsionada pela esperança. — Quer me ajudar com isso?

Ele faz que sim e pega a fita.

— O que você fez?

Estendo meu braço e ele o toca, seus dedos segurando de leve meu pulso.

— Um girassol — diz. Os cantos da sua boa se erguem em um sorriso enquanto ele gentilmente puxa a luva por cima da tatuagem e a prende. — Como no jardim da sua mãe.

— Exatamente — digo, sustentando o olhar dele por um longo momento.

Ele inspira e solta meu braço, girando o rolo de fita impermeável no dedo enquanto desvia o olhar.

— Eu só... não sei. Era mais que só isso. Eu sempre sentia que você estava se afastando de mim. De nós. Sempre encontrando problemas e criando desculpas, sempre me afastando quando eu queria chegar mais perto.

— Eu com certeza estava — respondo. As sobrancelhas dele se arqueiam, surpreendido com a minha confissão. — E sinto muito. Acho que foi muito difícil me abrir e ser verdadeira com *qualquer um* nos últimos três anos. Com você, Kiera, meu pai. Até *comigo mesma.*

Ele para de girar o rolo de fita, o rosto pensativo enquanto olha para mim. Então ele estende a fita na minha direção.

— Você vai provar isso para mim? Nesse fim de semana?

Estico a mão e pego a fita da palma do garoto com quem devo ficar.

— Com certeza.

Andar de caiaque é uma bagunça da melhor forma possível.

Mandar vinte adolescentes para a água, metade dos quais nunca andou de caiaque antes, para duas horas de diversão sem supervisão só pode dar nisso.

Jake tenta matar todo mundo o tempo todo, batendo nos outros caiaques a toda velocidade, até que Blake consegue tirar o remo da mão dele, roubando-o e deixando-o ilhado no meio do lago.

Quero comemorar, mas como estou tentando criar uma distância entre nós, essa provavelmente não é a melhor ideia.

Kiera para ao meu lado, sorrindo, enquanto o observa tentando remar com as mãos para a margem.

— Certo, tenho que admitir — ela diz, olhando para mim. — Deixando de lado minha inveja do verão de vocês, Blake é... ótima.

Faço que sim, meu olhar encontrando o de Blake, que está logo atrás da cabeça de Kiera, o sorriso no rosto dela queimando minha pele mais do que o sol da tarde.

Tenho medo de colocar em palavras exatamente o que penso de Blake, mas eu sei que "ótima" não é o suficiente.

Engulo em seco e desvio o olhar para Matt, remando em círculos em volta de Jake, e vou atrás dele para ajudar, sabendo que isso é o que tem que ser.

25.

As quarenta e oito horas seguintes passam como um borrão.

De andar de caiaque a procurar sem sucesso por um trevo-de-quatro-folhas, passando por pular de um balanço de corda direto na água, mal fico parada. E Matt fica ao meu lado o fim de semana todo, Kiera nos reunindo cada vez que nos separamos um metro que seja.

Lentamente, as coisas começam a parecer com o que eram antes.

— Dá um mortal! — desafio, enquanto ele voa no balanço.

— Corrida até o refeitório? — ele pergunta, me empurrando na água antes de largarmos, rindo por todo o caminho até o chalé.

E, lenta, mas constantemente, o resto do grupo começa a encontrar um novo ritmo, mesmo com Olivia e metade dos alunos me olhando feio durante as refeições e atividades e pelos corredores cheios de bichos empalhados do chalé de Henry Huckabee.

Tento manter alguma distância de Blake e nosso quarto compartilhado, mas ela sempre está junto de nós, mesmo que a essa altura já seja amiga de todas as outras pessoas do nosso ano também.

É um alívio bem-vindo quando me pego flutuando calmamente em uma boia em formato de donut no meio do lago, minhas pernas doloridas de uma trilha a que Kiera nos levou antes do almoço.

Ergo a cabeça, levanto os óculos escuros e aperto os olhos para o sol forte da tarde na água brilhante, o círculo de árvores em volta e o chalé aparecendo por entre os galhos. Examino a multidão de alunos e faço um rápido inventário. Kiera está a alguns metros de mim, em uma boia imensa, Blake está no píer com um caderno de desenhos e Matt, Jake e Ryan convenceram metade dos meninos a se jogarem do tal píer em uma competição *muito intensa* de salto de barriga. De onde estou, dá para ver os braços e pernas ficando vermelhos.

Faço uma careta quando vejo Jake cair na água feito uma panqueca, minha pele queimando enquanto os meninos comemoram como se ele tivesse acabado de marcar o ponto da vitória.

Baixo meus óculos de sol de volta e vou me erguer um pouco mais na boia, mas o plástico range alto e a boia se vira.

— Merda! — grito, caindo de costas no lago, minha boca e nariz se enchendo da água cheia de bactérias enquanto luto para voltar à superfície, abrindo caminho pela sujeira.

Tossindo, estou prestes a culpar meu azar quando sinto algo tocar de leve meu ombro.

Eu olho e vejo uma boia vermelha de salva-vidas em cima da água, Matt na outra ponta dela, um sorriso brincalhão que eu não vejo desde o baile no rosto dele.

— Parecia que você precisava de um resgate — ele diz.

Tiro o cabelo do rosto, olhando feio enquanto jogo a boia de volta para ele.

— Vai resgatar a si mesmo, Matt!

Ele ri e eu jogo água bem na cara dele, mas suas mãos pegam as minhas, me impedindo de jogar água de novo conforme ele se aproxima de mim. Seu cabelo normalmente bagunçado está molhado e todo para trás, seus ombros e peito vermelhos de tanto cair de barriga.

Sem conseguir evitar, penso em Blake na piscina de Huckabee, minha respiração falhando quando ela se aproximou de mim. Como aquele momento foi diferente comparado a esse. Muito... mais...

Solto minhas mãos das de Matt quase instintivamente, mas sei antes mesmo de ver o rosto dele que é a coisa errada a fazer.

Foco, Emily.

Olho para ele, que me dá um sorrisinho quando ergo meu braço recém-tatuado, a luva de lavar louça perdida em algum momento na queda.

— Preciso desinfetar isso — explico enquanto pego minha boia de donut e me viro em direção ao píer. — E você *precisa* ir perder sua competição de salto de barriga.

Ele pega meu braço, me impedindo.

— Você vai estar na fogueira hoje à noite? — pergunta.

A fogueira da meia-noite. É uma tradição da viagem para o lago. Uma coisa que fazem desde a primeira viagem, um zilhão de anos atrás. Os professores fingem não estar vendo nada por uma noite e todos os alunos saem escondidos, indo para o lago fazer uma fogueira e se divertir depois da hora de dormir.

Faço que sim e ele sorri, soltando meu braço.

— Bom — ele diz, saindo de costas —, te vejo lá.

Olho para além dele, para Kiera em sua boia. Ela ergue os dois dedões, um sorriso enorme no rosto.

— Te vejo lá — repito.

Volto para o píer, deixando o donut na madeira gasta do deque, evitando deliberadamente o olhar de Blake. Estou para sair da água e paraliso quando ela vem me ajudar.

Meus dedos deslizam para a palma da mão dela e Blake me puxa para cima até seu rosto estar a centímetros do meu. Meu olhar desce dos seus olhos cor de mel para seus lábios e sobem de novo.

A mesma coisa que aconteceu com Matt um segundo atrás.

Só que, dessa vez, meu coração acelera.

Puxo minha mão e dou um rápido passo para trás.

— Está voltando? — ela pergunta.

— Hum, sim — respondo, colocando meu cabelo atrás da orelha.

— Vou pegar água no refeitório — ela diz, pegando seu livro de desenhos.

Nós subimos pelo caminho da floresta até o chalé, as árvores se fechando ao redor de nós enquanto caminhamos, a mão dela encostando de leve na minha. Cruzo os braços para impedir que isso aconteça.

A trilha se estreita, então ela entra na minha frente e a vejo colocar o lápis que estava usando atrás da orelha, falando comigo:

— Posso te perguntar uma coisa?

— Sim — respondo, incerta do que ela vai dizer.

— Você está me evitando?

— O quê? Não!

Ela se vira para me ver, e seus olhos examinam meu rosto por um longo momento. Então ela assente, claramente sem acreditar em mim.

— Tudo bem. Certo.

Continuamos a caminhar, mas sei que ela está chateada. Pego o braço dela quando saímos da floresta, o chalé aparecendo.

— Blake, eu...

— Por que o Matt? — ela pergunta, me cortando enquanto gira para me encarar. — Você me disse no dia que fizemos o piquenique que não parecia certo estar com ele. Se não funcionou da primeira vez... se a *sensação* não era a certa na segunda ou na terceira ou na quarta vez... por que você ainda quer ficar com ele?

— Eu... — Hesito, abrindo a boca para responder, minha mente caçando uma resposta. — Porque ele é um cara ótimo, Blake. Ele é gentil, doce, confiável e minha mãe *sempre* quis que eu ficasse com ele, especialmente depois que ela ficou doente. E agora, depois de fazer essa lista, sinto que *isso* é o que ela iria querer que eu fizesse. Sinto que tudo isso me guiou para esse momento, e que agora vai realmente funcionar.

Blake assente, olhando nos meus olhos enquanto processa o que estou dizendo.

— Então, você acha que, ao fazer essa lista e se tornar mais como a pessoa que era, as coisas vão subitamente funcionar entre vocês?

— Sim — digo, respondendo ao desafio. — Eu acho.

— Mas isso não apaga completamente o que você passou? Quem você se tornou por causa do que aconteceu? Quem você é *agora*?

Não tenho uma resposta para isso.

Cruzo os braços e desvio o olhar para o caminho que leva de volta ao lago.

— Deixa só eu te perguntar uma coisa — ela continua.

— É isso *mesmo* o que *você* quer, Emily?

Ela está perguntando mais do que só isso. Posso ver nos olhos dela e na maneira como fala.

— Sim — respondo, desenhando uma linha na areia. — É.

— Ok — ela assente. — Entendi.

Então Blake se vira e sobe rapidamente os degraus em direção ao chalé, me deixando ali, vendo-a ir embora.

26.

— **É hoje, Em** — Kiera diz enquanto se inclina para trás, avaliando suas habilidades de maquiagem.

Eu me viro para a direita e para a esquerda, me examinando no espelho do banheiro. Mas Kiera entra na minha frente, se aproximando para passar outra camada de rímel, só para garantir.

Estou usando um vestido florido off-white do qual não sou muito fã, mas que Matt disse que gostava em um encontro na primavera, então parece um amuleto de boa sorte. Meu cabelo longo e castanho está em um meio-rabo e suavemente ondulado graças às habilidades de Kiera com o babyliss.

Assentindo com satisfação, ela se vira e me olha nos olhos, apontando o tubo de rímel para mim.

— Essa lista vai ficar completa hoje à noite na fogueira. O *grand finale*. Você vai oficialmente conquistar o *seu* J.C. de volta.

Completa. Eu mal posso acreditar. Olho para o papel, desdobrado na bancada do banheiro, as marcas coloridas ao lado de quase todos os números.

— E, bom, a gente pode encontrar um trevo-de-quatro-folhas antes de embarcarmos no ônibus amanhã — ela diz com um aceno de mão. — Não deve ser tão difícil.

Então vou ter que acordar bem cedo. Eu *literalmente* passei o mês todo de julho procurando. A coisa não podia ser mais difícil.

A menos que você seja Blake, penso, me lembrando de todos que ela colheu no piquenique.

Eu me apoio na bancada enquanto Kiera fecha a bolsa de maquiagem e mordo meu lábio, nervosa. Tudo bem eu ainda não ter achado um trevo? Estou pronta para o próximo passo com Matt, esse *"grand finale"*, como ela chamou, mesmo sem o trevo?

Eu me olho no espelho mais uma vez e suspiro longamente antes de seguir Kiera para fora do banheiro. Blake está sentada na beira da cama e meu queixo quase cai quando a vejo.

Eu já a vi um milhão de vezes nesse verão, mas não *assim*.

A linha fina de lápis de olho, o *gloss* nos seus lábios e a camada de rímel enfatizam seus traços e os levam para um nível de beleza que é ao mesmo tempo difícil de olhar e impossível de desviar os olhos.

Kiera solta um assovio e assente, o que me lembra de que minha admiração é totalmente normal. Blake é objetivamente gata. Não precisa significar nada.

— Você está linda, Blake! — ela diz, antes de esfregar as mãos, animada. — Certo, time! Plano de jogo para o item doze. Fechar negócio com Matt.

Ela pega minha mão e me senta na cama ao lado de Blake. Minhas bochechas ficam imediatamente vermelhas quando o ombro de Blake roça no meu. Olho de esguelha para ela e ela me dá um sorriso pequeno e de lábios apertados.

Kiera coloca as mãos na cintura e começa a andar de um lado para o outro do quarto, seus pés afundando no carpete verde.

— Três palavras. — ela gira, seu cabelo ondulando atrás. — Verdade ou consequência.

— Verdade ou consequência? — Blake pergunta, erguendo as sobrancelhas.

— Sim — Kiera diz, balançando a cabeça com animação.

— *Verdade ou consequência*. Eu começo o jogo em volta da fogueira. Ninguém vai escolher Emily agora, já que ela é a pária da escola. — Ela para de andar e me dá um olhar simpático. — Sem querer ofender.

Reviro os olhos.

— Que seja.

— Então — Kiera continua, focando em Blake. — Quem for escolhida primeiro de nós duas desafia *Emily* a beijar alguém...

— Hum — interrompo, levantando a mão. — Uma coisinha. Dado o fato de que eu... beijei... outro cara publicamente, essa é realmente a melhor...?

Kiera ignora as minhas palavras com um gesto.

— Isso é meio que *porque* vai funcionar, entendeu? É uma boa forma de reparação. Consertar o que está errado ao beijar a pessoa *certa* dessa vez.

Franzo o cenho, processando. Isso faz sentido? Provavelmente faria em um filme, mas essa é a vida real.

— *Certo* — ela continua, olhando para Blake de novo.

— Então, nós a desafiamos a beijar alguém, ela beija o Matt, fogos de artifício explodem, bim bam bum, missão cumprida.

Missão cumprida. Simples assim, tudo vai entrar nos eixos.

Por um momento, Blake não diz nada. Ela está quieta, e as duas ficam basicamente se encarando.

Observo Kiera piscar, esperando que Blake alcance seu entusiasmo.

— Então, você está dentro?

A LISTA DA SORTE   **263**

Blake passa os dedos pelo cabelo, hesitando, sua expressão inescrutável. Eu me distraio com o leve iluminador nas maçãs do rosto dela enquanto tento decifrá-la.

— Sim. Quer dizer... eu sei o quanto a lista é importante para Emily, então... claro que estou dentro.

— Shoooow! — Kiera bate palmas, satisfeita, se jogando na minha cama e checando seu celular.

— Temos meia hora até meia-noite — ela diz, virando de costas. — Essa é a primeira vez na minha vida em que estou adiantada para alguma coisa.

— Se vocês quiserem matar o tempo, achei uma coisa legal essa tarde — Blake diz e se vira para me olhar. — Eu acho que você provavelmente vai querer ver.

Sem mais nada para fazer, saímos em silêncio do quarto e descemos o corredor atrás dela na ponta dos pés, as lanternas dos celulares nos guiando enquanto serpenteamos pelo chalé. Virando em um corredor, ficamos cara a cara com um gigantesco urso empalhado, seus dentes pontudos iluminados pela luz.

Solto um gritinho sem querer e Kiera coloca uma das mãos em cima da minha boca, me calando.

— Emily Clark — ela sibila. — *Cale a boca.*

Engolindo nossas risadas, nós entramos em outro corredor e subimos dois lances de escada antes de nos apertarmos por uma porta pequena e empoeirada que leva ao sótão.

Blake tateia até o canto e liga um interruptor. Uma pequena lâmpada acende e as paredes inclinadas e cobertas de teias de aranha ganham vida com a luz suave. Elas estão cheias de *escritos,* palavras e imagens entalhadas nas tábuas antigas.

— Uau! — Me aproximo e vejo um coração com os dizeres "Viagem ao Lago de Huckabee 1966" e "Heather e Tim pra sempre". — Isso é *muito* legal.

— Fica mais legal — Blake diz, andando até o canto e tocando um ponto da parede.

Kiera e eu vamos até lá, apertando os olhos para ler na luz fraca.

Não. Não pode ser.

Eu engasgo e estendo a mão para tocar as iniciais diante de mim: "J.M.+ J.C. - 99". Meus pais. Eles estiveram aqui anos atrás, no fim de semana que oficialmente ficaram juntos.

É o sinal definitivo. Que esse plano, que Matt, que *tudo* isso é a coisa certa a fazer. Com trevo-de-quatro-folhas ou não. Que *esse* é meu caminho para ter o que eles tiveram.

Nós todas ficamos em silêncio por um longo momento, Kiera passando os braços em volta de Blake e de mim enquanto encaramos a parede, absorvendo tudo.

— Nós deveríamos colocar nossos nomes aqui! — Kiera diz, puxando um canivete do bolso como se fosse um episódio de *Largados e Pelados*.

— Ei, calma lá, cara — digo, erguendo as mãos.

Ela sorri, mansa.

— Foi mal. Ainda estou no modo Misty Oasis.

Nós encontramos um lugar livre perto das iniciais dos meus pais e vamos uma por vez, nossa pequena parte nessa enorme tapeçaria que se estende por gerações e gerações. Kiera ri, animada, espiando pela janelinha do sótão enquanto Blake termina seu C.

— Estou vendo gente saindo. Chegou a hora! — Ela se vira e me agarra com força pelos ombros. — Pronta, Em?

Olho para as iniciais dos meus pais na parede e todas as nossas logo abaixo e assinto.

— Vamos lá.

27.

Isso é empolgante demais.

Minha adrenalina está a toda enquanto percorremos os corredores do prédio pé ante pé, saímos em direção à floresta e descemos até o lago. Nós estamos no final da multidão, Kiera na frente, Blake logo atrás de mim, a noite viva à nossa volta, sussurros, risadas e o som de galhos secos se partindo sob nossos pés.

Bem à minha frente vejo a luz da fogueira começar a estalar em meio às árvores e finalmente um grito ecoa pelo ar. Chegamos.

Fico surpresa quando a mão de Blake pega a minha, me parando. A sensação dos dedos dela se entrelaçando nos meus é familiar o suficiente para que eu reconheça.

Olho para ela sob a luz suave do luar enquanto as pessoas circulam à nossa volta.

Há uma aflição no olhar dela que eu nunca vi antes. Algo a está perturbando.

— Posso falar com você? — ela sussurra, uma pontada estranha de urgência em suas palavras.

Hesito. Uma onda de nervoso me pega de surpresa, minha animação inteira indo para o ralo. Olho dela para a luz da fogueira, pensando no que fazer.

Por fim, concordo, avisando Kiera que nos encontraremos com ela em um segundo. Kiera grita algo de volta por cima do ombro, mas suas palavras se misturam ao barulho da fogueira e os chinelos dela somem ao longe.

Blake me puxa para fora da trilha, pelas árvores, a uma distância segura de todo mundo.

E então... somos só nós duas, o ar em volta vibrando quando Blake me olha.

— Emily... — ela começa a dizer, sua voz se perdendo quando engole em seco. — Eu não sei. Só, hum... — Ela olha para os pés, se movendo de forma aflita, como se estivesse processando algo. Nunca vi Blake com medo de nada, e algo nisso me aterroriza. — Eu sei que tem todo esse plano pra hoje, mas se aprendi algo nesse verão com a lista da sua mãe é o quanto é importante se colocar no mundo e se arriscar. E... essa é literalmente a última chance que tenho de te dizer como eu me sinto.

Congelo enquanto todo o ar sai dos meus pulmões. Quero soltar a mão dela e tampar sua boca antes que ela diga algo. Antes que ela diga exatamente o que quero e não quero ouvir ao mesmo tempo.

Ela olha para mim com aqueles olhos castanhos e doces que arranjam um jeito de entrar em todos os meus pensamentos.

— Eu gosto de você, Emily. Gosto *de verdade*. Pra ser sincera, eu estava com muito medo de me mudar para Huckabee. Mas então me sentei ao seu lado no bingo, você sorriu pra mim e eu soube naquele momento que tudo ficaria bem. — O canto da boca dela se ergue em um sorriso enquanto ela fala. — Eu amei cada minuto desse verão com você. Amei planejar as coisas da lista com você e te escutar falando da sua mãe, e amei o quanto você foi corajosa quando teve que saltar de um penhasco mesmo sem querer fazer aquilo. Eu amo como você conta piadas quando fica nervosa e a forma como você sorri quando fala sobre confeitaria, e amo a sensação de quando você olha pra mim. E amo todas as coisas em você que você tem medo de mostrar para os outros. Amo sua tristeza, sua dor e seu medo, porque, sem essas coisas, não seria você.

De uma vez só, sou tomada por duas emoções atordoantes.

A primeira dança no meu peito de uma forma que nunca senti com ninguém, as estrelas acima de nós brilhando mais do que nunca. Parece *real* e atordoante e me deixa tão tonta que todo o mundo gira.

A outra é um pavor paralisante que se instala no meu estômago, o mesmo sentimento de quando eu saí do ônibus chegando do Misty Oasis naquele verão e vi que algo estava errado com a minha mãe.

Nunca pude contar a ela o que estava sentindo e por quem. Nunca soube o que ela diria. O que ela iria querer para mim.

Então enterrei meus sentimentos tão fundo que pude fingir que nunca tinham existido. Se eu ficasse com Matt, porém, eu saberia. Saberia que ela teria ficado feliz.

E eu poderia fingir que estava bem com o fato de ela nunca ter ficado sabendo, porque, talvez, de fato não houvesse nada para ela saber.

Só que havia.

Há.

Eu encaro Blake, sem palavras. Os dois lados lutando dentro de mim.

— Eu sei — ela diz, quando fica claro que eu não consigo formar uma frase. — Eu *sei* que você acha que sua mãe queria que você ficasse com Matt. Sei que você acha que terminar essa lista e ficar com ele é como você pode mantê-la com você e viver sua vida como ela queria que você vivesse. Eu te entendo. Mas... — Ela agarra minha mão com mais força e se aproxima um passo. — Mas, Emily... de tudo que você e meu pai me contaram dela, de tudo que essa lista me ensinou sobre ela, o que ela iria querer, mais do que *qualquer* conto de fadas, é que você fosse *feliz*. De verdade. Ela iria querer que você tentasse a sorte com algo real.

Puxo minha mão da dela e dou um passo para trás.

Não é tão simples, Blake, quero gritar. Mas... ela não poderia entender. Ela não cresceu em Huckabee, onde *isso* ainda está muito longe do normal. Mais importante, porém, ela não viu a mãe moribunda dizendo a ela como as coisas poderiam dar certo se ela desse uma chance a esse menino específico, como ela tinha dado ao meu pai tantos anos antes. Um menino que era praticamente perfeito, que levava flores ao hospital e esteve presente durante o momento mais difícil da minha vida.

Mas não perfeito para você.

Esse pensamento vem como uma traição, saído da parte de mim que não quer nada além de dar um beijo nela agora. Essa parte que minha mãe nunca conheceu. Nunca vai conhecer.

Essa parte que por todos esses motivos... nunca poderei ser.

— Blake, eu... eu posso *tentar a sorte* centenas de vezes, mas nunca vou poder trazê-la de volta. Nunca vou saber o que ela realmente queria. Com exceção disso.

Preciso de toda a força que tenho para quebrar a atração entre nós, mas consigo dar meia-volta e caminhar entre as árvores, tudo embaçado enquanto luto para chegar à fogueira. Entro na clareira, a luz e o som me atordoando, cores e formas se juntando. Respiro fundo, tentando me recompor.

— Em — Kiera me chama, colocando uma garrafa de cerveja na minha mão. — Você chegou bem na hora de jogar verdade ou consequência! — Ela se aproxima conforme me puxa para o grupo e sussurra: — É agora.

Eu me sento em um tronco imenso, me juntando ao círculo formado em volta da fogueira. Ao erguer o olhar, vejo Matt sentado na minha frente, seus lábios formando um sorriso sabido enquanto Kiera chama mais pessoas. Ela sempre consegue fazer as coisas acontecerem, e hoje não é exceção.

— Gostei do seu vestido — ele diz, apontando para o próprio torso e então para mim.

Sorrio para ele, mas parece forçado e errado, assim como esse vestido off-white florido de que ele tanto gosta.

Tento acompanhar o entusiasmo de todo mundo, mas eu me sinto... completamente fora de prumo, o chão instável abaixo de mim.

Mas, eu querendo ou não, o jogo começa, e o plano é colocado em movimento.

É um borrão de consequências jogados de um lado para o outro do círculo, algumas verdades saindo da boca das pessoas. Leah Thompson confessa que colou na prova final de biologia, Brad Hammond come um verme, Jake fica de cueca e salta *pela* fogueira como um verdadeiro lunático.

Eu o vejo pegar uma cerveja de alguém, virar o resto dela e girar a garrafa até apontá-la para...

Blake. Eu nem tinha notado que ela havia chegado, minha mente ainda rodopiando com suas palavras de pouco tempo atrás.

— Blake Carter — ele fala arrastado, um sorriso presunçoso no rosto. — Verdade ou consequência?

Ela cruza os braços e ergue uma sobrancelha, olhando para ele.

— Você sabe que sempre topo um desafio, Jake.

Jake ri, um toque maligno nos lábios. Todo mundo fica quieto e a animação é palpável, todos assistindo aos dois, ansiosos para ver o que a garota nova vai fazer. Ele aponta para a cabine enferrujada de salva-vidas no final do píer.

— Eu te desafio a saltar daquilo. Para a água.

Blake nem pisca. E definitivamente não olha para mim.

Todo mundo espicha o pescoço para vê-la andar pelo píer, alguns até se levantando para ter uma visão melhor. Eu a vejo subir a escadinha até o topo, rezando em silêncio para que ela não cumpra sua parte do plano.

Blake se endireita, a cabine rangendo embaixo dela, e Jake começa a entoar:

— Bla-ke! Bla-ke! Bla-ke!

Há uma inspiração coletiva quando ela salta do topo e aumenta o desafio dando um mortal *de costas*, e todo mundo bate palmas e comemora quando ela reemerge. Tão destemida quanto no dia em que pulamos do penhasco.

Tão diferente de como ela estava alguns momentos atrás na floresta. Para Blake, a confissão que tinha acabado de fazer era mais assustadora que isso... e ela tinha feito mesmo assim.

Os dedos de Kiera se apertam no meu braço e viro minha cabeça para olhá-la. Ela me dá um sorriso enorme e animado, sabendo o que está por vir.

Meu peito se aperta quando vejo Blake nadar de volta para o píer, sem o sorriso travesso que eu esperava ver no seu rosto, suas palavras ecoando nos meus ouvidos à medida que ela sai da água.

Tentar a sorte com algo real.

Ela prende o cabelo molhado em um coque enquanto todos se juntam em volta dela, animados. Seu status social em Huckabee está definido depois desse desafio.

Não me chame. Não me chame.

Desejo em silêncio que ela escolha outra pessoa. Matt, Olivia ou *qualquer um,* exceto eu.

Mas ela não faz isso. Ela tira as mãos do cabelo e olha diretamente para mim, através de toda a multidão, sua camiseta molhada grudando nos braços e na barriga.

— Emily — diz, e sinto um formigamento na pele quando ela pronuncia meu nome de uma forma tão diferente de na floresta. Todo mundo fica em silêncio e se vira para mim. — Verdade ou consequência?

E então, simples assim, não é mais um jogo. Como vou responder a isso é uma escolha.

Olho para a grama que cerca o tronco no qual estou sentada e desejo que ela me engula. Desejo uma saída e...

Ali. Na grama.

Um trevo-de-quatro-folhas.

Eu o pego e, nesse momento, a escolha é feita para mim. Digo a palavra que sei que vai mudar absolutamente tudo.

— Consequência.

Ergo o olhar e sei, porque *conheço* Blake, que ela vai fazer isso. Sei que ela não decepciona, seja saltando de um posto de salva-vidas enferrujado com um mortal para trás ou aguentando uma noite na caçamba de uma caminhonete.

— Eu te desafio a beijar alguém — ela diz.

Há um coro de "oohhs" e alguém grita "não vejo nenhum calouro aqui!", mas é tudo ruído enquanto olho nos olhos de Blake, mais escuros do que eu *jamais* vi, sem revelar nada.

Eu me levanto, minha mão agarrando o trevo-de-quatro-folhas como se fosse minha moeda da sorte, minha conexão com a minha mãe, com o que ela deve ter sentido nesse lugar tantos anos atrás. Eu o seguro mais forte e sinto uma onda com todas as emoções desse último verão.

Mas não são sobre ela.

A queda livre do penhasco. A sensação da mão de Blake segurando a minha na caçamba da caminhonete do avô dela. O céu estrelado dolorosamente lindo acima de nós. O rosto dela quando eu a deixei.

Quero jogar fora esse trevo idiota e escolher ela, e isso me aterroriza. Quero cruzar o espaço entre nós e beijar *ela*.

Mas não é para isso que estou aqui. Não foi para isso que comecei essa lista. Consigo sentir o peso de todos os olhos em mim. O peso de suas expectativas.

O peso das expectativas da minha mãe, a pessoa em quem confio mais do que confio em mim mesma.

Então preciso confiar nela agora, como fiz o verão inteiro.

Meus pés encontram o caminho sem nenhuma instrução, dois passos, cinco passos, meus movimentos quase robóticos.

Logo estou do outro lado da fogueira, meu coração batendo forte quando respiro fundo e olho para Matt. Por um momento, vejo a luz da fogueira dançar no rosto dele, seus olhos nervosos e esperançosos agora que estou a um braço de distância. Ele se levanta lentamente, dando um pequeno passo na minha direção.

E então, antes que eu possa pensar mais, eu me inclino para frente e o beijo.

Ele está com o cheiro da sua colônia favorita, a que ele só usa para encontros, no Dia dos Namorados e quando tem algum compromisso. A boca dele tem o gosto da cerveja que

Jake trouxe escondida na mala. A mão dele é suave e firme quando encontra minhas costas. É familiar. A mesma pessoa que beijo da mesma maneira desde o nono ano.

Mas é igual a todos os beijos desde o nono ano, nada de fogos de artifício. Nenhuma onda atordoante de amor. Nenhuma peça encaixando magicamente no lugar.

Minha mente começa a contagem regressiva como sempre fez.

Mas, pela primeira vez, finalmente percebo o que espero que aconteça no fim da contagem.

Percebo que, no fundo, estou esperando que isso me *conserte*. Como achei que a lista me consertou. Estou esperando que este gesto coloque tudo nos eixos. Que corrija essa parte de mim, a parte que minha mãe nunca conheceu.

Mas isso não acontece.

Quando me afasto, meus olhos buscam Blake por cima do ombro de Matt. Seu olhar está voltado para o lago escuro, seu maxilar tenso, a dor pintada em cada traço do seu rosto.

Automaticamente, dou um passo para trás e a mão de Matt deixa minha cintura, suas sobrancelhas grossas se erguem surpresas com a minha reação. Todo mundo em volta está expressando aprovação, mas acho que ele sabe que algo está errado. Acho que nós dois sabemos.

Blake se vira e passa por nossos colegas, saindo da clareira, entrando na floresta e desaparecendo na escuridão das árvores.

Eu a vejo ir, meu coração sem sorte se despedaçando como um pedaço de papel, uma lista sendo rasgada.

28.

Fico em silêncio pelo restante da festa. Matt ao meu lado, Kiera me lançando olhares inquisidores da outra ponta do círculo.

— Aconteceu alguma coisa? — Matt sussurra no meu ouvido. — Foi o que o Kevin disse sobre o calouro?

Sacudo a cabeça.

— Acho que só estou cansada.

Olho ao meu redor e tudo... deveria estar bem. Quer dizer, tudo foi consertado. Minha reputação. Meu grupo de amigos. Os olhares e comentários maldosos totalmente silenciados.

Quer dizer, Jake está agindo como se nada tivesse acontecido. Ryan e Olivia estão 100% tranquilos de ficar ali com a gente.

Mas não *sinto* que está tudo bem. Não para mim.

Saio cedo da festa, dando a desculpa de que vou ao banheiro, mas quando chego ao nosso quarto, Blake já está dormindo.

Quero acordá-la. Dizer alguma coisa. Mas fiz uma escolha hoje à noite que não posso desfazer. Está tudo arruinado.

E não tenho uma lista para consertar as coisas.

Meu celular acende com mensagens de Matt e Kiera, mas eu me enfio na cama, apertando os olhos com força. A expressão no rosto de Blake quando saiu da festa gira na minha cabeça, repassando sem parar por baixo das minhas pálpebras até que soluços inevitáveis e doloridos se forçam para fora. Enterro o rosto no travesseiro em uma tentativa de abafar o barulho.

Lentamente, muito lentamente, os soluços dão lugar ao sono.

Quando meu despertador toca na manhã seguinte, Blake não está mais no quarto. A cama dela está vazia, suas coisas arrumadas e o único sinal de que ela esteve ali são os lençóis bagunçados, um contorno que ficou no colchão.

Preciso me esforçar mais do que poderia imaginar para me arrumar e fazer a mala, o ônibus com seu ruído alto do lado de fora, esperando que todos embarquemos.

Quando a voz do sr. Sanders ecoa pelos corredores, nos avisando que temos cinco minutos para sair, respiro fundo, tentando me controlar. Checo meu celular e vejo todas as mensagens não lidas, o que só me deixa mais perto do limite, o ar soluçando quando passa pelos meus lábios.

Preciso ir para casa. Só preciso ir para *casa*.

Isso me empurra para fora do quarto e escada abaixo, a porta do ônibus se abrindo com um sibilo para que eu entre. A primeira pessoa que vejo quando entro é Kiera. Os olhos dela se arregalam, alarmados, e ela percebe nesse mínimo instante que algo está errado. Desvio o olhar, procurando por...

Blake.

Ela está sentada a duas cadeiras de distância de Kiera, o capuz do moletom por cima de um boné, fones nos ouvidos.

Paro quando passo por ela, mas ela se vira para olhar pela janela, me ignorando.

Fico parada no meio do corredor, completamente imóvel até sentir a mão de Kiera em volta do meu pulso, me puxando para o lugar ao lado dela.

— Emily. Qual o problema? O que aconteceu? — ela sussurra, sua voz preocupada. Seu olhar vai de mim para Blake, tentando entender o que está acontecendo.

Casa. Só quero chegar em casa.

Sacudo a cabeça, fechando os olhos e controlando as lágrimas.

— Nada — respondo, mas minha voz me trai, quebrando na última sílaba.

— Quer sentar comigo? — uma voz pergunta.

Abro meus olhos e vejo Matt bem na minha frente, Jake olhando por trás dele e subindo e descendo as sobrancelhas.

Há um silêncio longo e desconfortável enquanto o encaro.

— Não, desculpa, Matt! — Kiera se mete, me salvando, encontrando palavras quando eu não consigo. — Vou usar a carta de privilégios da melhor amiga aqui. A gente não se viu o verão inteiro.

Ela o afasta com um aceno e nem tenho tempo de registrar a confusão no rosto dele, minha cabeça girando.

— Em, que raios está acontecendo? — Kiera sussurra quando ele não está mais à vista. — Por que você está agindo assim se acabamos de consertar tudo? Quer dizer, por que você está tentando estragar tudo de novo se você *quer* ficar com Matt?

Eu sacudo a cabeça.

— Quero? — sussurro de volta, com raiva. — Ou *você* quer que eu fique, para poder ter um último ano perfeito?

A LISTA DA SORTE **279**

Aposto que é uma pena você não poder passar o ano inteiro no Misty Oasis com Todd e seus amigos sem drama.

Nós nos encaramos por um longo momento, as duas chocadas. Por fim, ela pega a mochila, assentindo.

— É, uma pena. Pelo menos eu sei que eles falariam comigo em vez de só me afastar.

Meus olhos se enchem de lágrimas quando ela passa por mim e vai para um lugar vazio três fileiras para trás.

Coloco meus fones assim que saímos do estacionamento, alternando entre olhar pela janela, tentar não chorar e olhar para Blake pelo espelho retrovisor.

Preciso falar com ela.

Durante o restante do caminho tento pensar em algo para dizer, mas, assim como na noite passada, nada parece ser suficiente. Nada parece ser capaz de consertar as coisas.

Eu sei, porém, que preciso pelo menos tentar. Depois de tudo o que aconteceu, não posso deixar Blake sair totalmente da minha vida.

Quando chegamos, ela é a primeira a sair do ônibus. Pego minha mochila e corro pelo corredor, seguindo-a de perto, algumas pessoas saindo de seus lugares e ficando entre nós. Ela percebe quando saio e vira na direção oposta, agarrando sua mala rapidamente no bagageiro e indo para sua caminhonete.

— Blake — chamo, passando por montes de alunos enquanto corro pelo estacionamento atrás dela.

Ela não para quando chamo seu nome. Ela só mantém a cabeça baixa, ignorando o som da minha voz.

— Blake! — chamo de novo, estendendo a mão, meus dedos mal tocando seu braço antes de ela recuar.

— Me deixe em paz, Emily — ela diz, sem nem mesmo diminuir o passo, sua voz baixa.

— Blake, por favor. Eu só quero falar sobre... — Pego a mão dela, mas seus dedos deslizam para longe dos meus.

— Não quero falar sobre isso! — ela diz, se virando para me encarar, seus olhos castanhos furiosos quando ela arranca um dos fones, frustrada. — Tá bem? Eu não quero falar sobre a lista, ou sobre Matt ou sobre o beijo. Não quero falar sobre como você foi minha amiga o verão inteiro porque seus amigos te largaram e então você me largou e ignorou quando não era mais conveniente pra você. Você conseguiu o que queria.

— Blake, me desculpa, eu...

— *Eu não quero falar com você, Emily* — ela diz, deixando isso absolutamente claro. — Não quero falar com você — ela repete, mais baixo agora, sua voz quebrando de leve no *você*, suas palavras me deixando enjoada.

Nos encaramos por um longo momento antes de ela se virar e ir embora, jogando a mala na caçamba da caminhonete e batendo com força a porta do carro atrás de si.

Sinto que minhas pernas vão ceder.

Eu a vejo ir embora, a caminhonete sumindo ao longe. Minha cabeça gira quando eu me viro, me forçando a voltar para o ônibus, um pé na frente do outro. Direita, esquerda. Direita, esquerda.

Luto pela minha mala em meio a um mar de braços e pernas e, quando me solto, percebo a caminhonete do meu pai no estacionamento.

Ouço Matt chamar meu nome, mas continuo me movendo, continuo andando.

A LISTA DA SORTE

Meu pai acena animado pela janela, me chamando conforme eu me aproximo, ainda fazendo o melhor que pode para consertar as coisas depois da nossa briga.

— E aí, como foi? — ele pergunta quando fecho a porta atrás de mim, um enorme sorriso no rosto.

— Foi tudo bem — respondo.

Coloco o cinto de segurança, dobro minhas pernas para cima do banco e passo meu braço em volta delas enquanto saímos, esperando que eu consiga literalmente me segurar até chegarmos. Até chegarmos em casa.

— Está tudo bem, Em? A fogueira da meia-noite te deixou cansada? — ele pergunta, me lançando um olhar preocupado. — Alguma coisa aconteceu? Você ainda está chateada por causa da casa, ou…

— Eu não quero falar sobre nada — respondo, tentando manter minha voz firme.

Fico esperando que ele faça outra pergunta, diga *alguma coisa,* mas, como sempre, ele não insiste.

Pela primeira vez, porém, uma parte de mim queria que ele insistisse.

Mas deixo isso de lado, focada na única certeza que tenho. A única coisa que pode me fazer aguentar esse trajeto, aguentar *tudo isso*, é o closet da minha mãe. Ficar completamente cercada pelo único lugar em que consigo senti-la. O único lugar seguro que ainda tenho no mundo inteiro.

Se eu conseguir chegar no closet, vai ficar tudo bem. Vou conseguir dar sentido a tudo se puder só chegar lá.

Meu pai entra na nossa rua e na entrada de casa e, no segundo que ele estaciona, eu me desenrolo e entro.

Solto minha mala na entrada, minha visão embaçada enquanto corro para cima e pelo corredor. Minhas mãos alcançam a maçaneta do quarto dos meus pais e, quando entro, cambaleio até o closet, abrindo a porta com um desespero que enche cada fibra do meu ser. Passo pelo batente e acendo a luz para ver...

Nada.

As prateleiras estão completamente limpas. Os cabides estão vazios, encostados em um canto.

— Ah, meu Deus. — Abro as gavetas, jogando-as para fora da cômoda, enquanto tento encontrar algo. Qualquer coisa. Elas caem no chão conforme giro sem parar, procurando. — *Ah, meu Deus*. Não, não, não.

Não sobrou nada.

Isso não pode estar acontecendo. Isso não pode estar acontecendo.

Meu pai aparece na porta, uma expressão preocupada no rosto.

— Emily?

— Onde estão as roupas dela? — grito, frenética. Eu me abaixo e puxo a última gaveta, a última gaveta *vazia*, a voz dele me fazendo parar.

— Eu doei. Umas duas ou três semanas atrás... Acho que você não vem aqui há um tempo, mas notei que tinham sobrado umas coisas depois que você e Blake estiveram aqui e o quanto você ficava adiando terminar, então achei que facilitaria pra você...

Eu me viro para encará-lo, meus ouvidos zumbindo.

— Você *o quê?*

— Eu doei — ele repete.

— Tudo? — sussurro.

— Sim, mas, Emily, eu...

A LISTA DA SORTE **283**

— Não. — Sacudo a cabeça enquanto o cômodo começa a girar, minhas entranhas se contraindo. Ele ergue o braço e coloca a mão gentilmente no meu braço. — Me solta! — grito, empurrando-o e saindo para o corredor.

Preciso reavê-las. Preciso reaver as roupas.

Pego minha bicicleta na varanda, meu pai atrás de mim me chamando, mas eu o ignoro. Casas e carros passam voando, minhas lágrimas misturando tudo enquanto pedalo.

Elas não podem ter sumido.

Elas não podem ter sumido.

Pedalo o mais rápido que consigo, passando por milharais e condomínios, meus pulmões arfando, minha respiração em engasgos, se esforçando para sair. Eu voo pela rua Pearl e viro à direita na principal, meus olhos vasculhando o horizonte em busca da placa branca e azul.

Bazar solidário.

Deslizando para dentro do estacionamento, jogo minha bicicleta no chão e corro pelos degraus de concreto. As portas automáticas não abrem rápido o suficiente, então eu me espremo pelo espaço, desesperada para entrar.

A loja é um borrão à minha volta. As cores me atacam sob a luz fluorescente.

Passo por camisas, listras, bolinhas e cores sólidas, tentando achar uma parte dela no meio daquilo tudo. O jeans velho que ela usava para limpar a casa e podar o jardim. O vestido vinho que ela usou num Natal, com o laço na cintura.

Espera. Ou ele era verde? De repente, não consigo mais lembrar.

Ataco freneticamente outra arara, os cabides batendo uns contra os outros com um barulho alto enquanto vou passando as peças, parando em uma camisa, um vestido floral, um cardigã de lã, mas nada parece certo.

Isso era dela? Ela vestiu isso?

Eu não sei. *Eu nem consigo me lembrar.* E então meu pior medo se torna realidade. Com ou sem lista, sinto ela indo embora.

Fecho os olhos com força, meu peito arfando com um sentimento de desesperança que se instala nos meus ossos, dolorido, chocante e desorientador.

Fraca, saio daquele lugar, um soluço escapando dos meus lábios enquanto agarro o corrimão de metal e desço as escadas. Ao levantar a cabeça, vejo meu pai. Ele está parado no estacionamento, uma expressão confusa estampada no rosto.

No segundo em que o vejo, a onda de raiva volta, uma pressão faz minha cabeça latejar.

— Emily — ele diz, vindo na minha direção.

— Como pôde? — grito, afastando os braços dele quando ele tenta me abraçar, me debatendo para fora de seu alcance. — Como você pôde fazer isso? Por que está tão obcecado por um novo começo? Como você pode se sentir bem jogando fora sua antiga vida e se *esquecendo* dela?

— Em, são só *coisas*, eu não...

— Não são só coisas! — grito e engasgo, lágrimas correndo pelo meu rosto. — São parte dela!

Ele me segura, e dessa vez desabo em seus braços, meu corpo cedendo. Ele me aperta com força enquanto choro, minhas lágrimas molhando sua camiseta, minha barriga chegando a doer.

— *Você* é parte dela, Emily. *Eu* sou parte dela. Não aquelas coisas — ele sussurra. — Eu nunca vou esquecer sua mãe. Nunca. Estou perto dela cada minuto que estou com você. E eu quero um novo começo porque sei que sua mãe queria isso para você. Pra nós dois.

Penso nos últimos três anos e em quão congelada eu estava. Sem nunca me arriscar. Nunca tentar a sorte. Sempre com medo dos cenários catastróficos. Quase como se eu pudesse impedi-los de acontecer, como se pudesse ter impedido que ela ficasse doente se eu tivesse ficado em casa.

A lista começou assim também. Eu achei que sabia para onde ela estava me levando, de volta para a pessoa que eu era antes disso tudo. De volta para ela.

Mas então... penso em Blake mostrando o anuário para mim, a lista caindo dele. O sorriso dela na cozinha quando sugeriu que eu a fizesse. Como ela esteve comigo em todos os passos, o rosto dela costurado em cada memória, a lista dando *play* na minha vida, uma vida que havia ficado pausada por tanto tempo.

E então percebo.

A lista não estava me levando para minha mãe. Não estava me levando para Matt.

Estava me fazendo seguir em frente. Estava me levando para *ela*.

Não posso manter minha mãe comigo com roupas, segredos e coisas que nunca tive a chance de dizer. Se ela está mesmo comigo, como senti o verão inteiro, então preciso confiar que ela sabe. Que pode ouvir meus sentimentos agora. Que entenderia, mesmo sem poder me dizer isso.

O céu escurece em volta de nós quando minhas lágrimas finalmente secam. Meu peito soluça até enfim parar. Eu fungo e meu pai me aperta com mais força, me segurando perto dele, sem fugir para trabalhar ou se escondendo atrás de panquecas. Uma barreira que havia entre nós foi superada.

— Eu estou aqui pra você, Em — ele diz. — Sempre.

29.

No dia seguinte, no segundo que entro na confeitaria, Kiera sai pisando duro para os fundos da loja, me deixando parada na entrada, vendo a cena. Percebo Nina nos espiando da cozinha, o cenho franzido de preocupação. Paul está atrás do balcão com a caneta parada no ar.

— Kiera! — grito, seguindo-a. Estendo a mão e impeço a porta de bater na minha cara, entro e a fecho atrás de mim.

Ela cruza os braços e se vira para me olhar.

— O quê?

Nós nos encaramos por um longo momento, as rachaduras na nossa amizade que ignoramos por tanto tempo de repente viraram um abismo entre nós.

— Me desculpa — digo, tentando reduzir os danos. — Desculpa pelo que eu disse.

— Honestamente, foi um certo alívio. Você está sempre me afastando e se recusando a se abrir — ela diz, me fuzilando com o olhar. — Foi bom ouvir o que você pensa, pra variar.

Balanço a cabeça, concordando e pensando na caixinha na qual me guardei. Como isso impactou tudo na minha vida. Meu relacionamento com Matt. Minha amizade com Kiera.

A LISTA DA SORTE   **289**

— Só sinto que você estava tão obcecada por consertar tudo para termos esse último ano perfeito e brilhante que você... parou completamente de me enxergar.

— Bom, você não me deixava te *ver*, Em — ela diz, compreensivelmente frustrada. — Quer dizer, *o que está acontecendo?* Eu achei que era isso que você queria! Quer dizer, nosso plano *funcionou*, não foi?

— Funcionou — digo e respiro fundo. — Mas eu... eu não acho que era o plano certo.

Kiera fica em silêncio, deixando espaço para eu continuar. Para eu contar a ela o que escondi e que teria feito um mundo de diferença.

Sinto meu coração martelando, a verdade que nunca contei para ninguém na ponta da minha língua. A parte de mim que nunca pude compartilhar com a minha mãe.

— Eu não *gosto* do Matt, Kiera — desabafo, e a boca dela se abre, surpresa. — Não dessa forma, não importa o *quanto* eu tente. Não importa o quanto eu tente não ser *assim,* mas não adianta.

— Assim como? — ela pergunta.

Respiro fundo mais uma vez, a verdade saindo em um sussurro:

— Eu gosto da Blake.

Espero por uma tempestade. Que o mundo caia na minha cabeça.

Mas isso não acontece.

Kiera cruza o espaço entre nós e me puxa para si, seus braços se apertando em volta de mim enquanto lágrimas inesperadas caem pelo meu rosto, ensopando completamente a camiseta da Confeitaria da Nina que ela está usando.

— Ah, Em. Eu… me desculpa, fiquei tão presa na coisa do último ano, de consertar toda a merda com nosso grupo de amigos, que pareceu que você não podia me contar. Ou que eu não me importaria a menos que você estivesse com Matt — ela diz, apoiando o queixo na minha cabeça. — Você sabe que estou sempre do seu lado.

— Eu sei que está — digo, apertando-a com força. — Me desculpa também. Por te afastar. Por não ser sincera.

Ficamos ali em silêncio por alguns minutos, nos sentindo mais próximas que em muito tempo.

Ouvimos uma leve batida na porta. Quando a abrimos, Paul e Nina estão ali, parados, a placa de aberto virada para fechado, Paul segurando um saco de gotas de chocolate.

— Acho que talvez devêssemos só fazer cookies de chocolate hoje — Nina diz, envolvendo todos nós em um abraço. — Que tal?

— Você vai me contar o ingrediente secreto? — pergunto, minha voz abafada pelo tecido da camiseta dela.

— Sim — Nina diz.

Tiro a cabeça de seu ombro, meus olhos arregalados.

— Espera. Sério?

Ela confirma e todos nós rimos.

— Sério.

Separamos todos os ingredientes enquanto conto tudo a eles.

Sobre o verão, a lista e Blake. Revivendo a noite na praia e o que ela me disse antes da fogueira. Como fiquei encantada quando a vi no bingo pela primeira vez, sem nem mesmo saber que estava encantada.

— Eu percebi o quanto gosto dela — digo, respirando fundo. — Percebi que eu… que eu gosto de meninas.

A LISTA DA SORTE **291**

Procuro os olhos de Paul e ele me dá um sorriso compreensivo.

— Pode ser um pouco difícil em uma cidade pequena como essa — ele diz, falando por experiência. — Mas eu não gostaria de passar o posto de gay residente de Huckabee pra mais ninguém.

Eu rio e sacudo a cabeça.

— Obrigada, Paul.

— Há quanto tempo você sabe? — Kiera pergunta enquanto mede o açúcar mascavo. Não de uma forma acusadora. Não com *dúvida*. Ela só... quer saber.

Sinto um sorriso surgindo nos meus lábios.

— Você se lembra da Dominique? Do Misty Oasis?

Ela solta a xícara medidora.

— Dom Flores? Você ficou a fim da *Dom Flores*?

— Eu *não* fiquei a fim da Dom Flores — digo, jogando uma gota de chocolate na direção dela. — Talvez uma quedinhazinha, sei lá.

Todos nós rimos e sacudo a cabeça.

— Eu acho... acho que suspeitava de alguma coisa, mas quando voltamos do acampamento...

Nina assente, pegando a deixa.

— Sua mãe estava doente.

— É — digo, pensando em como fui tomada por consultas médicas e cirurgias, minha mãe ficando cada vez mais doente, definhando diante dos meus olhos. — Eu só ignorei. Guardei lá no fundo. Até que, bom... até que não deu mais.

Encontro os olhos de Kiera por cima das tigelas.

— Kiera, eu não conseguia ser sincera com você porque não conseguia ser sincera comigo mesma. E eu não conseguia ser sincera comigo mesma porque não podia contar a verdade para quem eu mais queria.

Ela pega minha mão e a aperta de um jeito compreensivo. Solto um longo suspiro.

— Acho que só fiquei pensando que minha mãe gostaria que eu ficasse com Matt — digo. — Ela passou anos apontando nessa direção, suspeitava que ele gostava de mim. E bem no fim ela me disse que eu deveria dar uma chance a ele. Mas sempre pareceu errado. A sensação sempre foi esquisita. — Eu puxo a lista do meu bolso, desdobro-a e a olho longamente antes de colocá-la no balcão. — Fazer essa lista me mudou *tanto*, eu só pensei que, bom... Que as coisas finalmente se encaixariam, como aconteceu com ela naquele verão. Com Matt. Com tudo.

Nina sorri e pega a lista.

— Em, eu *ainda conto* coisas pra sua mãe — ela diz enquanto seus olhos examinam o papel. — Quando estou no mercado, fazendo um bolo ou escovando os dentes. Embora ela não esteja aqui, ela ainda está *aqui*. — Nina aponta para o coração, onde minha mãe sempre vai ter um espaço. — Sua mãe era minha melhor amiga, e sei com certeza que ela só iria querer que você fosse *feliz*. Com Matt ou com Blake — ela diz, dobrando a lista para me olhar. — Além disso, você ainda tem um restinho de verão.

Um sorriso surge nos lábios dela.

— E quem disse que sua mãe acertou da primeira vez?

— O que você quer dizer com *isso*? — pergunto.

Tudo que ela faz é sacudir a cabeça e colocar a mão no bolso do avental para revelar uma pequena embalagem de xarope de bordo.

— Essa história não é minha. Você precisa perguntar pro seu pai — ela diz enquanto coloca um pouco do xarope na vasilha.

— Xarope de bordo? — pergunto, meus olhos arregalados, minha busca eterna pelo Ingrediente Secreto finalmente resolvida. — *Sério?*

— Sua mãe derrubou um pouco em uma fornada que fizemos quando éramos novas — ela diz, voltando a tampar a embalagem e a erguendo contra a luz. — Não mudei a receita desde então.

30.

Na tarde seguinte, pedalo até a casa de Matt para acertar as coisas. De verdade dessa vez.

Deslizo pelas estradinhas conhecidas, o trajeto muito diferente das centenas de vezes que o fiz antes.

Diferente das centenas de vezes que espero que ainda aconteçam.

Se ele não me odiar.

Quando entro no condomínio dele, eu o vejo sentado na varanda, no mesmo lugar onde costumávamos nos sentar e esperar que meu pai viesse me buscar. Ele está no celular, ainda vestindo sua regata branca de salva-vidas da piscina.

Eu paro, desço da bicicleta e a apoio no suporte. Ele ergue o olhar, surpreso ao me ver.

— Oi — digo enquanto me sento ao lado dele no último degrau.

— Oi — ele responde, apoiando os braços nas pernas e entrelaçando os dedos, como sempre faz quando algo é importante. Como se soubesse o que está por vir.

Ficamos em silêncio por um segundo, como se estivéssemos com medo de cutucar um urso adormecido. Eu olho para ele, apertando os olhos contra o sol da tarde.

A LISTA DA SORTE **295**

— Me desculpa — peço com mais sinceridade do que essas palavras podem expressar. — *De verdade,* Matt. Pelo beijo no lago e por ter te ignorado nos últimos dias em vez de te dar uma explicação. Em vez de ser sincera com você, como eu disse que seria.

Ele faz que sim, sua testa se franzindo de leve.

— Você pode ser? — ele pergunta, finalmente, olhando para as próprias mãos. — De verdade dessa vez?

Inspiro longamente.

— Eu estava com medo — digo a verdade para ele. — Esse tempo todo, tive medo de admitir que faltava algo da minha parte, então eu inventava essas desculpas idiotas para terminar em vez de ser sincera com você. Como na noite do baile. Fiquei com medo de te dizer que *não queria* levar as coisas um pouco mais longe. Então fiz uma coisa idiota pra te afastar em vez de só conversar com você. E aí achei que a lista me ajudaria a encontrar a peça que estava faltando, mas... não ajudou. Pelo menos não como eu esperava.

Matt me olha, seu maxilar tensionando de uma forma que conheço muito bem.

— Você podia ter falado — ele diz. — Você podia ter conversado comigo, Em. Nós costumávamos falar sobre tudo. Sendo sincero... acho que faltou isso da minha parte também. Acho que pensei que, se levássemos as coisas um pouco mais longe, tudo voltaria pro lugar.

Penso em todos os anos que nos conhecemos. Nossas aventuras no fundamental. Nosso grupo de amigos reunido na mesa do almoço.

— Eu sei. Eu deveria ter falado. Eu deveria ter falado desde o começo, e todas as vezes.

— Então é isso? De verdade dessa vez.

— É — digo, confirmando com a cabeça. — Terminar, voltar, tentar fazer dar certo. Não está funcionando.

Ele inspira fundo, tirando o cabelo bagunçado dos olhos.

— Eu fiz algo errado? Tipo... nesse fim de semana? Ou durante nosso namoro? Ou...

— Não! Não — digo, sacudindo a cabeça. — De jeito nenhum. Não é nada com você. Você é o melhor cara dessa maldita cidade. É... bem. Sou eu. Eu só... não *gosto* de caras, Matt. E eu não sabia como admitir isso... até agora.

Ele me encara por um longo momento enquanto prendo a respiração. Vejo as engrenagens girando, vejo que ele está somando dois mais dois em tempo real.

— Ah — ele diz, seus olhos se iluminando de compreensão. — *Ah*.

— Você não me odeia, certo? — pergunto, preocupada que até nossa amizade esteja destruída porque não fui sincera. — Eu entenderia se você odiasse. Sinto *muito*, Matt, eu deveria...

Ele sacode a cabeça, mas noto que ainda está chocado.

— Claro que não te odeio. É só... muita coisa.

Ficamos em silêncio por um tempo, vendo um carro passar.

— Eu só preciso de um tempo, tudo bem? — ele diz, e eu faço que sim, me levantando, meu estômago se revirando enquanto desço os degraus.

— Matt, eu... — Me volto para ele, mas minhas palavras se perdem no silêncio. Não há nada mais a ser dito. — Eu te vejo por aí.

Pego a bicicleta e vou embora, mordendo a parte de dentro da minha bochecha para me impedir de chorar. Mas mesmo com meu coração se partindo um pouco mais, sinto que finalmente consegui.

Embora a gente não esteja junto, finalmente consertei as coisas.

31.

O dia da mudança chega sem eu nem me dar conta, e uma semana encaixotando passa num piscar de olhos. Fico pensando em falar com meu pai o tempo todo, perguntar para ele sobre o que Nina disse e contar tudo, mas nunca encontro o momento certo.

Queria fazer isso na nossa casa antiga, já que ela parece sagrada de alguma maneira, mas... estou com medo, especialmente depois do que aconteceu com Matt. De todo mundo, não sei qual vai ser a reação do meu pai.

Johnny vem nos ajudar no dia da mudança e vejo a cabeça peluda de Winston para fora da janela do passageiro, mas Blake não está em lugar nenhum. Quando Johnny abre a porta do carro, Winston vem correndo com o rabo abanando até onde estou sentada na varanda.

Pelo menos alguém fica feliz de me ver.

Coço suas orelhas caídas e lhe dou um sorriso triste.

— Ela me odeia, né, carinha? — sussurro.

Ele choraminga e apoia o queixo no meu joelho, seus grandes olhos castanhos caindo mais do que o normal enquanto me encara.

Passamos a maior parte do dia arrastando móveis para o caminhão de mudança que meu pai alugou, e alguns de seus colegas da Smith & Tyler aparecem para ajudar também. Gradualmente, bem diante dos meus olhos, a casa vai ficando vazia e cheia de eco. No entanto, talvez de certa forma, ela já estivesse assim desde que minha mãe nos deixou. Lágrimas enchem meus olhos quando penso em como ela costumava preencher esse espaço com sua voz, sua risada e seu calor.

Conforme passo por cada cômodo, ainda encontro coisas. As marcas no carpete onde algo ficava antes, pequenos buracos nas paredes onde algumas fotos estavam penduradas, as linhas no batente em que medíamos minha altura todo ano.

A pequena marca de queimado que é revelada quando levantamos o tapete da sala é um lembrete do Natal de uma década atrás, com Blake.

Todos sinais de que estivemos aqui. Todos nós.

Logo meu pai e eu estamos parados na entrada, e o que sobra de nosso na casa são apenas as memórias que fizemos nela.

Ele passa o braço pelo meu ombro e inspira longamente.

— Vou sentir saudade desse lugar — diz.

Eu concordo com a cabeça, observando os degraus da sala de estar e o chão de madeira gasto pela última vez. Olho para a casa da minha mãe pela última vez antes de, juntos, fecharmos e trancarmos a porta.

Meus dedos deslizam pelas flores do jardim enquanto descemos. Colho um girassol cuidadosamente para replantar, ainda que, com a tatuagem, eu sempre tenha parte do jardim dela comigo, não importa aonde eu vá. Sorrio ao olhar o desenho, que aparece por baixo da manga do cardigã preto da minha mãe, que estou usando, mas logo abaixo quando meu pai aparece por cima do meu ombro com uma caneca vinda do caminhão para que eu coloque a flor dentro.

A caneca de bolinhas da minha mãe. Que não sumiu para sempre, mas está aqui.

Saímos dali pela última vez, a casa sumindo de vista conforme dirigimos pela rua, a caneca nas minhas mãos, tudo que preciso dessa casa bem aqui, comigo. Todas as coisas importantes.

Cada passo que dou é um passo na direção de um capítulo novo e incerto da minha vida, algo nesse novo começo me dando uma sensação boa. Convidativa. Um novo começo à espera logo ali na esquina.

Depois que descarregamos o caminhão de mudança na nossa nova casa, subo as escadas para o meu quarto e fico surpresa quando entro e vejo que as paredes rosa-chiclete foram embora e agora são do mesmo branco casca de ovo do meu antigo quarto, uma folha em branco que posso encher de pôsteres, imagens de bolo e receitas escritas a mão.

Pai.

Ouço uma leve batida na porta e vejo Johnny espiando o quarto. Ele me dá um pequeno sorriso, as ruguinhas em volta dos seus olhos se apertando.

— Já estou indo embora, mas — ele ergue um objeto retangular embrulhado, mais ou menos do tamanho de um caderno — ela pediu que eu te desse isso.

Meu coração dá um salto quando penso em Blake. Pego o embrulho, meus dedos envolvendo as bordas sólidas.

Ele pigarreia e passa a mão pelo cabelo de uma forma dolorosamente familiar.

— Eu sei que aconteceu alguma coisa entre vocês duas. Não sei dos detalhes, Clark, mas espero que vocês encontrem uma forma de superar.

Ele sorri antes de me dar um tapinha no ombro e ir embora.

Lentamente, eu me sento no colchão vazio e deslizo os dedos com cuidado por baixo da fita do presente. O papel cai e revela...

...uma pintura. Da minha antiga casa. O exterior branco, as janelas e a varanda com um balanço... girassóis coloridos crescendo no jardim logo abaixo e...

...minha *mãe* no quintal da frente, jardinando.

A parte mais importante da minha casa, a lembrança exata que quero ter, eternizada por Blake.

Claro que ela sabia.

Meu dedo traça o nome rabiscado no canto direito, meus olhos ardendo com as lágrimas. Eu fungo e as seco.

É perfeita.

De noite, penduro cuidadosamente a pintura de Blake na minha parede. Parece *impossível* que as coisas voltem ao que eram antes entre nós. Mas isso parece um começo.

— Esse quadro ficou lindo — uma voz diz atrás de mim. Eu me viro e vejo meu pai apoiado na porta, uma grande caixa de madeira debaixo do braço.

— Muito — concordo, sentando na cama e segurando o cardigã da minha mãe contra o meu corpo.

Ele se senta ao meu lado e coloca a caixa entre nós. Aponto para ela com a cabeça e ergo as sobrancelhas.

— O que é isso?

Ele faz um sinal para eu abrir. Ergo a tampa e vejo uma pilha de objetos. É como uma gaveta de tralhas.

Mas quando olho melhor, percebo o que tudo aquilo significa. Uma bola de beisebol que ele pegou para a minha mãe em um jogo dos Phillies, o colar que ele comprou no primeiro aniversário deles, um ultrassom de mim quando eu ainda era uma ameba sem forma.

E, pela primeira vez em três anos, ele *fala* dela, me contando histórias enquanto faz o tour da caixa, nós dois sorrindo, rindo, lágrimas ardendo nos nossos olhos.

Coisas que eu nem sabia que existiam, como um recibo do restaurante francês onde meu pai a pediu em casamento e uma folha de caderno com um monte de marcas que eles usaram para contar as semanas quando ela estava grávida.

É uma coleção tão aleatória e maravilhosa de coisas... Coisas que guardam várias lembranças dela que eu não tinha antes, assim como a lista fez. Lembranças da minha mãe e pedaços dela que *não* se foram, para além da lista. Coisas que ainda preciso descobrir.

E ele as guardou.

— É bom falar dela — murmuro, olhando para a bola de beisebol.

— Me desculpe — meu pai diz, esfregando a nuca. — Me desculpe por quanto falhei com você nesses últimos anos. Não falei sobre ela. Só guardei tudo nessa caixa. Quer dizer, nós nunca fomos... ótimos... nessa coisa de conversar. Isso sempre foi uma coisa entre vocês duas. Foi difícil pra mim, mas... ainda assim não foi certo.

— Daqui pra frente vamos ser melhores nisso — digo, sorrindo para ele.

Meu pai pega um envelope da caixa e o vejo secar os olhos com o dorso da mão, sorrindo ao tirar um pedaço de papel de dentro.

— Sua mãe sabia que era coisa demais para mim — ele diz, rindo, enquanto o desdobra. — Então ela fez essa colinha.

Ele estende o papel e vejo que está coberto com a letra da minha mãe, uma lista só dele, cheia de conselhos e lembretes. Todos eles a meu respeito.

> * O que fazer se ela ficar doente: compre o caldo de galinha do Hank's, chá preto (uma colher de sopa de mel, duas de açúcar), peça a Nina a receita de biscoitos. Você consegue se virar.

> * O que fazer se ela estiver com o coração partido: sorvete, Joe. Sorvete é sempre a resposta.

E, bem no final, um pequeno bilhete.

> * O que fazer se ela vier até você com algo que eu não mencionei: diga que você a ama. Não importa o que aconteça. E que eu também a amo. Sempre.

Minhas lágrimas começam a cair no papel, grandes e pesadas, e meu pai o pega antes de passar um braço em volta de mim.

— Ei! Eu ainda preciso disso. — Ele ri, me puxando para perto, e eu me dissolvo em uma meleca chorosa quando me lembro de sair do ônibus de volta do Misty Oasis, vê-la me esperando e engolir as palavras que eu nunca diria.

Penso nas roupas e nos itens doados, coisas que pensei que eram partes dela. Coisas que pensei que eram o que a tornavam Julie Miller.

Mas somos *nós*. Eu. Meu pai. Nina. As pessoas que sempre contarão histórias sobre ela. As coisas que ela fez e os lugares a que ela foi e as vidas que ela tocou. *Falar* dela em vez de literalmente me esconder no armário, me fechando para o mundo. Aprender coisas novas sobre ela e descobrir formas de honrá-la sem viver exatamente a vida que ela queria que eu vivesse três anos atrás.

Se posso descobrir coisas novas sobre ela depois que ela se foi, talvez minha mãe não ficasse decepcionada por existirem coisas que ela nunca soube sobre sua filha.

E é por isso que eu me afasto do abraço, sabendo que é hora de contar ao meu pai.

Coloco a mão no bolso e puxo a lista que levei comigo para todo canto no último mês e meio. Eu não preciso de uma pilha de roupas, um closet ou uma casa inteira para me sentir perto dela, não quando posso ter momentos como *este*.

Momentos como os que tive o verão todo.

Com cuidado, eu a desdobro e entrego ao meu pai.

— Eu passei o verão fazendo a lista que te mostrei.

— Verão do último ano de Julie Miller — ele lê, um sorriso irônico aparecendo no seu rosto. — Isso explica a tatuagem de girassol.

A *o quê?* Como...

Minha boca se abre.

— Você sabia disso?

— Em, você é péssima em esconder as coisas — ele diz com uma risada. — Fora que você tem o hábito de arregaçar as mangas.

Olho para baixo e vejo a pele do meu antebraço totalmente exposta, as mangas do cardigã puxadas até meus cotovelos. Eu rio, fungando, enquanto seco minhas lágrimas com o dorso da mão.

— Mas foi só essa — ele diz, entrando no modo pai, uma expressão severa no rosto. — Se você fizer mais uma, teremos problemas.

Penso na agulha afiada e juro pela minha vida.

— Você vai me contar como foi? — ele pergunta ao me devolver a lista.

Solto um longo suspiro, tudo se embaralhando na minha cabeça, uma montagem de sentimentos e emoções, dos olhos de Blake e da água reluzente sob o sol do verão. Ele se abriu para mim essa noite, então... eu me abro para ele. Conto sobre o livro e de saltar do penhasco, da praia e todas as vezes em que senti minha mãe ao meu lado, guiando meus passos. Conto como a lista me mudou. Como ela me tornou a pessoa que eu estava com medo demais para ser outra vez.

Ele escuta. Escuta *de verdade*. Sorrindo, rindo e assentindo enquanto falo para ele sobre a tempestade que foi meu verão, até chegar ao item número doze.

— Então eu beijei ele. E...

Olho para a lista na minha mão, a lista da sorte que era da minha mãe.

Mas agora preciso torná-la *minha*.

Porque tem uma coisa que preciso fazer se vou mesmo ser a pessoa que essa lista me ajudou a ver que sou. Preciso contar a ele a verdade sobre Matt, Blake e... eu.

Meu coração bate no dobro do ritmo. Talvez até no triplo.

— E pareceu errado. Como sempre pareceu — admito. — É... não é como o que você e a mamãe tinham. Simplesmente não é, embora eu saiba que ela quisesse isso para mim. Mas...

Faço uma pequena pausa.

— Mas com a Blake... as coisas sempre pareceram certas.

Olho para a pulseira de couro no meu pulso, as gaivotas voando livres.

— Achei que podia mudar quem eu era. Que conseguiria *consertar* o que estava errado comigo e com Matt e que as coisas finalmente poderiam se *encaixar*, como aconteceu com você e mamãe. Mas não consegui fazer isso. Não posso mudar quem eu sou, pai. Não posso mudar o fato de que eu... — Respiro longa e profundamente, todo o ar sumindo do quarto. — De que sou gay.

Puta merda. Eu... eu disse. Embora tenha contado para Kiera, Nina e Matt, essa é a primeira vez que eu me permito usar a palavra. Meus ouvidos começam a zumbir enquanto espero que ele diga alguma coisa. Qualquer coisa. Nem consigo *olhar* para ele.

Eu vou vomitar?

Eu vou...

Eu o ouço remexendo na caixa e fico preocupada que ele vá só se levantar e ir embora. Olhando com o canto do olho, eu o vejo puxar uma polaroide. Ele a estende para mim e ali, em toda sua glória desbotada, estão minha mãe, Johnny Carter e meu pai, braços em volta um dos outros, sorrisos patetas nos rostos.

Eu leio a legenda escrita à mão na letra bonita da minha mãe: *Julie, J.C. e Joe.*

Espera um segundo... pego a foto, olho dela para a lista e minha mente explode.

J.C.

Johnny Carter? Não Joe Clark?

Penso na fita cassete que estava na caixa e no bilhete que escorregou dela: "Me avise se mudar de ideia".

As palavras de Nina na semana passada: "Quem disse que sua mãe acertou de primeira?".

Olho nos olhos dele, compreendendo. Vinte anos atrás, aquele beijo significou para minha mãe exatamente a mesma coisa que significou para mim.

Não foi beijar a pessoa com quem deveríamos estar. Foi *perceber* com quem queríamos estar.

Meu pai estende a mão e segura meu rosto.

— Eu te amo, Em — ele diz, seus olhos castanhos ficando um pouco úmidos e deixando *meus* olhos castanhos um pouco úmidos. — Não importa o que aconteça, ok?

Eu faço que sim, as lágrimas escorrendo pelas minhas bochechas quando ele me puxa para um abraço.

— E não estou falando isso só porque o pequeno manual de instruções da sua mãe me disse para falar — ele diz, e nós dois rimos. — É o que eu diria de qualquer forma.

Olho para a pintura na parede, logo acima do ombro dele, e penso no quão feliz eu fui nesse verão. Como, mesmo depois de recuperar a minha sorte, ainda não tive coragem de arriscá-la com Blake. Tudo porque eu tive medo.

Tive medo porque... estar com Blake significava que eu não podia mais me esconder.

Mas não quero mais ter medo. Eu *não* tenho mais medo. Não quero mudar quem eu sou.

Preciso estar disposta a encarar as coisas de frente. Preciso estar disposta a me colocar no mundo, ser vulnerável, arriscar mesmo sabendo que posso perder.

E se minha mãe me ensinou alguma coisa nesse verão, é que talvez, só talvez, seja exatamente isso o que preciso fazer para consertar tudo.

E sei exatamente para quem ligar.

32.

— **Está pronta?** — Kiera pergunta quando entro no carro.

— Mais pronta do que nunca — respondo, enquanto coloco o cinto. — Olivia deu a cesta para a mã...

— Sim — Kiera diz.

— E ela está c...

— Em — ela diz, pegando meu braço. — Olivia deu para a mãe dela a cesta e os números. Jake vai garantir que Blake esteja lá. E... Matt pegou pra gente um lugar no canto dos fundos, caso as coisas deem errado e a gente precise sair correndo de lá.

Eu a encaro, surpresa.

Matt.

Ela sorri para mim.

— Como se ele fosse ficar fora de um bom plano.

Sinto lágrimas nos meus olhos, mais uma parte sendo consertada.

Tento combater o embrulho no estômago durante todo o trajeto para a escola de ensino fundamental, a caminho do "Bingo de Volta às Aulas", a sensação tão forte que nem a Billie Eilish que Kiera põe para tocar ameniza.

Três anos atrás, esse foi o pior dia da minha vida inteira. Vinte de agosto. O dia que minha mãe morreu.

E agora, talvez, com a ajuda dos meus amigos, com a ajuda da minha mãe e sua lista, essa data não precise ser só feita de lembranças ruins.

O estacionamento já está cheio quando chegamos, e Kiera roda algumas vezes até achar um lugar enquanto eu observo todo mundo que entra, procurando pelo rosto de Blake.

Depois que estacionamos, nos juntamos à multidão de pessoas que se dirigem para o auditório, todas as figurinhas carimbadas de sempre já a postos.

Tyler Poland com sua coleção de pedras da sorte, Jim Donovan pronto para lutar até a morte, o diretor Nelson na mesa principal vendendo cartelas.

Espicho o pescoço, tentando ver melhor as pessoas entrando, meus olhos indo de uma para outra, mas ela não está em lugar nenhum. Vejo a mãe de Olivia, Donna Taylor, e ela me dá um breve aceno de cabeça, a cesta bem aninhada nos seus braços. Quando chegamos ao início da fila, o diretor Nelson, sorridente, me entrega a cartela da minha mãe, e compro outra, a número doze. Por causa da lista.

— Vou comprar essa também.

Uma nova chance, como a que espero conseguir essa noite.

Nós compramos mais algumas cartelas para a mesa antes de irmos para o fundo, os lugares já preenchidos pelos meus amigos, Matt, Olivia, Ryan e... *Blake*. Ela está sentada ao lado de Jake, seu cabelo dourado de sol preso em um coque, como naquele dia na cozinha, uma camiseta vintage acinzentada bem solta.

Meu coração começa a bater nos meus ouvidos, mais alto que todas as vozes na sala.

— Vamos — Kiera sussurra. Ela pega minha mão e me puxa.

— Ei! — Matt diz quando eu chego. — Olha quem está aqui!

Blake ergue o olhar, surpresa, e uma pequena ruga se forma na sua testa quando me vê. Esqueço como se respira, seus olhos castanhos afastando todos os pensamentos da minha cabeça.

Ela olha de mim para Matt e então rapidamente desvia o olhar para Jake com uma expressão que grita: *"Sério?"*.

— Compramos as cartelas — Kiera diz, me cutucando para entrar em ação.

Ela entrega sua metade enquanto entrego a minha, mantendo a cartela número doze comigo e entregando a cartela manchada de suco com o número 505 para Blake.

Ela pega e resmunga um "obrigada".

Nós nos sentamos quando o microfone estala, a voz de Donna Taylor anunciando o início da noite.

A gaiola começa a girar e olho para trás, nos olhos de Donna, quando ela puxa uma das bolas amarelas. Ela respira fundo antes de dizer ao microfone:

— I vinte e três.

Preciso de toda força que tenho para não olhar para Blake conforme os números conhecidos começam a ser chamados, a mão dela pegando fichas vermelhas do meio da mesa. Olho para a perna de Kiera, balançando nervosa ao meu lado, Olivia encarando a mãe, seus olhos arregalados enquanto espera o próximo número.

Ryan está distraído demais para prestar atenção à sua cartela, mas isso não é novidade.

Logo só falta um. Mais um número a ser chamado.

Enfio a mão no bolso, meus dedos envolvendo a moeda da sorte, meus olhos subindo e vendo Matt engolir em seco quando Donna chama:

— B nove!

Sem perder um segundo, Blake grita:

— Bingo!

Paro de respirar enquanto ela confere a cartela, e todos nós observamos ela se dirigir para a frente do salão e pegar seu prêmio. Eu a vejo caminhar pelo corredor de mesas e cadeiras e parar na frente de uma cesta que passei horas montando.

Duas raspadinhas Bingo Boogie. Batatas Lay's, um pacote de Skittles, balas de goma e uma barra de chocolate Hershey's, as mesmas coisas que ela comprou no posto de gasolina para nossa viagem à praia. Uma luva de lavar louça. O moletom de salva-vidas dela, perfeitamente dobrado no fundo. Uma lata de presunto. E, bem no meio, uma folha de papel que diz:

Lista do último ano de Emily Clark

1. *Dizer a Blake o que sinto.*

2. *Ir a um show da St. Vincent.*

3. *Fazer uma viagem para Nova York.*

4. *Fazer uma viagem para ver faculdades.*

5. *Fazer kulolo.*

6. *Ir ao baile de formatura.*

7. *Fazer um plano para a vida depois da escola.*

8. *Comer bolo de carne no Hank's.*

9. *Ir a todos os jogos de futebol de Blake.*

10. *Passar uma semana na casa de praia da tia Lisa.*

11. *Planejar uma aventura para o Dia de Matar Aula.*

12. *Beijar B.C.*

Coisas que falamos de fazer no caminho para a praia. Que falamos durante o verão todo. Que quero fazer com ela, e mais ninguém, ao meu lado.

E então, bem ali, na frente de toda a Huckabee, saio da mesa e caminho até ela. Eu pego sua mão, ela se vira para me olhar e tudo ao redor desaparece. Os olhos dela estão arregalados, sua boca levemente aberta.

— Me desculpa, Blake — digo, em voz baixa. Então, como se eu estivesse me atirando do maior penhasco do mundo, falo para ela o que quero dizer desde aquela noite na praia. Desde que ela me disse o que sentia naquela noite da fogueira. — Por não ter tido coragem suficiente pra admitir que gosto de você.

Ela engole em seco, me dando um olhar que faz borboletas voarem pelo meu peito, tudo nela, nisso, em *nós,* parecendo certo. A lista me levando a esse momento.

A ela.

— Blake, gosto *de verdade* de você. Eu gosto muito de você. Gosto dos seus olhos e de como você tem o cheiro de um dia na praia e de como você faz com que eu sinta que posso fazer quase qualquer coisa. Gosto que você faz essas pinturas *insanas* e que você faz o mundo parecer muito maior que esse lugar, que *Huckabee*. Gosto que você me dá um frio na barriga que nunca achei que fosse possível só de me olhar como você está fazendo *agora*. Da forma como você me olhou esse verão inteiro. Você faz eu ter vontade de... de me jogar em um milhão de aventuras, tipo... tipo... — eu me inclino para pegar o pedaço de papel da cesta — tipo todas *essas* coisas. E muitas mais, Blake. Coisas que eu *quero* fazer. *Com você*.

Ela olha para a lista e de volta para mim e então... ela sorri. O sorriso que acabou comigo naquele primeiro bingo. Aquele sorriso que está em cada uma das minhas lembranças desse verão.

Ela dá um passo à frente, sua mão toca minha cintura e manda uma onda de eletricidade por todo o meu corpo.

— Posso te be...

As palavras nem saíram da boca dela quando eu a puxo para perto. E... é tudo que eu nunca soube que um beijo podia ser. Os lábios dela são macios e quentes e completamente mágicos, as vozes de todas as outras pessoas sumindo, como se não houvesse nada no mundo além de nós. E eu não faço a contagem regressiva.

Nós nos afastamos e ouço um "Aah!" do outro lado do salão. Nós duas nos viramos e lá estão, na mesa do fundo, Kiera, sorrindo como se fosse manhã de Natal, Jake assoviando, Olivia e Ryan batendo palmas atrás deles. Olho nos olhos de Matt e ele me dá um sorriso e assente de leve, o melhor ex-namorado que uma garota poderia querer.

Então a voz de Jim Donovan ressoa atrás de nós no palco. Ele deve ter subido enquanto todo mundo estava distraído. Eu me preparo para o pior.

— Elas roubaram o jogo! — ele grita no microfone, pegando um pequeno pedaço de papel com os números que pedi para Olivia dar para a mãe dela. Ele o sacode, bravo, e o apocalipse começa no auditório.

Tyler Poland atira suas pedras da sorte em nós enquanto Jim se lança do palco na nossa direção.

Pego a mão de Blake, nossos dedos se entrelaçando.

— Corre!

Corremos para a porta dos fundos, que Matt segura aberta para nós, e todos rimos enquanto voamos pelo estacionamento, correndo por entre os carros estacionados, o vento batendo no nosso cabelo e nossos sapatos fazendo barulho ao tocarem no asfalto.

Blake olha para mim com aquele sorriso travesso que mudou meu mundo completamente, para melhor. Ela olha para a frente e eu também, então me puxa com ela, tudo se encaixando perfeitamente, da forma que minha mãe sempre falou que seria. De uma forma que faz eu me sentir...

Bem.

Sortuda.

AGRADECIMENTOS

Minha estreia solo! Tenho uma montanha de agradecimentos para fazer a todas as pessoas que ajudaram esse livro a chegar nas suas mãos.

Primeiro, sou eternamente grata à minha editora incrível, Alexa Pastor, que é sem dúvidas a melhor que existe. Este livro foi feito, do início ao fim, durante uma PANDEMIA e definitivamente ainda seria uma ameba sem forma presa no primeiro rascunho se não fosse por Alexa. Isso provavelmente é verdade para todos os meus livros, passados e futuros.

Obrigada a Justin Chanda, Julia McCarthy, Kristie Choi e o resto da equipe na Simon & Schuster. É um verdadeiro presente saber que meus livros estão em tão boas mãos.

À minha incrível agente, Emily Van Beek, da Folio Literary, por apoiar a mim e à minha escrita. Tenho muita gratidão por você e estou mais do que animada pelos muitos livros e anos que virão.

Um enorme agradecimento a Lianna, Ed, Judy, Mike, Luke, Aimee, Kyle, Alyssa e Siobhan (casamenteira e pastora extraordinária!) pela amizade, família e apoio incondicional, todas coisas muito necessárias no último ano.

Para minha mãe, que lia para mim toda noite quando eu era criança e plantou a semente do que se tornaria uma paixão e uma carreira. Eu te amo.

E, como sempre, para Alysson Derrick, minha esposa, que de alguma maneira é ainda mais encantadora do que Blake Carter e me faz sentir a garota mais sortuda do mundo todos os dias.

CONFIRA NOSSOS LANÇAMENTOS,
DICAS DE LEITURAS E
NOVIDADES NAS NOSSAS REDES:

🐦 @editoraAlt

📷 @editoraalt

📘 www.facebook.com/globoalt

Este livro, composto na fonte Fairfield,
foi impresso em papel pólen natural 70 g/m² na gráfica BMF.
São Paulo, Brasil, agosto de 2022.